# DIE MISSION DER SYNNR

ZULIR KRIEGER-GEFÄHRTEN

BUCH FÜNF

## KATE RUDOLPH

ÜBERSETZT VON
SABRINA BARDE

ÜBER DIE MISSION DER
SYNNR

Als ein außerirdischer Soldat und ein feindlicher
Spion zusammenarbeiten müssen, um einen Krieg zu
gewinnen, fliegen die Funken ...

Jori Harek ist ein loyaler Synnr-Soldat.

Er ist entschlossen, dem Verrat der Apsyn auf den
Grund zu gehen und die Fäulnis auszurotten, bevor
die Feinde noch weiter auf seinen Heimatmond
vordringen können. Es ist eine Aufgabe, die ihn mit
Stolz erfüllt, aber als er gebeten wird, eine Bande von
Apsyn-Sympathisanten zu infiltrieren, werden seine
Grenzen getestet.

Hanna Karsyn ist eine reformierte Apsyn-Spionin.

Als Hanna herausfindet, wie weit ihre Vorgesetzten zu gehen bereit sind, um den Krieg zu gewinnen, läuft sie direkt in die Arme des Synnr-Militärs ...

und in eine Arrestzelle. Ihre einzige Chance auf Freiheit besteht darin, Jori zu helfen, eine Bande zu infiltrieren und eine Zelle von Saboteuren zu enttarnen.

Obwohl sie keinerlei Zeit für eine Romanze haben, entfacht jeder Moment, den Jori und Hanna miteinander verbringen, ein unauslöschliches Feuer zwischen ihnen - eines, das keiner von ihnen leugnen kann, selbst wenn ihre Leidenschaft die Zukunft der beiden in Gefahr bringt.

**1**

## KAPITEL EINS

DER WÄRTER GING drei Minuten nach der vollen Stunde an ihrer Zelle vorbei. Hanna lauschte auf die Schritte und zählte sie ab.

Dreißig Sekunden von ihrer Tür bis zur Biegung des Flurs. Vierzig Schritte in gemächlichem Tempo. Dieser Wärter lief ein wenig schneller. Sechsunddreißig Schritte bis zum Verschwinden des Echos.

Hanna hatte sechs Minuten Zeit.

Sie setzte sich auf.

Ihre Handgelenke waren wund von den Fesseln, die sie ihr bei der letzten Befragung angelegt hatten. Es spielte keine Rolle, dass sie versprochen hatte, zu kooperieren, dass es den sicheren Tod bedeutete, nach Hause zu gehen. Für diese Synnr war sie schlimmer als eine Verräterin.

Sie war eine Spionin.

Oder sie war es einmal gewesen.

Und das gab ihr eine Reihe von besonderen Fähigkeiten.

Sie hatte ein Stück Draht, das sie versteckt hatte. Ob es die Götter waren, die sie anlächelten, oder etwas anderes, wusste Hanna nicht. Aber das Schloss an ihrer Tür war einfach zu knacken. Es war nicht nötig, die Elektronik zu hacken. Etwas Spitzes würde genügen.

Der Verhörraum lag in der Richtung, in die die Wache gegangen war, ebenso wie die Küche. In ihrer zweiten Nacht in Gewahrsam wurde sie dorthin gebracht und bekam ein Essen bestehend aus Synnr-Köstlichkeiten, für die sie auf Kilrym ein Vermögen bezahlt hätte.

Sie dachte, es sei ein Vorgeschmack auf das, was kommen würde. Gutes Essen, nette Behandlung. Alles, solange sie ihren Teil der Abmachung einhielt und den Synnr alle Informationen gab, die sie hatte.

Leider glaubte man ihr nicht, als sie erklärte, sie wisse nicht viel.

Sie lebte schon seit Wochen von Militärrationen. Sicher, sie wurde satt, aber die Packungen mit dehydriertem Essen waren mehr als geschmacklos. Es waren kleine Haufen Brei, die irgendwie nach verschwitzten Socken und Staub schmeckten.

Sie war sich ziemlich sicher, dass sie auch abgelaufen waren.

Fünf Minuten.

Zu diesem Zeitpunkt konnte sie nur noch raten. In den letzten drei Wochen hatte sich ihr Leben auf zwei Flure und eine Uhr beschränkt, die durch die Rotation der Wachen gestellt wurde.

Und Jori.

Aber im Moment dachte sie nicht an *ihn*.

Sie war sich fast sicher, dass sie wusste, wo sie war. Mitten im Herzen von Osais, der Hauptstadt der Synnr auf ihrem Heimatmond Aorsa. Die Synnr hatten vor Jahrhunderten rebelliert und die Kontrolle über den Mond übernommen und damit die Kämpfe ausgelöst, die seitdem fast jede Generation geplagt hatten. Ihr Militär verfügte über ein Ausbildungs- und Verwaltungsgebäude unweit des Palastes, dem Sitz der falschen Königin.

Dort musste Hanna sich befinden. Dort war sie an dem Tag hingebracht worden, an dem sie sich in die Obhut der Synnr begeben hatte, und wenn sie nicht sehr schlau vorgegangen sind, hatte man sie nicht bewegt.

Aber irgendwann musste sie schlafen. Und wenn

die Synnr sie unter Drogen gesetzt hatten, um sie zu bewegen, konnte sie überall sein.

Nein. Sie sah die gleichen Vernehmer alle paar Tage. Sie sah *Jori* fast jeden Tag. Die Synnr würden sich nicht solche Umstände bereiten. Sie war in der Stadt.

Vier Minuten.

Es sollte einen weiteren Wächter geben. Dieser Ort war zwar kein Hochsicherheitsgefängnis, aber sie war immer noch eine hochrangige Gefangene. Man stellte nicht nur eine Wache ab, es sei denn, man wollte Geld sparen und war bereit, seine gesamte Operation zu riskieren.

Also, ja, eine weitere Wache an der nächsten Tür.

Hanna ballte ihre Hände zu Fäusten. Sie könnte einen Wächter ausschalten. Vielleicht auch zwei. Ihr Funke sprühte elektrisch in ihren Adern. Sie hatte ihre Kraft seit Tagen nicht mehr genutzt, außer um ab und zu ihre Flügel auszubreiten. Einige ihrer Vernehmer fühlten sich dadurch unwohl. Synnr gingen mit ihren Flügeln vorsichtiger um und hielten sie unter Verschluss, wenn sie sie nicht gerade benutzten.

Hannas Flügel waren wunderschön, wirbelnde Grün- und Goldtöne mit einem Hauch von Schwarz, von denen der Priester ihres alten Tempels sagte, sie seien ein Geschenk von Braznon selbst.

Aber sie konnte sie nicht zur Schau stellen, wenn sie aus einer Militäreinrichtung floh.

Zum Glück brauchte sie sie nicht, um ihren Funken zu benutzen.

Mit einer Wache konnte sie fertig werden. Aber mit zwei? Hanna war keine Soldatin, sie war eine Spionin. Nun, eher eine Auftragnehmerin mit spionähnlichen Fähigkeiten. Wenn sie ihren Job richtig machte, musste sie nie gegen jemanden kämpfen.

Drei Minuten. Ihr lief die Zeit davon und sie war immer noch im Korridor.

Die Kleidung der Wache zu nehmen, war ihre beste Option. Sie konnte sich unter die anderen Synnr-Soldaten mischen, hinausschleichen und sich auf den Weg machen.

Und wohin würde sie gehen?

Hanna stoppte ihre innere Uhr und ließ sich zurück in ihr Bett sacken. Die Federn knarrten, und es fühlte sich an, als würde das ganze Ding zusammenbrechen, wenn sie sich zu schnell setzte oder sich im Schlaf mit zu viel Kraft umdrehte.

Sie konnte nicht entkommen.

Oder vielleicht *könnte* sie fliehen, aber das würde sie nur in noch mehr in Schwierigkeiten bringen.

Diese letzte Frage verfolgte sie. Wohin würde sie gehen? Wohin *könnte* sie gehen? Auf ihrer letzten

Mission hatte sie mit einem Funkenschlag alle Brücken abgebrochen. Sie brachte es nicht übers Herz, es zu bereuen. Wenn sie es nicht getan hätte ...

Der Krieg brachte das Schlimmste in den Leuten hervor, aber sie hätte nicht gedacht, dass das Oberkommando der Apsyn so tief sinken würde.

Was machte das aus ihr? Sie hatte ihre Apsyn-Vorgesetzten verraten, dafür gesorgt, dass sie ein Stück Technologie nicht erhielten, das zu einem Wendepunkt in diesem sinnlosen Krieg hätte führen können, und sich der Gnade der Synnr ausgeliefert. War sie immer noch eine Apsyn? War sie jetzt eine Synnr? Gab es eine Zwischenkategorie für Zulir, die sich nicht sicher waren, auf welcher Seite der Kluft sie sich befanden?

Es war nicht nur so, dass Hanna nicht wusste, wohin sie gehen sollte. Sie war eine einfallsreiche Person und befand sich in der größten Stadt auf diesem Mond. Wenn es nötig war, konnte sie einen neuen Weg für sich einschlagen. Sie konnte ihren alten Namen, ihre alte Identität hinter sich lassen und eine ganz neue Frau werden.

Aber ihre Flucht musste makellos sein. Wenn sie bei einem Ausbruch erwischt würde, wäre das Wohlwollen der Synnr dahin und sie würde wahrscheinlich in ein richtiges Gefängnis geworfen werden.

Und sie würde Jori in seiner Meinung bestätigen.

Hanna rollte sich noch fester auf dem Bett zusammen und ignorierte das Knarren der Federn. Sie sollte nicht einen einzigen Gedanken an Jorissan Harek verschwenden. Er war nur eine weitere Person, die darauf angesetzt war, sie zu brechen, ein Synnr, der sie so intensiv ansah, dass seine Augen funkelten.

Und ihre reagierten darauf.

Niemand sonst hatte diese Wirkung auf sie. Niemand sonst saß ihr im Verhörraum gegenüber und starrte sie eine Stunde lang schweigend an, bevor er ohne ein Wort zu sagen wegging. Wenn sie wirklich Informationen über Apsyn-Geheimnisse hätte, hätte er sie von ihr bekommen.

Sie wusste nicht, wie sie ihn davon überzeugen sollte, dass er bereits alles wusste, was sie wusste.

Es war wirklich dumm, sich auf ihn zu konzentrieren. Er war ein Synnr, genau wie all die anderen. Es spielte keine Rolle, dass sein Anblick und seine Intensität ihr einen Schauer über den Rücken jagten und ein Bewusstsein in anderen Teilen ihres Körpers weckten, die eigentlich nicht hätten aufhorchen sollen.

Sie war wirklich eine schreckliche Spionin. Wenn sie gut darin gewesen wäre, hätte Hanna diese Gefühle gegen ihn verwendet. In diesem anderen

Leben hätte sie ihren Charme spielen lassen und ihn verführen können.

Das entlockte ihr ein Lachen.

Sie hatte den Mann noch nie lächeln sehen. Er war voller Ernsthaftigkeit und Intensität, wenn er sich in diesen Stuhl setzte. Und er war entschlossen, sie Stück für Stück auseinanderzunehmen. Er dachte nicht daran, sie zu verführen. Und das sollte sie auch nicht.

Hanna verheimlichte nichts vor diesem Synnr, aber das bedeutete nicht, dass sie ihre Wachsamkeit vernachlässigen konnte. Und sie konnte nicht zulassen, dass Jorissan Harek ihr unter die Haut ging.

Sie würde nicht zulassen, dass er ihre Schwäche war.

———

Lippen wanderten über Joris Brust, schlanke Finger glitten an seiner Seite entlang, bis er erschauderte. Er krümmte sich in der Berührung, genoss den Kontakt und ließ sich von ihr erleuchten. Flecken des Funkens seiner Partnerin tanzten über seine Haut und drohten ihn zu verzehren.

Es war ein gefährliches Spiel. Wenn er die Kraft falsch einschätzte, könnte er am Ende gebraten werden.

Aber er lebte gerne gefährlich.

Er stöhnte auf, als sich ihre Finger um seinen Schwanz legten und ihn fest streichelten, so wie er es mochte. Und als sich ihre Lippen mit ihren Fingern verbanden, war er verloren. Jori gab sich den Empfindungen hin, fuhr mit den Fingern durch ihr weiches Haar und nahm alles, was sie ihm gab.

Er wollte es alles spüren.

Und wenn er nicht völlig überwältigt gewesen wäre, hätte er sie hochgezogen, ihre Lippen mit seinen eigenen erobert und sich tief in ihr vergraben, bis sie so stark miteinander verbunden waren, dass sie sich nicht mehr voneinander lösen konnten.

Es war Vergnügen und Folter zugleich. Und da war noch mehr von ihrem Funken, jetzt sogar noch stärker. Er schwebte über seiner Haut und umspielte ihn, gefährlicher als zuvor. Aber es fühlte sich zu gut an, um sich Sorgen zu machen, dies war kein Kampf, und wenn ihre Spielerei zu intensiv war, würde es das Vergnügen nur noch steigern.

Sie zog sich von seinem Schwanz zurück und er versuchte, ihr zu folgen, verzweifelt und ohne Rücksicht darauf, wie es ihn aussehen ließ. Dies war ein Vergnügen für sie beide, und sie verdiente es zu wissen, wie sie ihn fühlen ließ.

Die Vorfreude machte seinen Funken noch stärker.

Strähnen ihres dunklen Haares richteten sich von selbst auf, die Elektrizität lud sie auf.

Er stand jetzt am Abgrund, und es würde nicht mehr als einen Atemzug dauern, bis er darüber hinwegkippte.

„Jori", hauchte sie seufzend aus und sah auf, um ihm in die Augen zu sehen.

Hanna.

Joris Funke blitzte mit einem weiteren heftigen hellen Licht auf, als er aus dem Traum gerissen wurde. Aus dem Albtraum.

Der Fantasie.

Sein Schwanz war steif und schmerzte, und es hätte nicht mehr als ein paar Berührungen gebraucht, um ihn explodieren zu lassen. Stattdessen krümmte er die Finger um die Bettkante und versuchte, es zu verdrängen.

Er war nicht irgendein unerfahrener Rekrut, der wegen eines hübschen Gesichts und eines verruchten Lächelns durchdrehte. Hanna Karsyn war eine Spionin der Apsyn, eine Frau in Gewahrsam des Synnr-Militärs, die beinahe einen seiner Kameraden und eine unschuldige junge Frau getötet hätte, die in ihren Komplott verwickelt worden war.

Er konnte es sich nicht leisten, über sie zu fantasieren.

Es gab Millionen von Frauen in Osais.

Warum war sein Schwanz so auf diese eine konzentriert?

Sein Schwanz zuckte und er stöhnte, eine Mischung aus Lust und Frustration.

Bevor Hanna Karsyn einen Monat zuvor seinen Weg gekreuzt hatte, war alles ganz einfach gewesen. Er fand eine Frau, er lächelte, er flirtete. Sie gingen ein oder zwei Mal aus und hatten ihren Spaß, und dann gingen sie beide zufrieden ihren Weg.

Er konnte immer jemand anderen finden.

Seit dem Tag, an dem er Hanna zum ersten Mal sah, hatte er sich nicht mehr darum gekümmert.

Jedes Mal, wenn sie sich trafen, war es eine neue Herausforderung. Er hatte ihren Funken in ihren Augen tanzen sehen und wusste, dass sein eigener Funke dasselbe getan hatte. Eines Tages hatte ihn diese wahnsinnige Besessenheit so sehr getrieben, dass er sie in einen Verhörraum zerrte und sie fast eine Stunde lang einfach nur ansah.

Damals hatte er sich gesagt, dass er sie nur verunsichern wollte.

Jori log nicht gern. Aber er war sehr gut darin geworden, sich selbst zu belügen.

Wenn er sie für sich allein hätte ... Wenn der Ort

nicht zur Beobachtung verkabelt wäre ... Wenn er fragte und sie Ja sagte.

Jori wickelte seine Finger um seinen Schwanz und wichste, biss die Zähne gegen die Lust zusammen, als wäre dies eine Art Strafe, eine Art Ritual, das er sich selbst auferlegte, um etwas zu beweisen ...

Er stöhnte auf, als er kam, das Bild von Hanna noch frisch in seinem Kopf.

Natürlich war sie in seinen Gedanken. Sie war sein Tag und seine Nacht. Jetzt beherrschte sie sogar seine Träume.

Wenn er nicht aufpasste, würde sie ihn um den Finger wickeln.

Und sie bemühte sich nicht einmal.

In seiner Wohnung, dem Zufluchtsort abseits von Blut, Tod und der Ordnung des Militärs, konnte Jori sich die Wahrheit eingestehen, wenn auch nur vor sich selbst.

Hanna Karsyn versuchte nicht, mit ihm zu spielen. Diese unbestreitbare Anziehung, diese Kraft, die sich um seinen Schwanz gewickelt und tief in sein Nervensystem eingegraben hatte, war etwas viel Einfacheres. Und etwas Unheimlicheres.

Er fühlte sich zu ihr hingezogen. Und weil er sie nicht haben konnte, konnte er nicht aufhören, an sie zu denken.

Jori musste normalerweise nicht mit Ablehnung rechnen.

Wenn er eine Frau anlächelte, wenn er flirtete, flirtete sie normalerweise zurück. Er fand überall Frauen. In Bars, in dem Laden, in dem er seine Wäsche abgab, in der Bibliothek.

Aber niemals bei der Arbeit.

Das Synnr-Militär war Joris Leben. Ohne seinen Rang wäre er immer noch ein Kind, das von Waisenhaus zu Waisenhaus hüpfen und hoffen würde, dass ihn eines Tages eine Familie aufnahm.

Als ob es nicht Tausende von anderen Kriegswaisen gäbe, die sie auswählen konnten.

Er musste dieser Sache irgendwie ein Ende setzen. Seine Hingabe an die Arbeit war eine Sache, aber Besessenheit hatte hier keinen Platz. Wenn er sich jetzt nicht davon abwand, wäre alles ruiniert. Und es wäre alles seine Schuld.

Das konnte Jori nicht zulassen.

Die Sonne lugte durch die Verdunkelungsvorhänge seines Schlafzimmers, aber sein Wecker sagte ihm, dass es noch viel zu früh am Morgen war, um wach zu sein. Sommer auf Aorsa bedeutete Tageslicht zu jeder Stunde.

Wenn er es versuchte, konnte er noch ein paar Stunden Schlaf bekommen. Aber seine Hand war klebrig und die Erinnerung an seinen Traum verfolgte ihn stärker als jeder Geist.

Jori stand auf und ging zu seiner Dusche. Er könnte noch ein Training absolvieren, bevor er zur Arbeit ging.

Und dann war es an der Zeit, einen weiteren Auftrag anzufordern.

**2**

## KAPITEL ZWEI

DER ECHTE MORGEN auf den Straßen von Osais war weit entfernt von Joris Träumen, und er konnte gerade noch so tun, als sei alles in Ordnung, als seien seine Träume und die Frau in ihrem Zentrum nicht darauf aus, seine Karriere zu ruinieren.

In der Ferne hörte er das leise Rumpeln der Fabriken, die Kriegsmaterial herstellten, aber der Himmel war klar. Er hatte von Solans menschlicher Freundin Lena gehört, dass ihr Heimatplanet voller Umweltverschmutzung war und der Himmel durch Rauch und Fahrzeugabgase verdunkelt wurde.

Es klang wie ein Albtraum.

Wenn er in die andere Richtung blickte, ragten die Türme des Palastes in den Himmel, eine Erinnerung an seine Königin und an das, wofür er kämpfte.

Aber er kämpfte nicht für sie, nicht wirklich. Er war so loyal wie jeder Soldat. Er würde tun, was ihm befohlen wurde. Aber er wandte seinen Blick von den Schlosstürmen ab und erblickte eine Handvoll lachender und spielender Kinder vor einer Kindertagesstätte.

*Das* war es, wofür er kämpfte.

Zwei der Kinder in der Gruppe sahen menschlich aus. Es war nicht leicht, den Unterschied zu erkennen. Die Haut von Zulir hatte einen stärkeren Schimmer, fast ein Glühen, aber das war in der Dunkelheit deutlicher zu erkennen. Und da war natürlich der Funke. Menschen hatten keinen Funken, es sei denn, sie waren mit Zulir verpaart.

Keines der Kinder kümmerte sich darum, dass sie nicht gleich waren. Und solange die Synnr die Kontrolle über Aorsa behielten, würde das auch so bleiben. Wenn sie versagten, würde keines dieser Menschenkinder mehr mit Zulir spielen. Die Apsyns hielten Menschen, und mit ihnen alle Außerirdischen, für eine minderwertige Spezies.

Er würde nicht zulassen, dass sie ihren Hass in seiner Heimat verbreiteten.

Eines der Kinder sah ihn an und winkte ihm zu. Er winkte zurück und ging weiter. Wenn er noch länger wartete, würde er zu spät kommen.

Er war gerade auf die Straße getreten, als ein Fahrer auf einem Fusions-Motorrad an ihm vorbeifuhr und ihn fast geradewegs überrollte.

Jori machte eine unhöfliche Geste und zog seine Hand schnell wieder zurück, als er an die Kinder hinter ihm dachte. Es war unnötig, den Kleinen neue interessante Beleidigungen beizubringen.

*Bei Braznons Eingeweiden.* Dieser Fahrer würde noch jemanden umbringen.

Aber das war nicht Joris Verantwortung.

Seine Ohren knackten, bevor Jori das Geräusch richtig hörte, und eine Schockwelle durchfuhr seine Brust. Jori bewegte sich, bevor er begriff, was geschah, rannte zur Kindertagesstätte und schrie die Kinder an, in Deckung zu gehen.

Die zweite Explosion warf ihn mitten auf der Straße auf sein Gesicht.

Kinder schrien. Erwachsene rannten. Fahrzeuge gerieten ins Schleudern und stürzten.

Der Rauch in der Luft brannte in seiner Lunge, aber Jori kämpfte dagegen an. Er sprang wieder auf und suchte die Straße um sich herum ab.

Keine Schäden an den Gebäuden.

Kein Feuer.

Keine Leichen.

Die Bombe war nicht in dieser Straße.

Er wäre fast von einem Motorradfahrer umgefahren worden, der mit hoher Geschwindigkeit davonfuhr. Wer auch immer es war, er war schon lange weg, und Jori hatte andere Dinge zu erledigen, aber seine Gedanken blieben daran hängen und drehten sich im Kreis, während er rannte.

Die Tagesmütter sammelten bereits die Kinder ein, sodass er sich zwang, sich von ihnen abzuwenden.

Er folgte dem Pfad der Zerstörung um die Ecke und betrat die Unterwelt.

Es war unheimlich still, obwohl mehrere Zulir die Straße entlang taumelten, einer davon mit um sich geschlungenen Flügeln in einer beruhigenden Pose, wie man sie sonst nur bei kleinen Kindern sah.

Eine Frau kauerte am Straßenrand, halb in einer Pfütze aus Flüssigkeit sitzend, von der Jori verzweifelt hoffte, dass es kein Blut war. Seine Füße scharrten über den Boden, das Geräusch durchbrach irgendwie die seltsame Wolke der Stille, in der sie sich befanden, und sie sah auf.

Alles, was er in ihren Augen sehen konnte, war Kummer, und das war wie ein Stich ins Herz.

Er verfügte lediglich über eine Grundausbildung in Erster Hilfe und hörte bereits die Notfallsirenen auf der Straße widerhallen. Er musste seine eigene Arbeit erledigen, auf seine eigene Art helfen. Und das bedeutete, tiefer in den Rauch und die Trümmer vorzudringen.

Das konnte nicht gut für seine Lunge sein. Er würde mit Sicherheit auf die Krankenstation geschickt werden, aber wenn eine leichte Rauchvergiftung seine schlimmste Verletzung in diesem Krieg darstellte, wäre er dankbar dafür.

Es war eine Farce, dies einen Krieg zu nennen. Kriege hatten Schlachten. Armeen kämpften gegeneinander.

Dies war ein Gemetzel an Zivilisten.

Das Dröhnen eines Motors eines weiteren Fusions-Motorrades durchbrach den Rauch, und Jori sah für einen halben Atemzug die Scheinwerfer, bevor das rot-gelbe Ungetüm aus dem Schatten trat und direkt auf ihn zustürzte.

Er sprang nach rechts, als das Fahrzeug nach links raste. Diesmal nahm Jori die Verfolgung auf, aber zu Fuß war er einem Fahrzeug nicht gewachsen.

Aber er konnte ein seltsames Siegel auf dem Helm des Fahrers erkennen.

So etwas hatte er schon einmal auf einer der Motorradausstellungen gesehen, die Liebhaber veranstalten. Es gab in der Stadt Clubs voller Männer und Frauen, die auf Motorräder schworen. Wer versteckte sich in ihren Reihen? Mitten in einer Krise war jeder verdächtig.

Jori holte seinen Kommunikator hervor und skizzierte das Siegel nach bestem Wissen und Gewissen, auch wenn die Zeichnung aussah, als wäre sie von einem besonders ungeschickten Kind angefertigt worden.

Er hatte andere Fähigkeiten.

Und alles war besser als nichts.

Sein Kommunikator surrte bei einem eingehenden Anruf. Jori nahm ab. Selbst mitten in einem Kriegsgebiet würde er einen Anruf von Major Ozar jederzeit annehmen. „Wo sind Sie, Harek? Wir haben Berichte über einen Bombenanschlag, und Sie sollten vor fünfzehn Minuten in meinem Büro sein."

Fünfzehn Minuten? War es wirklich schon so lange her? Die Zeit verdichtete sich in der Tragödie, und Jori konnte nicht einmal sagen, welcher Tag es war, geschweige denn welche Stunde.

„Ich bin vor Ort, Ma'am." Er gab eine kurze Einschätzung ab, einschließlich seines Verdachts bezüglich des Bikers, aber sonst gab es nicht viel zu berichten.

„Gut. Bleiben Sie dort. Ich habe mehrere Teams zusammengetrommelt und möchte, dass Sie die Sache im Auge behalten. Wir werden unser Treffen verschieben müssen. Gibt es etwas Dringendes, das Sie mit mir besprechen wollen?" Jori konnte nicht sagen, ob sie das wirklich wissen wollte. Normalerweise war Major Oz sehr schroff. In einer Situation, in der sie unter großem Druck stand, würde ihr Ton als unhöflich empfunden werden, wenn sie einen niedrigeren Rang hätte.

Und Jori hatte genug Selbsterhaltungstrieb, um seine Probleme für sich zu behalten. Sein Schwanz würde sich vorerst damit abfinden müssen. „Nein, Ma'am."

Das Gute daran war, dass er Hanna heute nicht gegenübertreten musste.

Aber er würde ihr jeden Tag für den Rest seines Lebens gegenübertreten, wenn er die Zerstörung um ihn herum rückgängig machen könnte.

———

Ein weiterer Tag, ein weiteres Verhör. Hanna fragte sich, was sie ihnen als Nächstes erzählen könnte. Das geheime Keksrezept ihrer Großmutter? Dass sie Süßigkeiten aus dem Laden an der Ecke gestohlen hatte, als sie sechs war?

Welches Verbrechen würde Jori ihr abnehmen?

Sie trug dieselbe dunkle Uniform, die sie schon

seit Wochen trug. Nun, nicht ganz dieselbe. In ihrem Quartier gab es drei Versionen desselben Outfits, die ihr abwechselnd abgenommen und gewaschen wurden. Sie hätte den Service vielleicht zu schätzen gewusst, wenn er nicht mit einer Zelle verbunden gewesen wäre.

Ihre Füße waren kalt in den Pantoffeln, die sie trug. Sie waren dünn und hielten die Kälte nicht ab. Außerdem waren sie zu groß, und sie musste ständig ihre Zehen beugen, damit sie nicht abrutschten.

Aber wenigstens hatte sie Schuhe. Sonst würde sie frösteln.

Die Tür öffnete sich und Hanna richtete sich auf, wobei sie sich selbst hasste, während ihr Körper sich zur Tür neigte. Unangepasste Gefühle für ihren Befrager zu haben, würde sie in Schwierigkeiten bringen.

Sie war dennoch enttäuscht, als der Mann, der durch die Tür kam, nicht Jori war.

Er war Zulir, wahrscheinlich etwa so alt wie sie, und trug eine sauber gebügelte Militäruniform. Er hatte kurzes Haar und einen verschlossenen Gesichtsausdruck. Sie konnte den Hauch einer Tätowierung an seinem Kragen erkennen und fragte sich, ob es sich um eine Synnr-Verbindungstätowierung handelte.

Die Synnr liebten es, sich selbst zu markieren, und

Hanna würde lügen, wenn sie behaupten würde, dass sie davon nicht fasziniert war. Aber sie war eine Spionin. Lügen war ihr Fachgebiet.

Oder zumindest war das zuvor so.

*Wo ist Jori?* Die Worte lagen ihr auf der Zunge, und sie schaffte es gerade noch, sie zurückzubeißen. Sie sah Jori nicht jeden Tag. Sie hatten nie außerhalb des Verhörs miteinander gesprochen.

Soweit sie wusste, konnte er mit seiner Frau und seinen drei Kindern im Urlaub sein.

„Was soll denn der Blick?", fragte der heutige Vernehmungsbeamte.

Hanna merkte, dass sie finster dreinschaute, und korrigierte ihre Miene. Sie zuckte mit den Schultern. Es hatte keinen Sinn, das Treffen mit einer Lüge zu beginnen, und sie wollte auf keinen Fall zugeben, dass sie eine Vorliebe für jemanden aus dem Team hatte. „Wer sind Sie?"

Der Mann legte einen dicken Aktenordner auf den Tisch zwischen ihnen, gerade weit genug, um außer Reichweite zu sein. Das muss Absicht gewesen sein. Es juckte Hanna in den Finger danach zu greifen, sie zu nehmen und durchzulesen. Was für Geheimnisse, dachten sie, würde sie verbergen?

Wer war sie für das Synnr-Militär?

Wer war sie überhaupt noch?

„Mein Name ist Solan Zadra. Major Ozar bat mich, mit Ihnen zu sprechen." Solan nahm Platz und zog die Mappe zu sich heran, öffnete sie aber nicht.

Solan Zadra. Es gab eine reiche Zadra-Familie auf Aorsa. Er könnte ein Teil davon sein. Ein Teil ihrer Ausbildung hatte darin bestanden, sich die reichsten und einflussreichsten Synnr-Familien einzuprägen. Nicht, dass ihr diese Informationen jetzt etwas nützen würden.

„War es eine neue Masche, mich den ganzen Morgen hier schmoren zu lassen?" Sie war kurz nach dem Frühstück zum Verhör hereingebracht worden. Seitdem waren Stunden vergangen, so viele, dass eine Wache ihr sogar das Mittagessen gebracht hatte. Sie hatte einen kurzen Blick durch die Tür geworfen, aber der Verhörraum lag abseits des Flurs und sie konnte nichts Wichtiges entdecken.

Es war seltsam. Sie mochte seltsam nicht.

„Was wissen Sie über Starstone Construction?" Er tippte zweimal mit dem Finger auf die Akte, bevor er sie mit der flachen Hand berührte.

„Nie davon gehört. Ist Starstone ein Name oder ein Baumaterial?" Sie war keine Schreinerin und hatte nie daran gedacht, etwas bauen zu lassen. Schon gar nicht auf Aorsa. Ihre Zeit auf dem Planeten beschränkte sich auf ihre kurze Zeit an der Universität.

Luci.

*Verpunt.* Hanna verbrachte die meisten ihrer Tage damit, verzweifelt zu versuchen, nicht an die junge Frau, die sie verletzt hatte, zu denken. Luci war ein unschuldiges Kind, das in die Weltraumpolitik und Spionage verwickelt worden war. Am Ende war alles gut gegangen; schließlich war Hanna diejenige, die in einem Käfig saß, während Luci mit ihrem massigen Synnr-Krieger kuschelte, aber das machte den Schaden, den Hanna angerichtet hatte, nicht wieder gut.

„Was ist mit Fazuz Realty?", fuhr Solan in seinem ärgerlich knappen Tonfall fort. „Oder der Xynthorp Taxi Company? NovaTek Toys and Robotics?"

„Ich glaube mich zu erinnern, dass ich an der Universität Schilder für die Immobilienfirma gesehen habe, aber sonst habe ich noch nie von diesen Unternehmen gehört." Ein Immobilienmakler, eine Spielzeugfirma, ein Taxidienst und ein Bauunternehmen. Sie hatten nichts miteinander zu tun. Und mit ihr schon gar nicht.

Warum also die Frage?

Zadra klappte die Mappe auf, zog ein Foto heraus und schob es ihr zu. „Sagen Sie mir, was Sie sehen."

Es handelte sich um Aufnahmen einer Sicherheitskamera von einer Straße in schlechter Qualität. Wahrscheinlich Osais, obwohl sie sich nicht sicher sein konnte. Ihre Augen konzentrierten sich automatisch auf die Mitte des Bildes. „Das ist eine SynStar 5, vielleicht auch 4, wenn es ein neueres Modell war. Es wurde vor etwa sechs Jahren auf den Markt gebracht und ist eines der besten Motorräder auf dem Markt. Man sieht nicht viele davon auf Aorsa, da sie aus dem Laden unten auf Kilrym importiert werden müssen, und sie sind lächerlich teuer, sogar ohne die Exportkosten.“

„Sie wissen eine Menge über dieses Motorrad“, stieß er hervor, wobei er nicht ganz bis zur Spitze einer Anschuldigung vordrang.

Aber Hanna entspannte sich dadurch in ihrem Sitz. „Sie haben hier den Sunset League Junior Fusion Cycle Champion unter 16 Jahren vor sich sitzen. Das sollte in meiner Akte stehen.“

„Es steht in Hanna Karsyns Akte“, stimmte er zu, doch sein Tonfall ließ etwas anderes vermuten.

Sie stöhnte und stützte ihren Kopf in die Hände. Wenigstens war sie bei diesen Dingen nicht mehr in Handschellen gefesselt. „Wie oft muss ich es Ihnen noch sagen? Ich bin Hanna Karsyn. Ich habe nicht unter einer falschen Identität gearbeitet. Mein Vorgesetzter hat mir versichert, dass es in Ordnung wäre und dass meine echte Identität für die Mission gut sei. Es gab keinen Grund zu lügen.“

„Sie haben eine Bombe auf einem Universitätsgelände platziert und wichtige Forschungsergebnisse gestohlen.“

„Es war keine Bombe und ich war es auch nicht. Die verantwortlichen Apsyns wurden in Gewahrsam genommen.“ Sie musste tief durchatmen, um ihren Herzschlag unter Kontrolle zu bringen. Das hatte sie Jori schon ein Dutzend Mal gesagt, und auch anderen Vernehmungsbeamten. Keiner wollte ihr glauben. Es war Zeit, es noch einmal zu versuchen. „Ich wusste, dass an diesem Tag etwas passieren würde. Es war ein Ablenkungsmanöver. Ich habe mich zur gleichen Zeit in einen Verwaltungscomputer gehackt, ich sollte auf den Sicherheitsaufzeichnungen zu sehen sein.“

„Das sind Sie nicht. Sie wissen, dass die Aufnahmen gelöscht wurden.“ Er stand auf und nahm sich eine Flasche Wasser von dem kleinen Tisch hinter ihm. „Möchten Sie etwas trinken?“

„Nein.“

Ablenkung. Sie in Rage bringen und dann in die Irre führen. Dieser Typ wusste, wie man Fragen stellt. Wenn sie gelogen hätte, wäre Hanna besorgt gewesen.

„Wie viele SynStar-Bikes, schätzen Sie, befinden sich auf Aorsa?“, fragte Solan. Er machte sich eine kleine Notiz und wartete auf ihre Antwort.

Hanna dachte einen Moment lang nach. „Vielleicht ein paar hundert. Und keine neuen in diesem Jahr, wegen des Krieges. Woher kommt das plötzliche Interesse? Was ist passiert?"

Solan riss ihr das Foto aus den Händen und legte es zurück in seine Akte.

Bevor er noch etwas sagen konnte, öffnete sich die Tür und Major Ozar steckte ihren Kopf herein. Sie war etwa so alt wie Hannas Mutter und hatte den entschlossenen Gesichtsausdruck einer Berufsoffizierin. „Kommen Sie zur Sache, Zadra."

Solan erhob sich und nahm die Akte an sich. „Ich bin hier fertig, Ma'am. Ich werde Ihnen bald meinen Bericht vorlegen. Er wird sehr aufschlussreich sein."

Hanna kniff die Augen zusammen. Sie hatte ihm nichts gesagt, was er nicht schon über sie wusste. Und das mit dem Motorrad hätte er von überall erfahren können. Worauf wollte er hinaus? Wollte er ihr etwas anhängen?

Major Ozar warf Hanna einen prüfenden Blick zu, bevor sie sich umdrehte und Solan aus dem Raum führte.

Hanna ließ sich in ihrem Stuhl zurücksinken. Sie war sich nicht sicher, was es damit auf sich hatte, aber sie hatte Angst, es herauszufinden.

3

# KAPITEL DREI

JORI SPÜRTE NOCH IMMER, wie der Staub und der Schutt auf seiner Haut kratzten. Es spielte keine Rolle, dass er bereits zweimal geduscht und fast eine Stunde lang gebadet hatte. Seife und Wasser konnten den Schrecken des Angriffs nicht wegspülen.

Er hatte eine Leiche gefunden.

Es war nicht die erste Leiche, die er gesehen hatte. Sie war nicht besonders grausam gewesen. Das Opfer sah fast so aus, als würde es ein Nickerchen machen, wenn man von dem riesigen Metallstück absah, das seine Brust durchbohrte.

Eine weitere unruhige Nacht ließ ihn gähnen, als er zur Arbeit marschierte. Er hatte sich eine Ablenkung von den schweißtreibenden, verführerischen Träumen von Hanna gewünscht, aber er würde sie sofort wieder zurücknehmen. Was er am meisten wollte, war, dass dieser Krieg vorbei war.

Aber auch das war eine grausame Lüge. Jori brauchte diesen Krieg. In Kriegen wurden Militärkarrieren gemacht und verloren. Wenn er sich auszeichnete, würde er mit einem höheren Rang, mehr Verantwortung und dem Respekt von Vorgesetzten, die seinen Namen noch nicht kannten, aus diesem Krieg hervorgehen.

„Harek!", rief Major Ozar.

Nun ja. Es gab eine Vorgesetzte, die seinen Namen kannte, und Jori war sich nicht sicher, ob das eine gute Sache war. Es war schwer zu glauben, dass dies die Frau war, die Oz großgezogen hatte, einen Kameraden, der ein ausgeglichenes Temperament hatte und selten ein unfreundliches Wort verlor.

Obwohl, wenn er fair war, konnte er nicht sagen, dass Major Ozar unfreundlich war. Sie war nur ... vielbeschäftigt.

Er eilte an Schreibtischen vorbei, auf denen sich Papiere stapelten, und um Soldaten herum, die aussahen, als hätten sie seit Wochen nicht mehr geschlafen, obwohl die Explosion erst vor drei Tagen stattgefunden hatte. Er kannte das Gefühl. Er hatte mit Oz und seiner Schicksalsgefährtin, Emily Saint, an den Aufräumarbeiten und Ermittlungen mitgewirkt.

Das Büro des Majors war unglaublich aufgeräumt. Der Bereich um den Schreibtisch herum war frei von Papieren und Elektronik, und Jori war sich ziemlich sicher, dass der Staub vor Angst zusammenschrumpfen und verschwinden würde, bevor der Major ihn entdecken konnte.

Die einzige Dekoration war ein kleines Regal mit einem Bild von Oz und einem Mann, den Jori nicht erkannte, sowie zwei Medaillen, eine davon mit dem königlichen Siegel.

Major Ozar nickte ihm zu und forderte ihn auf, Platz zu nehmen. Der Stuhl unter ihm war fest, das Kissen kalt unter seinen Fingerspitzen.

Er war in genau einem persönlichen Büro eines Generals gewesen, und es war so prunkvoll gewesen, wie er sich den Thronsaal der Königin vorstellte. Major Ozar lehnte Schmuck ab, und sie legte keinen Wert auf Zeremonien.

Sie drückte eine Taste auf ihrer Tastatur und ein Bild wurde an die Wand hinter ihr projiziert. „Wir konnten das Fusions-Motorrad, das vom Tatort wegfuhr, identifizieren. Es ist ein SynStar Modell 5.2, das vor drei Jahren in einer kleinen Fabrik in Vanen hergestellt wurde. Siebenundvierzig dieses Modells wurden nach Aorsa importiert. Wir konnten das Kennzeichen des Fahrzeugs nur teilweise sehen, aber in Verbindung mit der Kenntnis des Modells haben unsere Forscher diesen Mann aufgespürt."

Ein zweiter Druck auf die Taste zeigte das Bild eines Zulir-Mannes mittleren Alters mit einem buschigen Bart, langem dunklem Haar und einem Blick, der auf Ärger hindeutete. Sein Ausdruck war grimmig, die Augen trotzig zusammengekniffen, und sein Bart war von silbernen Strähnen durchzogen. Das Bild stammte wahrscheinlich von einem Ausweis und zeigte ihn nur von den Schultern aufwärts, aber diese Schultern waren breit, und Jori stellte sich vor, dass dieser Mann Muskeln hatte.

„Wer ist er?" Kein Soldat, soviel war sicher. Das sah eher nach einem Verbrecherfoto aus.

„Morn Kark". Das Bild wurde durch eine Liste ersetzt, in der kleine Verbrechen aus den letzten zwanzig Jahren aufgeführt waren. „Er ist Besitzer einer Bar und führt eine Bande von Unruhestiftern an, die in ihrem Sektor der Stadt für Unruhe sorgen. Er wurde in Osais geboren und hat den Planeten nie verlassen, aber er hat ein beunruhigendes Interesse an der Apsyn-Ideologie gezeigt."

„Es ist kein Verbrechen, wie ein Apsyn zu denken", sagte Jori, obwohl *so etwas* inmitten eines Krieges an Verrat grenzte.

„Natürlich nicht", stimmte Ozar zu. „Aber einer

der Apsyn-Saboteure von dem Anschlag auf die Universität war Stammgast in Karks Bar. Einer seiner Dämonen."

„Was?", stotterte er.

„Die Rebellischen Dämonen. Meistens trinken sie und belästigen Unbeteiligte im östlichen Quadranten, aber ein paar von ihnen haben sich der Sache der Apsyn angeschlossen. Wir haben Kark nach dem Angriff überprüft, aber es gab nichts, was man ihm anhängen konnte. Die Bar hat ein paar Steuerprobleme und Lärmbeschwerden, aber das ist nicht ungewöhnlich für Lokale in der Stadt. Dem Bericht zufolge könnte er ein Apsyn-Sympathisant sein, aber er hat weder die Mittel noch die Motivation, viel zu unternehmen."

„Was hat sich geändert?" Auf Aorsa gab es Hunderte, vielleicht Tausende von Einwohnern, die mit den Apsyns sympathisierten. Das Gleiche galt für die Synnr auf Kilrym. Vor dem Krieg war das Reisen zwischen Kilrym und Aorsa frei möglich, wenn es auch mit Vorsicht zu genießen war. Jetzt war jede Reise streng überwacht, teuer und gefährlich.

„Genau das sollen Sie herausfinden." Sie drückte eine weitere Taste und der Bildschirm wurde leer. Dann öffnete sie eine Schublade, zog eine Mappe heraus und reichte sie ihm.

Jori überflog die Zusammenfassung auf der Titelseite. „Infiltration? Ich bin kein Spion."

„Nein, das sind Sie nicht. Aber ich brauche jemanden, der sich mit Fusions-Motorrädern auskennt."

Er runzelte verwirrt die Stirn. „Ich weiß auch nicht viel über Fusions-Motorräder."

„Können Sie eins fahren?"

„Es war Teil meiner Ausbildung, ich habe den Test bestanden." Und es hatte Spaß gemacht, obwohl Ozar nichts von der Spritztour wissen musste, die er und sein Kamerad Felyx unternommen hatten, als sie die Motorräder eigentlich reinigen sollten.

„Gut." Sie lehnte sich in ihrem Stuhl zurück und ging nicht weiter darauf ein.

Es machte immer noch keinen Sinn. „Es muss doch Experten geben. Und ich bin immer noch kein Spion. Das ist nicht ... Was ist hier los, Major?"

„Ich habe Zugang zu einer Fusions-Motorrad-Expertin, die den perfekten Hintergrund hat, um Karks Organisation zu infiltrieren. Aber sie braucht Unterstützung, und ich brauche jemanden, dem ich ohne jeden Zweifel vertraue. Jemanden, der sicherstellt, dass ich keinen Fehler gemacht habe." Sie nickte in Richtung der Akte. „Blättern Sie um."

Joris Hand schwebte über der Akte, aber er wusste schon, wen er auf Seite zwei sehen würde. Hanna

Karsyn. „Nein. Auf keinen Fall. Wir können ihr nicht trauen.“

„Meine besten Analysten sagen etwas anderes. Sie haben Ihre Berichte studiert, Harek.“ Sie hob eine Hand, bevor Jori versuchen konnte, dem zu widersprechen. „Aber Sie haben einen guten Instinkt, und vielleicht gibt es etwas, das die Analysten nicht berücksichtigt haben. Deshalb möchte ich Sie bei dieser Mission dabei haben. Sie sehen sie fast als das, was sie ist.“

„Fast? Was übersehe ich?“

„Dass sie eine Bereicherung ist. Wenn man ihr trauen kann, ist sie genau die Art von Person, die wir gebrauchen können. Kann ich Ihnen bei dieser Mission vertrauen?“

Wenn Jori nicht vor seiner vorgesetzten Offizierin sitzen würde, hätte er gelacht. Und dann vielleicht geweint. Vor drei Tagen war er fest entschlossen gewesen, Hanna Karsyn in seine Vergangenheit zu verbannen. Sie war in seinem Kopf ... und an anderen Orten.

Er konnte Ozar sagen, dass sein Urteilsvermögen beeinträchtigt war. Dann würde sie ihn von der Mission abziehen.

Aber würde sie Hanna trotzdem hineinschicken? Was, wenn Hanna sie verraten würde? Wer würde ihr den Rücken stärken?

Was, wenn sie verletzt wurde?

Er war ein Idiot, dass er überhaupt in Erwägung zog, die Mission anzunehmen. Aber Ozar war auf ihn angewiesen.

Und Hanna war es auch.

Wenn er es richtig anstellte, könnte seine Karriere den gewünschten Auftrieb erhalten.

Er versuchte, sich an diesem Grund festzuhalten. Er war logisch. Er war richtig.

Und er war völliger Blödsinn.

„Wann geht es los?"

———

Eine zweite Chance bekam man nicht jeden Tag, und Hanna wartete schon seit über einem Monat auf ihre. Sie konnte sich vorstellen, dass eine der Priesterinnen zu Hause sie für ihre Ungeduld tadelte, aber der Tempel der Götter in Vanen war viel schöner als Hannas Zelle, also konnte die Priesterin den Mund halten.

Hanna rieb sich die Handgelenke, riss aber die Hände auseinander, als sie merkte, dass sie das tat. Sie war nicht in Handschellen. Sie war nicht in einer Zelle. Sie wurde von niemandem bewacht. Sie war frei.

Fast.

Irgendwo in diesem riesigen Gebäude musste es eine Wache geben. Und sie würde wetten, dass sie den Befehl hatte, sie nicht gehen zu lassen. Aber das würde sie auch nicht tun. Schließlich konnte sie sich endlich als nützlich erweisen.

Sie versuchte, nicht zu sehr darüber nachzudenken, für wen sie sich nützlich machte. Ja, Hanna war übergelaufen. Nachdem sie gesehen hatte, was die Apsyns zu tun bereit waren, um den Krieg zu gewinnen, hatte sie keine andere Wahl gehabt. Es wäre ungeheuerlich gewesen, dieser Seite zu helfen. Sie wollten die verpaarten Zulir-Einheiten auseinanderreißen, als ob das nicht etwas Heiliges zerstören würde. Das konnte Hanna nicht zulassen.

Aber ihre Eltern waren noch in Vanen. Ihre Schulfreunde. Menschen, die sie ihr ganzes Leben lang gekannt hatte. Und ihre Taten ...

Nein. Wenn sie es richtig anstellte, würden sie noch sicherer sein. Denn sie würde helfen, den Krieg zu beenden. Dann würde niemand mehr leiden müssen.

Außerdem war ihre Wahl einfach gewesen: Für immer in ihrer Zelle zu verrotten oder bei einer Undercover-Mission zu helfen. Wenn es gut lief, würde sie nicht in die Zelle zurückgeschickt werden. Hanna wollte sicherstellen, dass sie diesen Job als freie Frau abschließen würde.

Selbst wenn das bedeutete, bei der ersten Gelegenheit zu fliehen und für den Rest ihres Lebens in einer Höhle zu leben.

Sie erschauderte bei dem Gedanken. In Höhlen gab es Ungeziefer. Und Schimmel. Und Bären. Nicht ideal für ein Stadtmädchen wie sie.

Hanna wanderte von einem Ende der Bank, auf der sie eigentlich sitzen sollte, zum anderen und betrachtete das Lagerhaus um sie herum. Der Großteil war von Schatten verdeckt. Die Lichter hingen hoch an der Decke, und nur die Lampen über den Bänken waren eingeschaltet worden. Aber sie konnte Rampen und Treppen und die Umrisse von Nischen erkennen.

Dies war eine Trainingsstätte. Sie breitete ihre Flügel aus und entspannte sich in der Dehnung. Es war keine körperliche Sache, aber sie fühlte sich immer freier, wenn sie sie zeigte. Ihr Funke und ihre Flügel waren ein Teil von ihr, und sie nahm sie an.

Wann sollte ihr Partner hier eintreffen? Und mit wem sollte sie zusammenarbeiten? Sie hatte Solan gefragt, als er ihr den Auftrag erteilte, aber er hatte es nicht verraten. Offenbar wurden die Details noch ausgearbeitet. Diese Details hatten sie hier gestrandet, begierig darauf, etwas zu tun, auch wenn sie unsicher war, was es war.

Sie kannte die Grundlagen der Mission. Sie und ein Synnr-Partner würden eine Fusions-Motorrad-Gang von Apsyn-Sympathisanten infiltrieren. Die Synnr wollten sie wegen ihrer Motorradkenntnisse und Fähigkeiten dabei haben. Hanna war froh, diese Rolle zu spielen. Sie vermisste das Schnurren eines Motorrads unter sich, während sie kilometerweit über offene Straßen fuhr.

Eine Tür auf der anderen Seite des Raumes öffnete sich und warf helles Licht in den schummrigen Raum, das den eintretenden Synnr erleuchtete.

Jori.

Hannas Körper reagierte seltsam darauf, ihr Herz klopfte schnell, ihre Haut kribbelte vor Bewusstsein und der Rest von ihr wusste nicht, ob sie misstrauisch oder erregt sein sollte. Hanna hatte viel Zeit damit verbracht, Jori Harek anzuschauen. Es gab nicht viel anderes zu tun, wenn er diese Verhöre durchführte, die eigentlich nur Starr-Wettbewerbe waren.

Er war rank und schlank, ein bisschen klein für einen Zulir-Mann. Wenn sie nebeneinander stünden, wären sie gleich groß. Er hatte lockiges Haar, das er manchmal mit einem schlichten schwarzen Stirnband oder einer Menge Stylingprodukten zurückhielt. Als

Hanna ihn das erste Mal gesehen hatte, war sie versucht gewesen, ihre gesamte Zukunft zu riskieren, nur um ihn anfassen zu können.

Und seine Augen ... Vor ihnen hatte ihre Mutter sie gewarnt. Die Art von Augen, die nur einen Blick brauchten, um jemanden ins Bett zu bekommen. Dunkel, geheimnisvoll und ach so sinnlich. Diese Sinnlichkeit wurde nur von seinen Lippen in den Schatten gestellt.

Sie wollte ihn schmecken. Sie wollte seine Bartstoppeln auf ihrer Haut spüren, während sie sich in seinem Bett wälzten und all die verruchten Dinge taten, an die sie nicht denken sollte.

Der Synnr hatte eine Intensität, die die Sinnlichkeit noch verlockender machte. Wie sah er aus, wenn er vor Lust explodierte?

Wie sahen seine Flügel aus?

Sie hatte sie noch nie gesehen. Synnr schienen ihre weniger zur Schau zu stellen, und sie hatte mehr als nur ein paar seltsame Blicke erhalten, weil sie ihre entblößt hatte. Aber das war ein Teil von ihr, den Hanna nicht verstecken wollte.

Als Jori nahe genug herankam, starrte er als Erstes auf ihre Flügel. Hanna ließ sie zucken, nicht so sehr, dass es offensichtlich war, aber sie wusste, dass sie so die Aufmerksamkeit auf die schwarze Ader in der Mitte lenkte.

Jori wandte seinem Blick von ihnen ab und sah ihr direkt auf die Stirn, als könnte er es nicht ertragen, ihr in die Augen zu sehen. „Sind Sie informiert worden?"

„Sie sind mein Partner?" Wie dumm! Warum sollte sie das überhaupt fragen? Was sollte er sonst sein, wenn er sich mit ihr in dieser Trainingseinrichtung traf? „Und ja, ich bin informiert worden. Aber ich bin mir nicht sicher, was wir hier tun."

„Ausbildung." Das Wort kam so trocken heraus wie alter Toast.

„Ja, danke. Den Teil konnte ich mir auch denken. Ich meinte im Detail. Wenn wir es richtig machen wollen, sollten wir uns nicht streiten. Wenn ich ...", unterbrach sie sich. Es gab keinen Grund, den Mann an ihre Vergangenheit zu erinnern, auch wenn es keine Möglichkeit gab, sie zu vergessen.

Jori starrte mehrere Sekunden lang auf dieselbe Stelle auf ihrer Stirn und wartete darauf, dass sie zu Ende sprach.

Hanna hielt ihren Mund.

Schließlich holte er tief Luft. „Wir sind hier für Teambildungsaufgaben. Das verdeckte Team arbeitet gerade an unseren Hintergrundgeschichten, aber in einem

Raum zu sitzen und Akten auswendig zu lernen, wird nicht viel dazu beitragen, unsere ... Beziehung zu verkaufen." Er musste schlucken, um dieses Wort herauszubringen. „Wir werden das Training als Team absolvieren."

Sie nickte und überprüfte die Teile der Strecke, die sie sehen konnte. „Klingt gut."

Er gab einen Laut der Frustration von sich. „Das ist kein Spaß, Miss Karsyn. Es geht um Leben und Tod."

„Was hat das Leben für einen Sinn, wenn man nicht ein bisschen Spaß hat? Und ich heiße Hanna, Jori. Du wirst uns auffliegen lassen, wenn du das vergisst."

Ihre Blicke trafen sich, und es musste ein Trick des Lichts sein, aber Hanna könnte schwören, dass sie Joris Funken in seinen Augen tanzen sah. Konnte sie ihn so sehr aufregen, indem sie einfach nur seinen Namen sagte?

Tief in der Lagerhalle hörte sie etwas zuschlagen, dann flackerte das Licht über der Tür hinter ihr von blau auf gelb.

„Sind wir gerade eingeschlossen worden?"

„Das ist Teil der Mission. Wir sollen zusammenarbeiten, um den Controller für die Türen zu finden und sie zu entriegeln. Bis dahin sitzen wir hier fest." Die Lichter gingen langsam an, immer noch schwach, aber sie gaben ihr genug Licht, um das wahre Ausmaß des Trainingsparcours zu erkennen.

*„Natürlich* sind wir beide fantastisch und schaffen den Parcours im Handumdrehen, aber was ist, wenn wir die Steuerung nicht finden können? Oder wenn es ein Feuer gibt?"

Hanna musste sich das eingebildet haben. Sie hätte schwören können, dass sie ein Lächeln auf seinem Gesicht gesehen hatte, aber es war in einer Sekunde wieder verschwunden. „Offensichtlich werden die Schlösser im Notfall entriegelt. Und die Türen werden in sechs Stunden automatisch entriegelt, wenn wir versagen."

Sechs Stunden allein mit Jori in einem Lagerhaus. Hanna war sich nicht sicher, ob das ein wahr gewordener Traum oder ein Albtraum war.

Jori nickte in Richtung des Randes des Raumes. „Folge mir."

4

# KAPITEL VIER



Das würde nie funktionieren.

Hanna stemmte sich von der Stelle hoch, an die Jori sie hinuntergestoßen hatte, um ein Hindernis zu umgehen, wie er ihr versicherte, und starrte ihren Partner an. Schweiß tropfte ihr den Rücken hinunter und die Erschöpfung ließ ihre Knochen schwer werden.

Wie lange machten sie das nun schon? Zwei Stunden? Vier?

Sie befürchtete, wenn sie eine Uhr hätte, würde sie feststellen, dass sie nicht länger als dreißig Minuten trainiert hatten.

Jori war ein strenger Ausbilder, und er wollte kein Wort von ihr hören, das nicht *Jawohl* war. Hannas Funke knisterte in ihren Adern, und das hatte nichts mit seinem verführerischem Aussehen oder seinem streichelbaren Haar zu tun.

„Mach das noch mal", befahl Jori, während er ihr dabei zusah, wie sie langsam wieder auf die Füße kam. Und natürlich bot er ihr keine Hand an. Zu diesem Zeitpunkt hätte Hanna sie weggeschlagen.

„Wir sitzen hier schon eine ganze Weile fest. Dein Weg funktioniert nicht. Wir müssen umkehren." Sie saßen zwischen zwei kleinen Türmen auf dem Parcours fest. Vor ihnen schwang ein großes Pendel hin und her und verhinderte, dass sie von einem Turm zum nächsten springen konnten. Noch frustrierender war, dass, wenn sie sich dem Rand des Turms näherten und länger als eine Sekunde zögerten, eine schwebende Drohne auf sie schoss.

Das war das Problem.

„Es ist der richtige Weg", betonte Jori. „Ich habe diesen Kurs schon einmal gemacht."

„Und wenn du nicht glaubst, dass es mehrere Möglichkeiten gibt, einen solchen Parcours zu absolvieren, bist du verrückt." Sie trat an den äußersten Rand des Turms zurück und betrachtete die Leiter, die sie zurück auf den Boden führen würde.

Der Parcours war voller scharfer Kanten und dunkler Ecken. Und er war voll mit Drohnen und Robotern, die bereit waren, sie herauszufordern, wenn sie um die falsche Ecke bogen oder sich in die falsche Nische duckten.

„Die Steuerung befindet sich in dem Kasten auf dem nächsten Turm", sagte Jori und griff nach ihr, stoppte aber seine Hand, bevor er sie berührte. Er schien sie nur berühren zu wollen, wenn er sie gewaltsam zu Boden riss.

„Dann lass uns auf einem anderen Weg dorthin gelangen." Hanna war es leid, zu versagen. Und ehrlich gesagt, Jori zuzuhören, machte sie noch wahnsinnig. „Du machst das zu ... geradlinig."

„Was?" Er starrte sie an, bevor er sich wieder dem Pendel zuwandte. Er stürmte auf den Rand zu, hielt inne und wich zurück, als die Drohne in Sicht kam. „Es ist eine ganz einfache Herausforderung."

„Vielleicht für einen Soldaten, aber wir sind jetzt keine Soldaten, Jori. Wir müssen kreativ denken." Etwas unter ihnen krachte, und Hanna blickte nach unten. „*Verpunt*."

„Was ist es?"

Sie schoss einen Funkenflug die Leiter hinunter. „Da ist ein Roboter, der versucht, hochzuklettern. Wir sitzen hier fest."

„Wunderbar." Jori spuckte das Wort regelrecht aus, als wäre es ein Fluch. „Wenn du es wie ein Spion machen willst, dann versuch's doch."

Seine Einstellung zur Geheimarbeit würde ein Problem darstellen, aber Hanna verdrängte es in ihrem Kopf. Sie atmete ihre Sorgen aus und fand ihre Mitte. Sie konnte sich nicht mit dem Roboter befassen, das war noch kein Problem. Sie musste zum anderen Turm gelangen und sich die Schlüssel holen, dann konnten sie nach Hause gehen.

Sie schlich vorwärts, ging in die Hocke und betrachtete das Gebäude neben dem Turm. Dort. Es sah aus wie eine Niete, aber sie war nicht ausgerichtet. Sie wettete, dass es der Sensor war, der die Drohne auslöste.

Hanna beschwor ihren Funken, zielte und stieß einen kontrollierten Schlag aus, der den Sensor versengte und die Drohne drei Sekunden lang schrill piepen ließ, bevor sie vom Himmel fiel.

Ein Hindernis war beseitigt.

Hanna breitete ihre Flügel aus. Zulir konnten nicht fliegen, aber sie konnten ein wenig gleiten. Der zweite Turm war etwas niedriger als der, auf dem sie gerade stand. Sie war sich ziemlich sicher, dass sie den Sprung schaffen würde. Aber wenn sie einmal gesprungen war, hatte Jori keine Wahl mehr.

Sie kam gerade noch rechtzeitig wieder zu sich, um die Geräusche eines Kampfes hinter sich zu hören. Er kämpfte gegen den Roboter, der es geschafft hatte, die Leiter hinaufzuklettern, und versuchte, auf das Dach zu gelangen. Jori hatte die Oberhand, aber wenn der Roboter ganz nach oben käme, hätte er keine Chance mehr.

Zu schade.

Hanna timte ihren Sprung und wartete, bis das Pendel in der Mitte seiner Schwingung war. Sie breitete ihre Flügel aus und ließ sich fallen.

Hanna glitt an dem Pendel vorbei und landete mit zu viel Geschwindigkeit auf der unteren Plattform. Sie musste ein paar Schritte machen, um sich abzubremsen, und selbst dann prallte sie noch gegen die Wand am hinteren Ende des Podests.

„Jori, beweg deinen Arsch hierher!" Sie hatten es fast geschafft, sie mussten es nur noch zu Ende bringen.

Sie untersuchte den Sockel, auf dem die Bedienelemente standen. Daran war nichts Besonderes. Hanna versuchte, den Kasten oben zu öffnen, aber da war ein kleines Schloss. Sie öffnete es mit Hilfe ihres Funken.

Gelbe Lichter blinkten auf, Sirenen heulten, und die Lichter gingen wieder an, als eine Stimme über den Lautsprecher verkündete: „Mission gescheitert. Verlassen Sie das Übungsfeld und bereiten Sie sich auf einen Neustart vor."

Hanna starrte auf die verschlossene Kiste hinab. War es ihr Funke? Wie hatte sie es vermasselt?

Dann blickte sie zurück zu der Plattform, auf der sich Jori befinden sollte, und sah ihn unter dem Roboter eingeklemmt. Er hatte einen Blaster auf seinen Kopf gerichtet, entfernte ihn aber nach einem Moment, wich von ihm zurück und machte sich auf den Weg zur Ecke der Plattform.

„Ich dachte, du kämst damit zurecht!", rief Hanna in die Ferne. Sie hielt nach einer Leiter oder Treppe Ausschau, aber sie sah keine. Sie breitete ihre Flügel aus, sprang ab und ließ sich zu Boden gleiten, wobei ihre Füße in die Polsterung der Struktur sanken.

Jori machte zwei hüpfende Schritte und sprang, wobei er in letzter Sekunde seine Flügel ausbreitete. Hanna stockte der Atem bei diesem Anblick. Hauptsächlich blau, mit weißen und dunkelblauen Akzenten, waren seine Flügel etwas Wunderschönes. Und in der Sekunde, in der er landete, zog er sie wieder ein. Sein Gesicht war voller Zorn, als er sich an ihr vorbeischob.

„Was ist passiert?", fragte Hanna. „Ich war Sekunden davon entfernt, die Box aufzubrechen."

Er stieß ein frustriertes Knurren aus, sah sie aber nicht an. Er blieb am Rande des Trainingsplatzes stehen, wo ein Bildschirm an der Wand angebracht war, und begann, durch die Menüs zu scrollen.

„Sprich mit mir." Sie mochte es nicht, zu versagen, und noch weniger mochte sie es, mit Schweigen bestraft zu werden.

Jori drehte sich um, sein Funke tanzte in seinen Augen und seine Stimme wurde rau vor Wut. „Es ist eine Teamwork-Mission, Apsyn. Was hast du denn gedacht, was passiert, wenn du mich einem Roboter überlässt, den man nur zu zweit besiegen kann?"

„Und woher sollte ich das wissen?" Sie trat dicht an ihn heran, stellte sich auf seinen Platz und erwiderte seinen Blick mit ihrem eigenen. „Du hast die ganze Zeit, als wir dort oben waren, Befehle gebrüllt, als wäre ich dein Lakai. Wir sollten Partner sein. Gleichberechtigt. Du solltest auch auf mich hören."

„Du bist eine Spionin." Er war boshaft, aber sein Blick wanderte nur kurz zu ihren Lippen.

Oh. Oh, nein. Es war eine Sache, dass sie ein unangenehmes ... Bewusstsein ... für den Synnr hatte. Es durfte nicht erwidert werden. Dieser Weg führte in die Katastrophe.

Und wenn ihr Herz ein wenig schneller schlug, schob sie es auf das Training. Es hatte nichts mit Jori zu tun.

„Ex-Spionin. Ex. Und warum hast du etwas gegen Spione? Sie sind genauso wichtig wie Soldaten."

Jetzt lachte er verächtlich „Weil ein Messer in der Dunkelheit genauso tötet?"

„Ich habe noch nie jemanden ermordet." Sie war nicht auf alles stolz, was sie in ihrer kurzlebigen Spionagekarriere getan hatte, aber das war kein Makel, den sie verwischen musste.

Joris Brustkorb hob sich, aber er wandte sich wieder dem Bildschirm zu. „Das funktioniert nicht."

„Vielleicht, wenn wir uns wirklich bemühen, zusammenzuarbeiten ..." Aber er hat nicht zugehört.

Dieser Auftrag würde sie beide umbringen.

„Trainingsparameter geändert", sagte eine Computerstimme, als Jori einen Schritt zurücktrat.

„Was heißt das? Ich dachte, du sagtest, wir wären hier eingesperrt, bis das Training beendet ist?" Sie wollte ihn mit dem Ellbogen aus dem Weg stoßen, um zu sehen, was er auf dem Bildschirm verändert hatte, aber ihn jetzt zu berühren, wo ihr Bewusstsein auf einem Allzeithoch war, erschien ihr ... nicht gerade klug.

„Wir können die Türen nicht aufschließen", bestätigte er, „aber wir können die Trainingseinheit ändern. Du willst mir zeigen, was du drauf hast, nun gut. Jetzt bist du dran. Wir gehen einer nach dem anderen. Die Schließfächer werden verschoben, die Drohnen und Roboter neu positioniert." Ein kleiner Schlitz öffnete sich unter dem Bildschirm und spuckte eine Handvoll Papiere aus. Jori hielt sie ihr hin. „Hier sind deine Vorbereitungsunterlagen. Du hast zehn Minuten Zeit. Sobald die Alarmglocke ertönt, fangen wir an."

„Das ist nicht das, was ..." Sie brach ab. Jori war nicht bereit, auf die Vernunft zu hören. Er wollte spielen?

Das Spiel begann.

---

Jori liebte das Training auf dem Hindernisparcours. Sein Verstand erkundete alle Drehungen und Wendungen, die ihm in den Weg gelegt wurden, und er arbeitete an den Problemen, bis sich alles in ein Puzzle verwandelte, das nur er lösen konnte.

Wenn Major Ozar den Trainingsbericht lesen würde, würde sie ihn bis in Braznons Eingeweide verfluchen, weil er die Mission geändert hatte, aber sie war eine vielbeschäftigte Frau. Und wenn er noch eine Minute länger mit der Spionin arbeiten müsste, könnte das Trainingszentrum in einem Blutbad untergehen.

Er konnte den Job machen, auch wenn er ihn mit ihr machen musste. Aber nicht diese Einheit. Sie konnte nicht an seinen bevorzugten Trainingsort kommen und ihm ihren Stempel aufdrücken. Das würde er nicht zulassen.

Er war in die zweite Mission gegangen, bereit, sie zu vernichten. Er hatte ein Dutzend Varianten dieses Parcours absolviert und wusste, dass andere Soldaten den Kampf gegen ihn hier fürchteten. Er gab nicht auf. Und Mitleid? Dafür gab es hier keinen Platz.

Aber Hanna kannte seinen Ruf nicht, und ihre Augen leuchteten vor Vorfreude, als sie die Parameter der Mission studierte.

Er hätte nicht hinsehen sollen. Er hatte seine eigenen Vorbereitungen zu treffen, aber wann immer sie in der Nähe war, fanden seine Augen sie. Es war unfreiwillig.

Und tödlich.

Er traute ihr nicht. Er traute keinem Spion, nicht einmal denen, die für seine Seite arbeiteten. Er konnte sich nicht auf sie verlassen. Und sich ablenken lassen? Das war ein Todesurteil.

Jori konzentrierte sich wieder auf die Mission. Sie waren jetzt beide auf dem Trainingsplatz und hatten ihre Startpositionen eingenommen. Ihre Vorbereitungsunterlagen enthielten jeweils eine grobe Karte, auf der ihr Ziel eingekreist war. Jori hatte nicht den Vorteil, den Grundriss zu kennen, da er sich bei jeder Mission veränderte, um den Bedürfnissen der Auszubildenden gerecht zu werden.

Er kannte vielleicht nicht die Kurven, aber er kannte die Hindernisse, die Drohnen und die Roboter, die patrouillierten und bereit waren, Chaos zu stiften.

Und die anderen Spielereien.

Das letzte Signal ertönte, das Zeichen zum Aufbruch. Jori sprang in Aktion. Er war sich nicht sicher, wo Hanna war, aber er bekam einen Hinweis, als er einen Schwall von Flüchen hörte, der von irgendwo nördlich von ihm kam.

Zögern am Start funktionierte nie. Die Startpositionen waren mit Lasern abgesteckt, die innerhalb von zehn Sekunden losschossen, wenn ein Soldat seinen Hintern nicht in Bewegung setzte.

Aber die anfänglichen Flüche verebbten, und Jori konnte Hannas Position nicht weiter eingrenzen. Es spielte keine Rolle. Wenn er es richtig anstellte, würde er ihr überhaupt nicht gegenübertreten müssen. Er könnte hineingehen, die Schlüssel holen und diese Farce einer Trainingsmission abblasen.

Als ob er so viel Glück hätte. Bei diesen Missionen sollten die Soldaten gegeneinander antreten, um ihre

Fähigkeiten wirklich zu testen. Seinem Gegner auszuweichen, wäre unmöglich.

Das heißt, wenn der Parcours ihn nicht vorher erwischte. Vor ihm schwirrte Elektrizität, ein stromführender Draht, der eines der gefährlichsten Hindernisse im Raum darstellte. Nicht genug, um eine Person zu töten, aber wenn er davon getroffen würde, wünschte er sich, er wäre zu *Braz* verflucht.

Jori wollte weglaufen. Er wollte auf eine der Rampen springen, um einen besseren Überblick über seine Umgebung zu bekommen, aber über ihm flogen Drohnen und Hanna war irgendwo da draußen. Er musste so lange wie möglich außer Sichtweite bleiben.

Er hörte ein scharfes Einatmen zu seiner Linken und holte mit seinem Funken aus, bevor er sich vergewissern konnte, dass sie es war. Jeder und alles in dieser Herausforderung war unfreundlich.

Hanna grunzte und flog zurück gegen die Wand, wo der stromführende Draht über ihr tanzte. Ihre Flügel blitzten hervor und machten sie zu einem noch größeren Ziel. Wäre sie ein Soldat gewesen, hätte er sie für ihre mangelnde Disziplin zurechtgewiesen.

Doch ihr Fehler war sein Vorteil.

Ihr linker Flügel tauchte ab, und er sah ihre nächste Bewegung voraus und wich aus, bevor sie ihn traf. Aber er sah ihren Funken nicht kommen, nicht bevor ihre Elektrizität seine Brust hinauffuhr und tief in ihn eindrang.

Irgendetwas fühlte sich dabei ... falsch an. Es hätte weh tun müssen, hätte ihn taumeln lassen müssen. Stattdessen hatte er fast das Gefühl, die Energie absorbiert zu haben.

Ein Apsyn-Trick. Mit Sicherheit.

„Was ..." Hannas Frage wurde unterbrochen, als eine Drohne ihre Bewegung bemerkte und heranflog.

Jori sprintete davon und überließ sie dem Kampf, so wie sie ihn bei der letzten Mission im Stich gelassen hatte. Er musste in Richtung Südosten gehen, aber es war schwierig, Orientierungspunkte zu finden. Da Hanna abgelenkt war, nutzte er die Gelegenheit, um auf eine der Plattformen zu klettern und sich einen Überblick über seine Umgebung zu verschaffen.

Dort. Er konnte sein Ziel nicht sehen, aber da war ein Tempelturm, der die richtige Richtung anzeigte. Er sprang von einer Plattform zur nächsten, legte noch mehr Distanz zurück und musste nur einmal zurück-gehen, um einer Drohne auszuweichen, die am Rande einer der Plattformen schwebte.

Der Sieg war zum Greifen nah. Hanna steckte wahrscheinlich immer noch im Kampf gegen die Drohne fest.

Er würde den Sieg erst feiern, wenn er ihm gehört.

Jori musste vorsichtig von der Plattform herunterklettern, auf der er sich befand. Das Schließfach hatte sich von seiner vorherigen Position entfernt. Anstelle einer Plattform war er nun in eine fast zwei Meter tiefe Vertiefung im Boden eingelassen. Es war leicht zu erreichen, aber er wäre ein wehrloses Ziel für das, was die Schlüssel bewachte.

Er brauchte eine Ablenkung.

Er brauchte Hanna. Wenn er sie hineinwarf, würden die Sicherheitsmaßnahmen auf sie abzielen und ihn seinen Weg gehen lassen.

Sie hatte die gleiche Idee. Seine einzige Warnung war ein Schritt hinter ihm, bevor ein Tritt direkt in seinem Rücken landete und ihn herumschleuderte, aber nicht ganz über den Vorsprung in die Grube trieb.

„Bist du aus Zement?", fragte Hanna, als sie auswich. Ihre Flügel waren wieder ausgebreitet und Jori musste sie ignorieren, auch wenn ein Teil von ihm ihre Schönheit bewundern wollte. Die Vielfalt ihrer Farben, ihre Tiefe - so etwas sah man nicht jeden Tag.

Er schoss seinen Funken in ihre Richtung, bevor er sich zu sehr in Bewunderung verlieren konnte. Hanna stöhnte, ging aber nicht zu Boden.

„Wie machst du das?", fragte sie.

„Wenn du nicht gelernt hast, deinen Funken zu

benutzen, sind wir beide tot." Sie hat versucht, ihn abzulenken. Spielte schmutzig. Und er fiel darauf rein. Keine Antworten mehr, versprach er sich. Sie brauchten nicht zu reden, um zu kämpfen.

Er schoss erneut seinen Funken aus, verfehlte sie aber, was ihm Deckung gab, um nahe heranzustürmen und ihr die Beine wegzuziehen, wodurch sie rückwärts in die Grube geschleudert wurde.

Hanna schrie auf, als sie fiel, und schaffte es irgendwie, sich aufzurichten und sich am Rand der Grube festzuhalten. Ihr Schrei der Überraschung verwandelte sich in Angst und Schmerz, und Jori hielt inne.

Nichts in dem Hindernisparcours konnte sie töten.

Aber Unfälle in der Ausbildung passieren immer wieder.

„Es hat mich erwischt, Jori!" Ihre Worte waren blankes Entsetzen. „Es tut weh. Oh *Braz*, es tut weh. Hilfe!"

Er stand mit sich selbst auf Kriegsfuß, aber er hatte noch nie gehört, wie jemand eine solche Verzweiflung vortäuschte. Jori stürzte zu ihr und griff nach ihrer Hand. „Komm schon, ich habe dich."

Sie konnten jederzeit zurückgesetzt werden.

Hanna gab einen Laut der Dankbarkeit von sich,

aber ihr Atem kam nicht zur Ruhe. Anstatt seine Hand zu nehmen, klammerte sie sich an sein Handgelenk.

Und da wusste Jori, dass er reingelegt worden war.

Sie setzte ihr ganzes Körpergewicht ein und zerrte ihn mit sich in die Grube, wobei sie sich in der Luft drehte, bis er derjenige war, der flach auf dem Rücken landete und aus dem die Luft herausgepresst wurde.

Dreckiger Apsyn-Spion.

Hanna saß rittlings auf seiner Taille und grinste auf ihn herab, ihre Hand umklammerte das Handgelenk, das sie ergriffen hatte. „Was für ein Gentleman du doch bist, Jori Harek." Ihre Worte waren eine Liebkosung und ein Messer zugleich.

Er stemmte sich gegen sie und versuchte, sie von sich zu stoßen, aber sie nutzte ihr Gewicht zu ihrem Vorteil. Und sein Körper mochte das Gefühl von ihr viel zu sehr. Sein Blut pulsierte, Adrenalin floss durch seine Adern, und er war hilflos, die Reaktion zu stoppen.

Falls sie den dicken Druck seines Schwanzes spürte, zeigte sie es nicht, und das war schon eine kleine Gnade.

Mit ihrer freien Hand griff Hanna in eine Tasche ihrer Uniform und zog ein seltsames schwarzes Gerät heraus. Jori brauchte eine Sekunde, um zu erkennen, dass es das Lasergehäuse der Drohne war, gegen die sie gekämpft hatte.

Sie richtete sie auf den Sensor auf seiner Brust und drückte einen Knopf.

„Oh, schade." Sie warf ihm einen übertriebenen Blick zu. „Sieht aus, als wärst du tot."

Sie stand auf und schob das Lasergerät zurück in ihre Tasche. Jori hatte Mühe, aufzustehen, aber sie trugen beide Gurte, die den Schaden, den sie während der Mission erlitten hatten, aufzeichneten. Wenn die Sensoren anzeigten, dass sie tot waren, wurden sie mehr oder weniger an Ort und Stelle eingefroren, bis die Mission beendet war.

Hanna bewegte sich vorsichtig durch die Grube und nutzte ihren Funken und den Laser, um die Sicherheitsmaßnahmen zu durchbrechen, bis sie zu dem Kasten mit den Türkontrollen gelangte.

Er beobachtete, wie sie ihn aufklappte und den Knopf drückte, der die Übung beendete und die Türen entriegelte.

Der Druck von seiner Weste verschwand, als wäre er nie da gewesen, und er stand auf.

Hanna wandte sich ihm mit einem breiten Grinsen zu. „Ich habe gewonnen."

„Du hast geschummelt." Dieser Schrei sollte ihn in seinen Albträumen verfolgen. „Das war ein schmutziger Spion-Trick." Wie konnte er ihr jemals vertrauen, wenn sie solche Dinge tat?

„Ich ... habe gewonnen." Sie pirschte sich an ihn heran und fuhr mit einem Finger über die Mitte seiner Brust. „Du musst über diesen Spionkram hinwegkommen. Wir gehen undercover. Wir werden lügen. Und wenn deine Prinzipien mich umbringen, werde ich dich durch die dunkelsten Ecken von *Braz* jagen, bis deine Seele um die Dunkelheit des Verderbens bettelt." Sie tätschelte seine Brust bevor sie wegging und Jori mit dem leisen Verdacht, dass sie recht hatte, allein in der Grube zurückließ.

5

# KAPITEL FÜNF

HANNA STÜRMTE IN DIE UMKLEIDEKABINE, bereit, etwas zu schlagen. Irgendetwas.

Nein, nicht irgendetwas.

Wenn sie jemanden schlagen wollte, dann stand dieser jemand mit einem wütenden Gesichtsausdruck im Trainingsraum. Als ob er eine moralische Überlegenheit für seinen Job hätte. Sie waren beide Schachfiguren.

Sie riss sich die Sensorweste vom Leib und ließ sie zu Boden fallen. Der Rest ihrer Kleidung folgte schnell, bevor sie zur Dusche marschierte und das Wasser auf brühend heiß stellte, als ob das die Erinnerung an Joris Hass wegbrennen könnte.

Aber es war nicht die Wut, die ihr Blut in Wallung brachte. Oder nicht nur die Wut. Es hatte einen

Moment gegeben, nachdem sie ihn besiegt hatte, als sie sich rittlings auf ihn setzte und auf ihn herabgrinste, und alles, woran sie denken konnte, war, wie das wohl wäre, wenn sie nicht gerade auf einer Trainingsmission wären.

Wenn sie in seinem Bett lägen.

Hanna stöhnte und schlug mit der Faust gegen die glatte Kachelwand.

Ihn zu bewundern war schon schlecht, wenn der Verhörtisch zwischen ihnen stand. Aber es war … kontrollierbar. Dieser Tisch war ein sicheres Zeichen dafür, dass nichts passieren konnte, eine Lücke so breit wie eine große Schlucht.

Aber der Tisch war jetzt weg. Und sie wusste, wie sich der Druck seines Körpers anfühlte, auch wenn die Berührungen nur in flüchtigen Schüben mitten in der Mission kamen.

Sie musste es aus ihrem Kopf verdrängen. Sie war sich nicht sicher, wie sie das anstellen sollte, wenn sie einen Job antraten, bei dem sie sich rund um die Uhr auf der Pelle hocken würden.

Wenigstens war dieser Tag fast vorbei.

Hanna ließ sich Zeit mit dem Duschen. Als sie hinter Schloss und Riegel war, hatte sie Zugang zu den Einrichtungen gehabt, aber eine Wache hatte immer außer Sichtweite gestanden. Jetzt hatte sie echte

Privatsphäre. Es änderte nicht viel daran, wie sie sich einseifte, aber eine gewisse Anspannung löste sich zwischen ihren Schultern.

Das Duschgel in dem Behälter der Einrichtung roch sauber, aber nach Massenware mit einer leicht herben Unternote. Es erinnerte sie mehr an Spülmittel als an irgendetwas anderes, aber zum Glück ließ es ihre Haut nicht unerträglich trocken werden.

Das Handtuch war ebenfalls Massenware, ein übermäßig gewaschenes Weißes, das zu dünn war, um wirklich saugfähig zu sein, aber groß genug, um sie zu umhüllen, wenn sie es um sich wickelte. Beides erinnerte sie daran, dass sie in einem Militäreinsatz gefangen war. Reichlich anständige Produkte, aber kein sichtbarer Luxus.

Nichts, worüber man sich aufregen müsste.

Kleidung zum Wechseln wartete auf Hanna und daneben lag ein Fahrzeugschlüssel und eine Adresse. Ihr neues Zuhause. Sie vertrauten darauf, dass sie selbst dorthin finden würde.

Wie schön.

Die Adresse sagte ihr nicht viel, aber neben der Kleidung und den Papieren befand sich ein Kommunikator. Sie benutzte das Gerät, um eine Karte der Umgebung der Adresse aufzurufen, und nickte sich selbst zu.

Bei ihrem letzten Job hatte sie ein paar Monate in Osais gelebt und sich als Studentin etabliert. Sie kannte die Gegend rund um die Universität mit ihren trendigen Geschäften und ihrer coolen Atmosphäre.

Ihr neues Zuhause lag auf der anderen Seite der Stadt und hätte genauso gut in einer anderen Welt liegen können. Sie hatte die Stadt vor ihrem Umzug studiert und verfügte über eine vage Kenntnis der Quadranten und größeren Stadtteile. Sie zog in ein Industriegebiet mit rauen Bars und noch raueren Bewohnern.

Der perfekte Ort für die Entfaltung einer Fusions-Motorrad-Gang.

Ihre Identität war nichts Besonderes. Sie würde unter ihrem eigenen Namen und mit einer ähnlichen Vorgeschichte antreten. Hanna Karsyn, Studienabbrecherin, Apsyn, durch den Krieg vertrieben, ihre Heimat vermissend und ...

*Verpunt.*

Und in einer Liebesbeziehung mit Jori Harek, einem unzufriedenen Synnr-Soldaten.

Sie war nicht überrascht. Sie hatte es bereits in ihrem Hinterkopf ausgearbeitet, auch wenn der Rest ihrer Gedanken es fleißig ignoriert hatte. Es machte Sinn. Auf keinen Fall würden die Synnr sie allein hineinschicken, nicht wenn sie die ganze Operation ruinieren könnte. Aber zwei Leute getrennt hineinzu-schicken, würde Verdacht erregen.

Aber ein neuer Biker und seine Frau? Das würde niemand in Frage stellen.

Und es würde sie nahe genug an Jori halten, um ihm zu helfen, etwaige Lücken in seinem Wissen über Fusions-Motorräder zu schließen.

Hanna las sich diesen Teil des Auftrags noch einmal durch, um sicherzugehen, dass sie nichts über-sehen hatte. Dieses Mal war sie nicht schockiert.

Nun ja. So zu tun, als würde sie sich zu ihrem Partner hingezogen fühlen, war kein Problem. Sie konnte das, was sie bereits fühlte, nutzen, um den Job zu verkaufen. Was Jori betraf ... Sie wusste nicht, wie stark er sich selbst belog, aber sie vertraute ihm, dass er seine Rolle spielte, egal wie sehr er behauptete, Spione und alles, wofür sie standen, zu hassen.

Sie benutzte ihren Kommunikator, um einen Code auf dem Dokument zu scannen. Er schickte ihr eine verschlüsselte digitale Version, damit sie es später weiter studieren konnte. Papierdokumente würden die Ausbildungseinrichtung nicht verlassen.

Hanna musste raus, den Wind in ihrem Haar spüren und die Freiheit, die ihr die Straße bringen konnte.

Bevor sie das Gebäude verließ, steckte sie ihre

Unterlagen in einen kleinen Schlitz, um sie zu verbrennen, so wie es in den Anweisungen stand. Dann verließ sie das Gebäude. Sie schaute sich nicht nach Jori um. Wenn sie sich umsah, könnte sie ihn entdecken. Und wenn sie ihn entdeckte, müssten sie vielleicht miteinander reden.

Nein, schnell und mit Scheuklappen zu verschwinden, war im Moment die beste Option.

Niemand hat versucht, sie aufzuhalten. Ein Wachmann wies sie sogar auf den richtigen Parkplatz.

Und da war ihr Baby.

Es war eine wunderschöne Fusionsmaschine, und Hanna musste innehalten und sie bewundern. Nichts daran schrie nach einer militärischen Angelegenheit, etwas, worüber sie sich vage Sorgen gemacht hatte.

Stattdessen blickte sie auf einen drei oder vier Jahre alten Fusion Runner. Die Karosserie war überwiegend schwarz, mit einem magentafarbenen Streifen auf jeder Seite. Beide Räder hatten magentafarbene Akzente in den Radkästen, und der Sitz war mit goldenen Blitzen besetzt. Er war feminin und kraftvoll und alles, was sie sich als junge Fahrerin gewünscht hätte.

Hanna fuhr mit ihren Fingern über das kühle Metall der Maschine und seufzte vor Freude. Das war etwas Wunderschönes.

Die Bedienelemente befanden sich an der Seite des Batteriegehäuses in der Mitte des Motorrads. Vor Hunderten von Jahren hatten diese Motorräder einen externen Lenker, aber das Design war in Ungnade gefallen, als die gyroskopische Steuerung perfektioniert wurde.

Hanna öffnete den Stauraum und holte einen schwarzen Helm mit magentafarbenen Streifen heraus, der perfekt zum Motorrad passte. Wenn sie die Stadt etwas besser kennen würde, könnte sie es riskieren, den Helm wegzulassen, aber es war zu gefährlich.

Vielleicht konnte sie eine kleine Spritztour durch die Landschaft machen, bevor der Auftrag erledigt war. Und wenn sie wirklich Glück hatte, konnte sie die Verantwortlichen davon überzeugen, ihr das Motorrad nach der Mission zu überlassen.

Sie stieg auf und schaltete den Motor ein, bevor sie sich an die Karosserie des Motorrads presste. Manche zogen es vor, aufrecht zu sitzen, aber Hanna mochte es, ihr Fahrzeug bei jeder Bewegung zu spüren.

Sie wusste, wohin sie fahren sollte, aber anstatt sich auf die Straße zu begeben, die sie zu ihrem neuen Heimatbezirk führen würde, wandte sich Hanna dem riesigen Park in der Mitte von Osais zu. Sie konnte zwar nicht schnell fahren, aber die Bäume und Grünflächen reichten aus, um ihr vorzugaukeln, sie sei zu Hause, wenn auch nur für ein paar Minuten.

Sie fuhr an einer Gruppe von Kindern vorbei, die auf sie zeigten, als sie vorbeifuhr. Hanna warf ihnen einen Kuss zu und fuhr weiter.

Ein Teil von ihr war versucht, so lange zu fahren, bis die Batterie leer war. Bis dahin könnte sie Hunderte von Kilometern von der Stadt entfernt sein, draußen in einem der kleinen Außenbezirke, die nicht wirklich eine Stadt waren. Sich verstecken. Sich ein kleines Leben aufbauen. Vergessen, dass Hanna Karsyn jemals existiert hatte.

Aber wahrscheinlich war ein Peilsender an dem Motorrad angebracht. Und Hanna war nicht für eine Kleinstadt gemacht.

Sie drehte noch eine Runde durch den Park, bevor sie auf eine Straße abbog, die sie auf den Highway führte. In Osais gab es nie viel Verkehr, also konnte sie wenigstens schnell fahren. Das Motorrad brummte unter ihr, und Hanna erinnerte sich an ihre Siege bei diesen längst vergangenen Wettbewerben.

Es gibt nichts Besseres als zu gewinnen.

Aber die einfache Freude am Fahren kam dem sehr nahe.

Die schönen Gebäude der Altstadt wichen Wohntürmen und dann älteren Häusern. Und dahinter lagen die Fabriken, die den Mond am Laufen hielten.

Die Luft war hier draußen etwas schmutziger, auch wenn die Kohlenstoffwäscher ihr Bestes taten, um die Verschmutzung auf ein Minimum zu reduzieren.

Hölzerne Reihenhäuser säumten die Straße, die meisten von ihnen schienen nur durch ihren Stolz gehalten zu werden. Zwischen einigen wenigen gab es Lücken, Gebäude, die eingestürzt waren und nur noch leere Gruben oder Trümmerhaufen darstellten.

Ein paar Synnr saßen auf den Stufen vor einem der Häuser und beobachteten Hanna, als sie die Straße entlangfuhr. Berechneten sie, was sie für das Motorrad bekommen könnten?

Vielleicht war sie nur unhöflich. Nur weil sie arm waren, bedeutete das nicht, dass sie Diebe waren.

Trotzdem hoffte sie, dass es genügend Stauraum für ihr Gefährt gab.

Ihr neues Haus lag eine Straße weiter, und der Verfall dieses Blocks war noch nicht so weit fortge-schritten. In zwei der Vorgärten blühten Blumen in gepflegten Beeten. In einem anderen Hof spielten Kinder, die allerdings Stöcke als Spielzeug benutzten. Die meisten Häuser brauchten einen neuen Anstrich, aber keines war eingestürzt. Das Schlimmste, was sie sehen konnte, waren ein paar zugenagelte Fenster.

Es würde schon gut gehen. Sie hatte nicht erwartet, dass sie in einem Palast wohnen würde.

Sie fuhr auf die Kiesauffahrt ihrer Adresse und entdeckte im hinteren Teil einen kleinen Lagerschuppen. Sie konnte ihr Motorrad später dort hineinstellen. Hanna würde nicht ihr ganzes Training vergessen, nur weil sie die Seite gewechselt hatte. Sie untersuchte ein neues Gebäude zuerst, und solange sie nicht absolut überzeugt war, dass es sicher war, würde sie ihr Fluchtfahrzeug nicht wegstellen.

Sie gab den Zugangscode in das Schloss der Tastatur ein und trat ein.

Sie fand Jori am Küchentisch sitzend vor, einen Blaster auf ihr Gesicht richtend.

6

## KAPITEL SECHS

Jori hatte schon viele schwierige Missionen hinter sich. Bei einer davon musste er in einem Sumpf leben, in einem *richtigen* Sumpf, nicht in einer Hütte am Wasser, und er würde gerne mit seinem früheren Ich tauschen.

Wenigstens war er dort nie in Versuchung gekommen, die riesigen menschenfressenden Reptilien zu küssen, die dieses Gebiet ihr Zuhause nennen.

Er hätte nicht überrascht sein dürfen, als Hanna zur Tür hereinkam. Mit der Waffe im Anschlag? Das sah nicht gut aus. Aber er hatte die Stunden davor damit verbracht, sich in Daten über die Rebellischen Dämonen zu vergraben.

Diebstahl. Schmuggel. Prostitution. Mord. Dutzende von Verbindungen zu Dutzenden von

Verbrechen, aber nur wenige Anklagen waren jemals aufrechterhalten worden. Morn Kark war clever und hatte keine Angst, sich die Hände schmutzig zu machen.

Mit diesen Gedanken im Kopf war Jori ein wenig ... nervös gewesen.

Zum Glück hat Hanna ihm das nicht übel genommen.

In der letzten Woche hatte er festgestellt, dass sie eine gute Mitbewohnerin war. Sie nahm das Bad nicht in Beschlag. Sie hinterließ die Küche aufgeräumt. Wenn sie nicht gerade die Strategie für den Job besprachen, blieb sie für sich.

Und das hat Jori verrückt gemacht.

Bei der Bekämpfung von Sumpfkreaturen hatte er es jedenfalls nicht mit unangenehmen Erektionen zu tun gehabt.

Er wünschte, er könnte sagen, dass das alles ein großer Plan der bösen Apsyn-Spionin war. Aber er glaubte nicht, dass Hanna überhaupt wusste, was sie da tat. Das Reihenhaus war klein, ihr Zimmer beengend. Und das bedeutete, dass sie sich manchmal ein bisschen zu nahe kamen.

Auf dem Flur, der zum Schlafzimmer führt, aneinander vorbeigehen? Folter.

Das Schlafzimmer?

Er könnte tatsächlich sterben.

Das Haus hatte zwei Schlafzimmer, aber nur in einem davon stand ein Bett. Das andere war mit Lagereinrichtungen gefüllt und wurde als kleines Büro genutzt. Er verstand, warum. Sie sollten als Liebespaar einziehen. Falls jemand von Karks Leuten aus irgendeinem Grund jemals zu ihnen kommen sollte, mussten sie diese Rolle spielen.

Aber Jori schlief auf der Couch.

Sie war zu kurz für ihn und hatte eine unbequeme Feder, die in seinen Rücken stach, aber er würde kein Auge zutun, wenn er mit Hanna in diesem Bett liegen würde. Wenn er ins Zimmer ging, um sich umzuziehen, reichte das aus, um seine Gedanken dorthin zu schicken, wo sie nicht hingehörten. Wenn sie sich ein Bett teilen würden ...

Er hatte nur eine gewisse Menge an Kontrolle.

Hanna schien das nicht zu stören. Und er war hin- und hergerissen zwischen Ärger und Erleichterung. Ein fieser Teil von ihm, den er zu verbergen versuchte, wollte, dass sie unter diesem unleugbaren Verlangen genauso litt wie er. Aber ein größerer Teil, ein besserer Teil, war dankbar, dass er die Dinge nicht unmöglich gestaltete.

Er hatte Gründe für seine Abneigung gegen Hanna Karsyn. Er wollte sie nicht in der Nähe dieses Jobs oder des Synnr-Militärs haben. Aber diese Dinge waren beruflicher Natur. Er wollte nicht, dass sie dachte, sie würde von ihm ... persönlich bedroht werden.

Soweit würde er nie gehen.

Also litt er allein.

„Bist du heute mit dem Motorrad gefahren?" Im Erdgeschoss ihres Hauses befanden sich ein Wohnbereich und die Küche, in der Hanna stand, mit einer kleinen Nische, die groß genug für ihren Tisch war. Im zweiten Stock befanden sich die Schlafzimmer und das Bad. Es gab sogar ein Flachdach, das zu einer Art Außenbereich umfunktioniert werden konnte, aber keiner von ihnen hatte viel Zeit dort oben verbracht.

„Ich habe eine Tour durch die Nachbarschaft gemacht. Ein paar der härteren Männer haben mich gesehen." Dieser Teil des Jobs war zermürbend mühsam. Sie mussten sich in der Nachbarschaft etablieren. Wenn sie bei Kark auftauchten, ohne dass jemand von ihnen gehört hatte, konnten sie auch gleich ihre wahren Pläne bekannt geben.

„Was ist der Konstruktionsfehler des SynStar Klasse 2.7?" Sie kam aus der Küche und setzte sich mit einer dampfenden Schüssel Suppe an den Tisch.

„Ich glaube nicht, dass ich meine Tarnung auffliegen lasse, wenn ich keine geheimen Details über Fusions-Motorräder kenne." Er konnte gut genug fahren. Er kannte sein eigenes Motorrad in- und auswendig. „Das ist eine Bande von Saboteuren, nicht Technikfreaks. Die werden eher beeindruckt sein, wenn ich ihnen sage, wo sie Bombenmaterial herbekommen."

Ihr Löffel fiel klappernd auf den Tisch und sie blickte ihn an. „Der 2.7-Fehler ist nicht geheim. Ein Kurzschluss in der Batterie führte zu einem katastrophalen Systemversagen, und wenn es geschah, während das Motorrad in Betrieb war, bedeutete das Explosionen. Vor dreißig Jahren wurde eine ganze Brücke in Vanen zerstört. Der Unfall hätte meinen Vater fast umgebracht, aber zum Glück war es nicht sein Motorrad. Ich verlange ja nicht, dass du alle kleinen Eigenheiten dieser Biester kennst."

Jori antwortete nicht. Er konnte sich vorstellen, was Major Ozar ihm für eine Standpauke halten würde, wenn er Hannas Anteil an diesem Job als unwichtig betrachtete. „Wenn sie versuchen, mir ein Bein zu stellen, werde ich ihnen sagen, dass du mich für Motorräder begeistert hast."

Sie warf ihm einen skeptischen Blick zu. „Ein Kerl wie Kark wird es nicht mögen, wenn ein Mann seine Unwissenheit zugibt, vor allem nicht aus Respekt vor einer Frau." Aber sie nahm ihren Löffel wieder auf und aß ihre Suppe. „Ich bin gestern Abend an der Bar vorbeigekommen."

„Was?" Es war vehement, und der Adrenalinstoß ließ Jori nach einem Kampf lechzen.

Aber Hanna ignorierte das. „In der gleichen Straße gibt es einen Markt. Dort habe ich die Suppe geholt. Ich bin nicht hineingegangen, ich bin ja kein Idiot. Aber als ich vorbeikam, hängte ein Mädchen einen Flyer ins Fenster, auf dem stand, dass sie Hilfe suchen."

„Ozar sagte, sie würde die Polizei veranlassen, die Barkeeperin festzunehmen. Hast du mit dem Mädchen gesprochen?"

„Ich habe sie zufällig getroffen und mich ihr vorgestellt. Du hast recht. Es ist eine Stelle als Barkee-per. Ich habe ihr erzählt, ich käme aus Kilrym und sei gestrandet. Sie wurde reingerufen, bevor ich viel mehr sagen konnte. Ihr Name war Zilly."

Jori überprüfte im Geiste seine Unterlagen über die Bar. „Ich glaube, das ist Karks Mädchen. Wir wissen nur, dass sie seit einem Jahr oder so in der Bar ist. Kein Strafregister. Papierloser Hintergrund."

Hanna zog die Augenbrauen hoch. „Du glaubst, die Info ist gefälscht?"

Er zuckte mit den Schultern. „Könnte sein. Oder sie könnte ein unschuldiges Mädchen sein, das in etwas verwickelt ist, das viel größer ist als sie selbst."

„Sie ist süß." Da war etwas in ihrem Ton, das Jori nicht entziffern konnte.

„Was soll das bedeuten?", fragte er vorsichtig.

„Es bedeutet, dass sie süß ist. Warum muss es etwas anderes bedeuten?" Sie legte ihren Löffel in ihre leere Suppenschüssel und schob sie in die Mitte des Tisches. „Wir sollten einen Ausflug machen."

„Was?" Wenn er nicht einmal eine einfache Unterhaltung mit ihr haben konnte, hatte er keine Ahnung, wie er und Hanna diesen Job durchziehen sollten.

„Du sagst, du bist gut, und ich glaube dir. Aber ich will es sehen. Sobald ich den ersten Kontakt hergestellt habe, geht's los. Und ich kann dich nicht zum ersten Mal fahren sehen, wenn wir schon dabei sind. Außerdem habe ich ein paar Tricks auf Lager, die ich dir beibringen kann. Sie sind nicht schwer, wenn man sie einmal kennt. Aber sie könnten sich als nützlich erweisen."

Sein Selbsterhaltungstrieb schrie ihn an, Nein zu sagen. Aber dieser Sinn hatte nichts mit dem Job zu tun. Genau aus diesem Grund war Hanna hier. Sie konnte ihm helfen, seine Rolle zu verkaufen.

„Gib mir ein paar Minuten, wir treffen uns draußen", sagte er. „Ich kenne einen guten Ort."

Hanna nickte. „Ich kann es kaum erwarten, zu sehen, was du drauf hast.“

———

„Holst du dein Motorrad nicht raus?“, fragte Jori, nachdem er die Hintertür abgeschlossen hatte.

Hanna fuhr mit ihrer Hand über sein Motorrad und tätschelte den Beifahrersitz. „Wenn ein Mann vor seiner Freundin angeben will, lässt er sie nicht mit ihrem eigenen Bike fahren.“ Das war wahr und gleichzeitig eine komplette Lüge. Hanna konnte Jori auf ihrem eigenen Motorrad folgen und leicht einschätzen, was er drauf hatte.

Aber das wollte sie nicht tun.

Sie wohnte seit einer Woche mit ihm im selben Haus und das machte sie verrückt. Er hatte diese Art, sie anzusehen, die sie dazu brachte, ihn wie einen Berg besteigen zu wollen. Sie war in einem ständigen Zustand der Erregung und Angst, seit sie am ersten Tag durch die Tür kam, und wenn nicht bald das eine oder andere passierte, würde sie ...

Nun ja. Sie war sich nicht sicher, was sie tun würde. Was auch immer es war, sie konnte den Auftrag nicht aufs Spiel setzen. Das bedeutete, dass die Suche nach jemand anderem erst einmal vom Tisch war. Und Jori besteigen?

Die Lawine der Katastrophe, die das mit sich bringen würde, wäre es fast wert.

Heute versuchte Hanna, ihrem Körper einen winzigen Vorgeschmack auf das zu geben, was er wollte, und hoffte, dass es das nagende Bedürfnis in ihr stillen würde, als ob ein einziger Bissen jemals den Hunger stillen könnte.

Jori zuckte nur mit den Schultern, setzte seinen Helm auf und stieg auf die Maschine.

Sie konnte ihn nicht einschätzen. An jenem Tag im Ausbildungszentrum war sie sich so sicher gewesen, dass er der Begierde und dem Verderben ebenso nahe war wie sie selbst. Seitdem war er so emotionslos wie eine Steinmauer. Entweder war er ein Experte darin, seine Gefühle zu verbergen, oder alles, was sie fühlte, war einseitig.

Eine Option war besser für ihren Job. Aber sie wollte da wirklich nicht alleine drinhängen.

Sie setzte ihren Helm auf und stieg hinter ihm auf, presste ihren Körper eng an seinen und genoss die Berührung. Sie waren beide in mehrere Schichten gehüllt, von ihren Helmen bis hinunter zu den Stiefeln. Er konnte keine empfindlichen Stellen berühren, nicht mit so viel Stoff zwischen ihnen.

Und trotzdem wollte sie erzittern.

Jori startete das Motorrad und Hanna wurde klar, was für eine schreckliche Idee das wirklich war. Die Vibration des Motorrads unter ihnen war anregend genug, um ihr Blut in Wallungen zu bringen. Joris Körper war heiß und hart unter ihren Händen. Sie war versucht, ihre Arme fest um ihn zu schlingen und sich an ihn zu drücken, bis kein Molekül mehr zwischen ihnen war.

Stattdessen ließ sie ihren Griff locker. Es gab eine gewisse Etikette, wenn man als Beifahrer auf einem Fusions-Motorrad mitfuhr, und selbst eine Flutwelle der Lust konnte ein lebenslanges Training nicht außer Kraft setzen.

Jori beschleunigte das Tempo, als sie die Wohn-straßen hinter sich gelassen hatten und eine leere Straße zum Canyon außerhalb der Stadt entlangfuh-ren. Die Welt peitschte in einem Farbenrausch an ihnen vorbei, der Wind trug die Gerüche der Stadt, des Sonnenlichts und der Hoffnung mit sich. Und dann war da natürlich noch Jori - so nah konnte sie sich seinem Duft nicht entziehen, er hatte etwas Dunkles und Männliches an sich. War es sein Eau de Cologne? Oder er? Es vermischte sich mit dem Leder seiner Jacke, etwas Holziges, das sie an ein Lagerfeuer erinnerte.

Hanna erfreute sich daran, sich in die Kurven der Straße zu legen, und genoss das Gefühl von Jori an ihrer Brust, als sie sich gemeinsam in einem sinnlichen Tanz aus Kraft und Geschwindigkeit bewegten.

Er hatte vielleicht noch nicht viel Erfahrung mit dem Motorrad, aber er war ein Naturtalent. Er zögerte nicht, scharfe Kurven zu nehmen oder einen Hügel hinaufzurasen. Und er wich Hindernissen aus, als wären sie gar nicht da. Er konnte diesen Job wirklich durchziehen. Aber sie weigerte sich, jetzt weiter darüber nachzudenken, nicht wenn sie in diesem Moment leben konnte.

Das war die Freude am Motorfahren. Der Wind peitschte umher. Die Welt schmolz dahin. Und sie hatte einen Partner für diesen Tanz.

„Fahr zur Straße bei der Schlucht", sagte sie zu Jori durch das Mikrofon in ihren Helmen. Ihr Gesicht war an seinen Rücken gepresst, ihre Lippen bewegten sich fast gegen seine Jacke, während sie sprach. „Zeig mir, was du wirklich drauf hast."

Jori antwortete ihr, indem er so stark beschleunigte, wie er nur konnte, und dann rasten sie die Straße entlang. Eine Kurve jagte die andere, und die unbewegliche Sonne war ihr einziger Begleiter.

Einen Moment lang fühlte sich Hanna frei. Unbelastet. Sie spürte Joris Hitze eng an sie gepresst, und es erinnerte sie an all ihre Verantwortung und ihr Risiko - wenn sie diese Erinnerung zuließ.

Aber er stellte auch eine Versuchung dar, das Einzige, dem sie nicht widerstehen konnte. Der eine Mann, der sie innerlich entflammte, ohne dass er sich überhaupt bemühte.

Ihr Funke tanzte in ihren Adern, und sie ließ ihre Flügel aufblitzen, spreizte sie weit und zog sie schnell wieder ein, bevor sie ihre Fahrt beeinträchtigten. Zulir-Flügel hatten keine wirkliche Masse. Sie bestanden aus Elektrizität und wurden von ihrem Geist gesteuert. Aber sie konnten trotzdem den Wind einfangen, und Zulir konnte in kontrolliertem Fall nach unten gleiten.

Wenn sie bei einer rasanten Fahrt ihre Flügel ausbreitete, könnte das gerade ausreichen, um sie zum Sturz zu bringen.

Es war ihr egal. Jori hatte die Kontrolle über das Motorrad, und sie vertraute darauf, dass er sie in Sicherheit brachte.

Das war das Leichtsinnigste, was sie je getan hatte. Es war ihr unmöglich, etwas anderes zu tun, wenn sie auf dem Rücken seines Motorrads saß.

Als sie den Rand der Schlucht erreichten, fuhr er von der Straße ab. Sie befanden sich auf einem Fels-vorsprung. Noch weiter und sie würden von der

Klippe in den Canyon und den Fluss stürzen, der durch ihn hindurch floss. Hanna war ein wenig versucht, zwei Schritte nach vorne zu sprinten und zu springen. Sie war sich fast sicher, dass Jori ihr folgen würde.

Aber die Schlucht war tief, und sie war sich nicht sicher, ob ihre Flügel sie sicher nach unten bringen würden.

Sie schwang ihr Bein vom Motorrad und grinste Jori an, wobei sie von Energie durchströmt wurde. Er grinste sofort zurück und stand auf.

Nah.

Oh, so nah.

Ihre Blicke trafen sich. Das Grinsen verschwand langsam aus ihrem Gesicht, als sie Joris Funken in seinen Augen tanzen sah. Sie musste jetzt etwas sagen, irgendetwas, das den Moment unterbrechen und die Vernunft zurückkehren lassen würde.

Jori nahm seinen Helm ab und legte ihn auf dem Motorrad ab, ohne den Blick abzuwenden.

Hanna tat das Gleiche, obwohl ihr Überlebensinstinkt sie aufforderte, wegzusehen. Aber sie konnte nicht. Sie hätte genauso gut an ihn gekettet sein können. Nur war diese Kette aus Verlangen gemacht.

Ihr Körper glühte vor Verlangen, sie zitterte, war feucht und so versucht, sich ihm hinzugeben. Vor allem, als Jori die Hand ausstreckte und mit seinen Fingern über ihre Wange strich.

Sie musste sich zurückziehen. Einer von ihnen musste zurechnungsfähig sein.

Warum war sie es nicht?

Warum musste es ausgerechnet sie sein?

Sie ließ sich von der Berührung anstecken und wusste, dass es zu spät war.

Es war ein Kampf, den sie nicht gewinnen konnte. Und warum sollte sie das auch wollen?

Jori beugte sich vor und Hanna kam ihm entgegen. Alles, was sie tun konnte, war, den Kuss, nach dem sie sich sehnte, auszukosten. Er wurde dominiert von Zähnen und Zunge und einer sanften Liebkosung von Lippen, die sich nicht wie zu Hause anfühlen sollten.

Sein Verlangen war roh und dringend. Ihre Muschi krampfte sich als Antwort darauf zusammen, sie wollte mehr, sehnte sich nach einer tieferen Verbindung. Das war ein Wahnsinn, dem sie sich nicht hingeben konnte, egal wie stark das Bedürfnis auch war.

Er zog sie zu sich heran und ließ seine Hände über ihren Rücken gleiten, zog sie noch näher zu sich, bis sie jeden Zentimeter von ihm spürte, hart, heiß und so wundervoll. Die Kleider zwischen ihnen waren jetzt eine köstliche Qual, und sie taten nichts, um seinen dicken, steifen Schwanz zu verbergen.

Es wäre ein Leichtes, nach unten zu greifen, den Verschluss seiner Hose zu finden und ihn für ihre Berührung zu befreien.

Aber es wäre ein Anflug von Selbstzerstörung, den nicht einmal Hanna aufbringen konnte.

Jori zog sich zurück, und sie versuchte, seinen Lippen zu folgen. Sein Blick war suchend und intensiv, und sie war sich sicher, dass dies der Moment war, in dem es endete.

Sie versuchte, sich die Welle der Verzweiflung nicht anmerken zu lassen, die sie bei diesem Gedanken überkam, aber dann beugte er sich wieder vor und verschloss ihre Lippen mit einem weiteren brennenden Kuss. Diesmal war er weicher, süßer, und Hanna verlor sich darin. Seine Lippen streiften zärtlich gegen ihre, seine Zähne knabberten an ihrer Unterlippe und ließen ihre Hüften vor Verlangen nach ihm zucken. Sie wollte mehr und er gab es ihr, seine Zunge suchte ihre, schmeckte und erforschte die Tiefen ihres Mundes.

Hannas ganzer Körper brannte vor Vergnügen, das Verlangen überflutete ihre Sinne und machte jeden rationalen Gedanken zunichte. Jori hätte nur ein Wort sagen müssen und sie hätte sich sofort von ihm nehmen lassen, ohne Rücksicht auf die Konsequenzen. Jedes Nervenende in ihrem Körper sprühte und summte vor Verlangen.

Und dann zog er sich zurück, seine Lippen waren weich und geschwollen von ihrem Kuss.

Hanna streckte die Hand aus und berührte ihre eigenen Lippen, eine zu freizügige Bewegung, auch wenn sie sich nicht zurückhalten konnte. Der Kuss war zu viel. Sie war sich sicher, dass jede Emotion, all die Lust und die Verwirrung und sogar ein verblüffender Hauch von Gefallen auf ihrem Gesicht zu lesen war. Sie konnte Jori nicht ansehen, konnte nicht sehen, ob er das alles in ihrem Gesicht entdeckte.

Da war etwas zwischen ihnen. Es war an dem Tag, an dem er zum ersten Mal den Befragungsraum betrat, zum Leben erwacht. Es wuchs mit jeder Sekunde, die sie miteinander verbrachten.

Und das erschreckte Hanna auf eine Weise, wie es der Krieg nie vermocht hatte. Wer war dieser Mann für sie? Warum ließ er sie diese Dinge fühlen?

Wie konnte sie es verhindern?

Sie hatte keine Ahnung. Und das machte ihr mehr Angst als alles andere.

Aber sie konnte es verdrängen. Für eine Minute. Eine Stunde. Einen Tag. Lange genug, um den Job zu erledigen.

Sie atmete aus und weigerte sich, daran zu denken, dass sie Jori immer noch auf ihren Lippen schmecken konnte. „Komm mit. Ich zeige dir die Tricks, von denen ich dir erzählt habe."

Wenn sie diesen Kuss nicht erwähnte, konnten sie vielleicht so tun, als sei er nie passiert. Oder als ob es eine Art Fehler war.

Aber wenn *das* ein Fehler war, wollte sie nie wieder etwas richtig machen.

7

# KAPITEL SIEBEN

Jori sah Hanna hinter der Bar der Docking Station arbeiten, zwang sich aber, sie nicht anzustarren. Er schenkte der kleinen Brünetten neben ihr ein Lächeln, schlenderte heran und bestellte seinen Drink, bevor er sich einen Tisch suchte, der ihn nahe genug an die Stelle brachte, wo Morn Kark sich aufhielt, ohne dass es so aussah, als wolle er sich bei ihm einschmeicheln.

Die Docking Station war ein altes Relikt einer Bar, deren Name an die Zeit erinnerte, als sich in dieser Gegend ein Raumhafen befand, von dem aus Waren zu den Schiffen in der Mondumlaufbahn transportiert wurden. In der Einrichtung gab es einige Hinweise auf diese Geschichte, darunter ein großes Gemälde eines Zulir mit ausgebreiteten Flügeln, der in der weiten Dunkelheit des Weltraums schwebte. Aber der Ort war vor allem dunkel und ein wenig heruntergekommen. Der Boden war auf eine Weise klebrig, die kein Mopp beseitigen konnte, und alles roch schwach nach Schnaps.

Das Bild in seiner Akte ließ Kark wie einen Schläger aussehen. In Person war die Wahrheit glasklar: Er verursachte nicht nur blaue Flecken, er brach auch Knochen.

Um ihn herum saß ein halbes Dutzend Männer, von denen einige versuchten, sich näher heranzudrängen, aber hinter beliebteren Mitgliedern der Bande stecken blieben. Zu Karks Rechten saß Rexx, sein Stellvertreter. Jori erkannte auch Jursor Hansyn. Die Namen der anderen kannte er nicht, noch nicht.

Aber das war erst der erste Tag.

Die hübsche Brünette kam heraus und balancierte ein Tablett unsicher auf einer Hand. Sie stellte die Biere vor der Gruppe ab, bevor Kark sie an der Taille packte, sie auf seinen Schoß zog und sie in einem leidenschaftlichen Kuss erstickte.

Das wäre dann Zilly.

Keiner zuckte mit der Wimper, als der Chef seine Hand unter Zillys Rock schob und sie zum Stöhnen brachte. Es gab viele dunkle Ecken in der Bar, und obwohl noch niemand die Grenzen des Anstands überschritten hatte, war es noch früh. Dies war eine wilde Bar. Jori rechnete damit, dass er noch das eine oder andere über Sex in der Öffentlichkeit lernen würde, bevor das alles vorbei war.

Kark ließ Zilly nach einer weiteren Minute los und alle Männer grinsten ihr nach, aber keiner wagte es, sie zu berühren.

Jori war nicht zimperlich beim Beobachten des Zusammenspiels. Er wollte, dass Kark ihn bemerkte, er brauchte einen Platz in der Gang. Aber dies war nicht die Art von Ort, an dem er eine Bewerbung ausfüllen konnte. Als Hanna zum Vorstellungsgespräch für die Stelle als Barkeeperin kam, hatte Zilly ihr eine Schürze zugeworfen und ihr gesagt, sie solle sich an die Arbeit machen. Sie zahlten in bar, und an Steuern war nicht zu denken.

Zumindest könnte Ozar Kark dafür drankriegen.

Jori ließ seinen Blick zurück zur Bar schweifen. Hanna lachte über etwas, das Zilly gesagt hatte, als wären sie schon seit Jahren befreundet. Wenn jemand ein Getränk bestellte, bereitete sie es mit flinken Händen vor und reichte es weiter.

Sie sah aus, als gehöre sie hierher, und Joris Magen verkrampfte sich bei dem Gedanken.

Das war mehr als dumm. Sie tat genau das, was sie tun sollte. Es war auch das, was er hätte tun sollen.

Aber wenn sie hier so leicht lügen konnte, war dann irgendetwas an ihr echt?

Was ist mit dem Kuss?

*Verpunt.* Daran durfte Jori nicht denken. Sie hatten in den zwei Tagen, die seit dem Vorfall vergangen waren, kein Wort darüber verloren, und er verstand den Wink. Es war ein Fehler. Was auch immer ihre Tarnung für den Job war, zu Hause waren sie strikt professionell.

Aber jetzt, wo er sie gekostet hatte, war er hungrig nach mehr.

Einer der Männer von Karks Tisch stand auf und zog den Stuhl gegenüber von Jori heraus, ohne ihn zu fragen. Er ließ sich auf den Platz gleiten und grinste. „Ich habe dich noch nie gesehen."

Jori nippte an seinem Getränk. „Ich bin neu in der Gegend."

„Was hat es mit der Jacke auf sich?" Jori hörte eine Bewegung hinter sich und sah einen Schatten, bevor seine Schulter mit Starkbier getränkt wurde.

„Hoppla!", lachte ein anderer von Karks Männern.

Jori zog die Jacke aus und legte sie auf den Tisch, wobei er beobachtete, wie die militärischen Synnr-Insignien den Alkohol aufsaugten. „Das ist kein Verlust." Er brauchte sich nicht an den Worten zu verschlucken. Er war ein loyaler Soldat, er glaubte daran, sein Volk zu schützen. Aber das Abzeichen war nur ein Abzeichen. Und er hatte eine Rolle zu spielen.

Der Mann, der ihn mit Bier überschüttet hatte, nahm wieder Platz. Dieser Mann war Jursor. Er hielt sein dunkles, schütteres Haar kurz und trug eine übergroße Lederjacke, als ob das den Anschein erwecken könnte, er hätte Masse. Selbst im Sitzen war er groß, aber Jori ließ sich von großen Männern nicht einschüchtern. Sein ganzes Leben hatte ihn darauf vorbereitet. „Ich würde den Scheiß hier nicht anziehen", warnte Jursor. „Du willst sie doch nicht ... schmutzig machen." Er lachte wieder.

Dieses schallende Lachen ging Jori auf die Nerven, und er beschloss, dass es ihm Spaß machen würde, diesen Mann zu vernichten. Er musste zumindest eine gewisse Befriedigung aus dieser Aufgabe ziehen.

„Das ist die einzige Jacke, die ich habe", sagte Jori schlicht. „Sie zahlen uns Infanteristen nicht genug, um über die Runden zu kommen." Das war eine Lüge. Jori wurde gut bezahlt. Es war eine Frage der Praktikabilität. Soldaten mit Schulden waren Soldaten, die man kaufen konnte, wie Karks Männer herausfinden sollten.

Der erste Mann spuckte auf Joris Jacke, als ob er erwartete, dass er zurückschrecken würde. „Wir brauchen hier keine Soldatenjungs."

„Ich trinke nur etwas." Jori behielt sein Bier in der Hand. Er wollte nicht, dass sie *da* hineinspucken. „Und wenn dieser *verpunte* Krieg nicht wäre, wäre ich nicht mal mehr Soldat. Aber die Oberen entlassen niemanden, egal, was in unseren Verträgen steht." Er blickte auf seine Jacke hinunter, spuckte aber nicht.

„Ist das so?" Jetzt lehnte sich Jursor in seinem Stuhl zurück und Jori schätzte die Situation neu ein. Er hatte erwartet, dass der erste Mann diese Begegnung leiten würde, aber Jursor war derjenige, der das Sagen hatte. Er stand weiter oben in der Gang. Er würde derjenige sein, der Kark Bericht erstattete.

„Ich will nicht sterben für einen falschen ...", er unterbrach sich und nahm einen langen Schluck von seinem Bier. Den Rest sollten sie sich selbst denken. Für ein Scheingefecht? Für eine Königin? Für ein Königreich? Das waren Apsyn-Sympathisanten, aber er musste vorsichtig sein, wie gut er seine Rolle verkaufte. Unverhohlene Aufwiegelung wäre ein Schritt zu weit.

Jursor und sein Freund ließen es auf sich beruhen. „Und was hat dich hierhergeführt?", fragte er. Er legte seine Füße auf den Tisch.

Die Laufflächen seiner Stiefel waren sauber. Fast glänzend. Entweder war Jursor erstaunlich pingelig, oder die Stiefel waren brandneu.

„Ich wohne in der Nachbarschaft und habe in den letzten Tagen die Motorräder draußen bewundert. Dann hat mein Mädchen", er nickte mit dem Kopf in Richtung Bar, ohne nach Hanna Ausschau zu halten, „hier angefangen, Drinks auszuschenken. Ich dachte, ich schaue mir den Laden mal an."

Jursor schürzte seine Lippen. „Hanna ist dein Mädchen? Sie klingt wie eine Apsyn."

Wenn sie mit Jori sprach, war ihr Akzent so flach wie der eines Synnrs, aber sie betonte ihren lockeren Dialekt für ihr Publikum.

„Was geht dich das an?" Er legte einen Hauch von Abwehr in seine Stimme und ließ die Schultern hängen. „Wenigstens ist sie Zulir."

„Und eine sehr gute Zulir noch dazu." Jursors Freund grinste lasziv.

Jori stürzte nach vorne und packte das Revers des Mannes, wobei sich der Reißverschluss in seine Handfläche grub. „Was soll das denn heißen?"

Er hielt seine Hände hoch. „Nichts Besonderes. Ich schätze nur jemanden aus dem alten Land."

Jori ließ ihn los. Jursor klopfte ihm auf die Schulter. „Genieß deinen Drink, Soldat." Er nickte seinem Freund zu und sie ließen ihn allein.

Erster Kontakt hergestellt. Jori beobachtete sie, als sie an Karks Tisch Platz nahmen. Jursors Platz war noch leer, aber der andere musste einen der Mitläufer von seinem Platz vertreiben. Jori glaubte, den Kerl aus der Forschungsakte zu erkennen. Wrake. Oder vielleicht Malo. Der junge Mann schlich mit hängenden Schultern auf die Bar zu, sein Moment war vorbei.

Jori suchte nicht nach Hanna. Sie spielte ihre Rolle und er würde es nicht übertreiben.

Aber er war schon jetzt bereit, diesen Job zu beenden.

———

Es war einfach, betrunkenen Bikern Schnaps zu geben, solange Hanna daran dachte, ihre Hüften aus dem Weg zu schieben, bevor sie ihr an den Hintern greifen konnten.

Nur wenige Leute wollten etwas Ausgefallenes, und das eine Mal, als ein Student von der Universität reinkam und etwas mit mehr als drei Zutaten bestellen wollte, hatte Zilly ihn aus Prinzip rausgeschmissen.

Zilly passte hier nicht rein. Hanna kannte die Namen der Leute aus Karks Gang, und sie hatte sogar ein paar Worte mit dem Mann selbst gewechselt. Er war ein brutaler Kerl und ungefähr drei Sekunden davon entfernt, Zilly auf seinem Tisch auszubreiten und sie vor all seinen Männern zu nehmen, nur um seine Männlichkeit zu beweisen.

Hanna dachte sich, dass die Sexualität des Ortes sie mehr hätte beunruhigen müssen. In jeder Nacht, in der sie gearbeitet hatte, hatte sie mehr als ein Pärchen beim Ficken im hinteren Gang erwischt. Und das waren die diskreten Pärchen. Bei ihrer letzten Runde durch die Bar hatte sie einen Mann erwischt, der zwischen den Schenkeln seiner Freundin kniete, während sie sich auf die Lippe biss, um keinen Laut von sich zu geben. Ein Mann neben ihnen hatte seine Hand an seinem Schwanz.

Wäre dieser Ort nicht die Heimat einer Gang, die unschuldige Menschen in die Luft sprengte, hätte sie ihn vielleicht ganz nett gefunden.

Ein interessanter Ort, um etwas über sich selbst zu erfahren, und ein ungünstiger Ort. Aber sie konnte den Spaß am Beobachten oder beobachtet werden erkunden, wenn sie nicht drei falsche Schritte vom Tod entfernt war.

„Wir haben kaum noch Whiskey", warnte Zilly, während sie eine leere Flasche vorsichtig in den Mülleimer stellte.

„Ich dachte, ich hätte ein paar Flaschen im Schrank gesehen." Hanna war damit beschäftigt, Gläser zu säubern, aber sie musste die Grundinventur in ihrem Kopf behalten. Sie war vielleicht unter falschem Vorwand in der Bar, aber der Job als Barkeeperin war echt.

Zilly rollte mit den Augen. „Das ist Morns Spezialvorrat. Er hat ihn importieren lassen aus ...“ Sie räusperte sich. „Wie auch immer, es ist alles teuer und nur für seine Leute. Ich weiß nicht, warum er meinen Platz ausfüllen muss, wenn er ein schönes großes Büro hat, um das Zeug zu lagern.“

„Männer waren noch nie für ihre Logik bekannt.“ Es war richtig, das zu sagen, auch wenn Hanna diese Art von Dingen nie ganz verstanden hatte. Aber sie musste sich mit Zilly anfreunden, und sich spielerisch über ihre Männer zu beschweren, war ein sicherer Weg dorthin. Das war auf Kilrym und auf Aorsa so, und Hanna wäre bereit zu wetten, dass es auf jedem Planeten so war, auf dem Leute romantische Bindungen eingingen.

Zilly öffnete eine neue Flasche Whiskey, schenkte zwei Gläser ein und reichte Hanna eines. „Du bist eine weise Frau“, sagte sie, während sie ihren Whiskey trank.

Hanna stieß an und trank, wobei sie sich abwandte und drei Viertel des Whiskeys geschickt in den Abfluss kippte. Sie durfte nicht zulassen, dass ihre Sinne vernebelt wurden, und das war im Moment ihr größtes Risiko. Zilly schenkte Freigetränke aus, als wären sie aus der Mode gekommen, obwohl der Alkohol sie nicht zum Stolpern zu bringen schien. Sie setzte sich einfach immer länger auf Karks Schoß, bis sie errötete. Dann zog sie ihn in den hinteren Gang und ließ Hanna mit der Bar allein, bis sie mit zerzausten Haaren und einem breiten Lächeln zurückkam.

Zilly sah nicht wie die Art von Frau aus, die in eine Bar wie die Docking Station gehörte. Mit einem Stich ins Herz wurde Hanna klar, warum. Zilly erinnerte sie an Luci. Das lag nicht am Aussehen. Zilly hatte dunkles Haar, Luci war blond. Zilly war Zulir, Luci ein Mensch. Aber sie waren beide klein und jung und hatten einen unwiderstehlichen Hauch von Unschuld an sich. Auch wenn es klar war, dass Zillys Unschuld ... Nun ja, sie mochte Sex definitiv. Was die Naivität betraf, so fragte sich Hanna, wie viel sie dieser jungen Frau noch stehlen würde, bevor der Job beendet war.

„Bring die bitte zu dem Tisch am Fenster, ja?" Zilly schob Hanna ein Tablett mit Getränken zu.

Hanna nahm das Tablett und balancierte es vorsichtig aus. Wenn sie ein Getränk über jemanden verschütten würde, dann mit Absicht. Und wenn sie ein beladenes Tablett voller Getränke verschüttete, würde sie wahrscheinlich gefeuert werden.

Drei Typen in rauer Kleidung und mit noch rauerem Gesichtsausdruck saßen an dem Tisch am Fenster. Sie schauten nicht zu Karks Tisch, außer wenn seine Leute laut wurden. Sie gehörten nicht zur Gang, sondern waren Einheimische, die gerne tranken.

„Du bist neu, Baby", sagte der erste Typ, als Hanna anfing, die Getränke zu verteilen.

„Sie haben die Dekoration wirklich aufgestockt", sagte der zweite.

Der dritte legte eine Hand um ihre Taille, und Hanna musste sich beherrschen, ihm nicht die Finger zu brechen. Mit einem Lachen, von dem sie hoffte, dass es nicht gezwungen klang, wirbelte sie um seinen Griff herum und trat einen Schritt zurück. „Genießt die Drinks, Jungs." Dann flüchtete sie, bevor sie irgendwelche Wünsche äußern konnten.

Sie spürte Joris Blicke auf sich, als sie zurück zur Bar schlenderte, als ob sie sich um nichts in der Welt kümmern würde.

Sie riskierte es, ihm einen warnenden Blick zuzuwerfen. Er konnte nicht ihr Retter sein. Ja, sie wollten, dass Kark wusste, dass sie ein Paar waren, aber sie musste sich hier auf eigenen Füßen etablieren.

Jori schenkte ihr ein Lächeln und richtete sich auf. Was tat er da?

Als sie wieder hinter der Bar stand, standen die Kunden schon Schlange und Zilly füllte die Getränke so schnell wie möglich auf. Hanna schloss sich ihr an und sie hatten die Schlange schnell unter Kontrolle.

„Gute Arbeit mit diesen Jungs", sagte Zilly.

„Wusstest du, dass sie handgreiflich werden?" Hanna reichte zwei wartenden Kunden ein paar Getränke.

„Einer von ihnen hat sich vielleicht bewegt, als ich das letzte Mal vorbeikam." Ihre Augen weiteten sich vor Sorge. „Sag Morn nichts davon, okay? Wenn er jedes Mal eingreifen würde, wenn ein Kerl ein bisschen zudringlich wird, würden wir die Hälfte unserer Kunden verlieren."

„Das solltest du dir nicht gefallen lassen." Hanna fragte sich, ob dies Zillys Naivität oder etwas anderes war.

Das Mädchen rollte mit den Augen. „Ohne Scheiß. Aber diese Bar hat einen guten Ruf. Wenn du hier arbeiten willst ..." Sie ließ es dabei bewenden, und Hanna musste ihre eigenen Schlüsse ziehen.

„Kann ich bitte noch einen bekommen?", fragte Jori. Endlich war er am Anfang der Schlange angelangt. „Wie geht es dir?"

Zilly trat auf ihn zu, aber Hanna unterbrach sie. „Es macht mir nichts aus, wenn der hier ein bisschen grob wird.“ Sie lehnte sich über den Tresen und küsste ihn auf die Wange.

Es ist nur für die Arbeit, erinnerte sie sich, auch wenn sein Duft sie umwehte.

Sie hörte Zillys Lachen aus der Ferne, als sie sich zurückzog und Jori einen Drink einschenkte, Whiskey für die Farbe, aber hauptsächlich Wasser.

„Du solltest dich zu mir und meinen Jungs setzen“, sagte ein Mann zu Zilly, als sie seine Bestellung aufnahm.

„Wir sind hier ein bisschen beschäftigt, Süßer.“ Sie wollte einen Schritt zurückgehen, aber er griff nach ihr und legte ihr eine Hand auf den Arm.

„Komm, wir werden dir eine schöne Zeit bereiten.“

Zilly wehrte sich.

Bevor Hanna eingreifen konnte, klopfte Jori dem Mann auf die Schulter. Und als der Mann zu ihm aufblickte, versetzte Jori ihm einen Schlag.

Die Stille, die sich über die Bar legte, war fast übernatürlich. Hanna wagte es nicht, zu Kark hinüberzusehen, aber sie hoffte, dass er das Ganze beobachtet hatte.

Jori schlug ihn erneut, dieses Mal in den Magen, und der Mann ging zu Boden. Jori trat ihn zur anderen Seite hinüber.

„Geht es dir gut?", fragte er Zilly und sprach dabei so laut, dass es in der ganzen Bar zu hören war.

Zilly nickte und rieb mit den Fingern über ihr Handgelenk.

Hanna hörte einen Tumult und sah schließlich zu Kark. Er machte sich auf den Weg zu ihnen.

Dort angekommen, legte er eine Hand auf Joris Schulter und grinste Zilly an. „Bring dem Mann was zu trinken, Mädchen! Und jemand soll dieses Stück *Braz* hier rausschaffen!"

Hanna lächelte Jori nicht an, aber es fehlte nicht viel.

Sie waren drin.

8

# KAPITEL ACHT

Jori war darauf trainiert worden, der Folter zu widerstehen. Er kannte die Techniken. Er konnte sich distanzieren und keine verwertbaren Informationen liefern.

Aber wenn er noch länger hier festsitzen würde, könnte er schwach werden.

Oder Hanna könnte erkennen, wie sehr sie ihn beeinflusste.

Die Bar war leer mit Ausnahme von Karks Crew. Technisch gesehen war sie noch nicht geschlossen, aber es schien sich herumgesprochen zu haben, dass der Laden für diese Nacht geschlossen war.

Und Jori saß an seinem Tisch mit Hanna auf seinem Schoß, den Arm um seine Schultern gelegt und ihren Oberkörper an seinen gepresst.

Sie mussten das für den Job tun. Kark freute sich über seinen ritterlichen Akt gegenüber Zilly, und Hanna durfte als seine Frau dabei sein. Und was noch besser war: Hanna hatte sich so sehr mit Zilly angefreundet, dass sie weiter miteinander schäkerten.

Wenn sie so weitermachen könnten, wäre die Arbeit in wenigen Tagen erledigt und nicht in Wochen oder Monaten, auf die sie sich einstellen mussten.

„Ich war also an der Spitze", begann Hanna und erzählte der Gruppe eine Geschichte aus ihrer Kindheit. „Das Bike war ein Stück *Braz*. Ich musste es mir ausleihen, da meine Eltern mir erst dann eines schenken wollten, wenn ich bewiesen hatte, dass ich wirklich Rennen fahren wollte. Ich war vielleicht ein oder zwei Kilometer vor der Ziellinie, und das verdammte Ding blieb stehen."

Es gab einen Aufschrei am Tisch und Hanna nickte ermutigend.

Wie nickte sie mit ihrem ganzen Körper?

Und wie konnte es sein, dass er mitten in einer Mission vor Lust brannte?

„Hast du es wieder in Gang gekriegt?", fragte Zilly. Sie saß auf Karks Knien, anstatt sich ganz an ihn zu pressen.

„Ich wusste nicht, wie!" Hannas Stimme hatte einen Tonfall angenommen, den Jori nicht kannte. Sie war fröhlich, lebhaft und völlig offen, als sie ihren neuen Freunden ihre Lebensgeschichte erzählte.

War es überhaupt ihre Lebensgeschichte?

Er schob den Gedanken beiseite. Ihr jetzt zu misstrauen, würde die Mission in Gefahr bringen. Er musste jedes Wort glauben, das sie sprach, als wäre sie eine Priesterin im Tempel an einem heiligen Tag.

Doch wenn er sie anbeten wollte, würde es weitaus sinnlicher sein als ein normales Gebet.

„Das erste Motorrad überholte mich, während ich versuchte, es wieder zum Laufen zu bringen. Dann das nächste. Ich habe versucht, Hilfe herbeizuwinken, aber wir waren mitten im Rennen und niemand wollte anhalten, um mir zu helfen. Als ich merkte, dass ich es nicht reparieren konnte, packte ich das Vorderrad und fing an, es zu schleppen. Es war keine Überraschung, dass ich Letzte wurde. Aber meine Eltern kauften mir daraufhin mein erstes Motorrad. Es war ein gebrauchtes SynStar, das total *verbrazt* war, aber wie ein Traum lief."

„Dein erstes Motorrad war ein SynStar?", fragte Kark. Er hatte mit den anderen gelacht, als Hanna ihre Geschichte erzählte, aber das war das Erste, was er sie fragte.

Sie nickte. „Mein Vater kannte einen Mann, der einen Mann kannte, und so weiter. Als ich älter war, durfte ich einmal die Fabrik besichtigen. Es war unglaublich."

„Deshalb müssen wir das Heimatland besuchen." Kark zog Zilly an sich heran und küsste ihren Hals. „So etwas gibt es hier oben nicht. Da unten auf Kilrym gibt es echte Geschichte. Wenn es diesen sinnlosen Krieg nicht gäbe ..." Kark starrte Jori an und forderte ihn schweigend auf, etwas zu sagen.

Jori nippte an seinem Getränk. Damit musste er vorsichtig sein. Selbst mit den verdünnten Getränken, die Hanna ihm zugesteckt hatte, konnte er den Schwips in seinem Hinterkopf spüren. Und jetzt trank er aus der gleichen Flasche wie der Rest der Bande. Er konnte es nicht überhand nehmen lassen.

„Oh Mann!", stöhnte Zilly. „Genug vom Heimatland, Liebes. Ich bin sicher, Hanna will nicht darüber reden."

„Es macht mir nichts aus, wirklich", sagte Hanna. Sie griff nach Joris Getränk und nahm selbst einen Schluck. „Es ist schön. Jori war großartig und hat mich all meine langweiligen alten Geschichten erzählen lassen. Aber wegen des Krieges wollen viele Leute sie nicht hören. Als ob ich ... Ich weiß es nicht einmal. Als wäre ich eine Art Apsyn-Spionin oder so."

Er wollte sie töten.

Aber Kark lachte, und nach einem Moment

kicherte auch Zilly. Der Rest der Besatzung stimmte mit ein.

„Als ob wir nicht alle wirklich Apsyns wären", sagte Kark schließlich. „So ein Quatsch!"

Zilly küsste ihn heftig, und Kark legte ihr eine Hand auf den Kopf, um ihn festzuhalten. Als er sie losließ, waren sie beide ein wenig atemlos. „Tanz mit mir", befahl sie.

Er brüllte einen Befehl in die Lautsprecheranlage und die Musik änderte sich, dann wandte er sich an seine Männer. „Seht nach, ob die Mädchen an der Ecke noch da sind, und bittet sie herein. Ihr braucht alle Tanzpartnerinnen. Und sie könnten etwas Geld gebrauchen."

Jori drückte Hanna fester an sich, als ob einer der Männer es wagen könnte, nach ihr zu greifen, oder sie sich nicht wehren könnte.

„Zeit für den Abgang?", flüsterte er ihr in den Nacken.

Sie lehnte sich mit einem sanften Lächeln an ihn. „Ich glaube, wir müssen tanzen. Es läuft gut. Spielen wir mit."

Kark und Zilly rieben sich zu der sinnlichen Musik aneinander, und einige Minuten später führte Jursor drei Frauen hinein, die von den anderen Mitgliedern der Gang umgeben waren.

Sie würden nicht lange nur tanzen.

„Wir schlüpfen raus, wenn es wild wird", sagte Hanna zu ihm, als sie von seinem Schoß rutschte, seine Hand ergriff und ihn aus dem Stuhl zog. „Sobald jemand Kark einen bläst, vergisst er uns."

Es schien jetzt schon so, als hätte die Bande vergessen, dass sie da waren. Aber Zilly lächelte zu Hanna hinüber, als sie und Jori neben ihr und Kark zu tanzen begannen.

Joris Wirbelsäule war steif. Jede seiner Bewegungen war hölzern, und er sah wahrscheinlich aus wie ein Schuljunge, der zum ersten Mal mit einem Mädchen tanzte. Hanna bewegte sich flüssig um ihn herum, ihr Körper schmiegte sich an seinen und führte ihn, als wäre es ihre einzige Aufgabe im Leben.

Jori versuchte, sich auf die Bewegungen zu konzentrieren, seinen Körper zu lockern und sich mit ihr zu bewegen, aber ihre Kurven, die sich an ihn pressten, zogen ihn in einen verführerischen Bann, dem er sich nicht entziehen konnte. Jede Stelle, die sie berührten, schien lebendig, als ob ein elektrischer Strom sie miteinander verband.

Er wurde lockerer. Es gab keine andere Möglichkeit. Hanna war Hitze, Sex und alles, was er sich nicht wünschen konnte. Und sie sah ihn an, als wäre er ihre ganze Welt.

Er musste daran denken, dass es nicht echt war. Es ging um einen Job. Scherz beiseite, sie war eine Apsyn-Spionin. Oder besser gesagt, eine Apsyn, die für die Synnr spionierte.

Nichts zwischen ihnen war real. Das konnte es nicht sein. Das Einzige, was existierte, war der Job.

Als es endlich soweit war, fühlte sich der Kuss nicht so an, als wäre er nur gespielt. Die Wärme, der Funke, der in seinem Blut zündete, die Art, wie sein Herz in Erwartung raste. Er hatte schon öfters geküsst, zu oft, um es zu zählen. Er kannte seinen Ruf. Niemand von Dauer. Nichts über ein oder zwei Nächte hinaus.

Dieser Kuss drohte sein Leben zu zerstören.

Das hielt ihn aber nicht davon ab, ihn mit langsamen, sinnlichen Zungenschlägen zu vertiefen. Die Hitze zwischen ihnen stieg an, und sie stöhnte gegen ihn an und ließ ihn das Geräusch schlucken.

Sie waren ein einziger sich wiegender Körper der Begierde, und als seine Hand ihre Seite hinunter wanderte, erschauerte sie. Jori wollte im Triumph brüllen. Ihr Körper log nicht, und sie stand genauso unter diesem Bann wie er.

Er wollte, dass dieser Moment für immer anhielt. Dies war ein gestohlenes Fragment von dem, was hätte sein können, wenn sie andere Leute wären.

Aber nichts konnte ihre Vergangenheit verschwinden lassen, und Jori zwang sich, sich zurückzuziehen, bevor er eine Grenze überschritt, die er nicht mehr rückgängig machen konnte.

Hanna starrte zu ihm auf, und irgendwann hatte sie ihre Flügel beschworen. Sie legten sich um ihn, schwebten und umarmten ihn und verbargen sie vor den Blicken der übrigen Menge.

Sie war nicht die Einzige, die leuchtete. Karks rote Flügel waren weit ausgebreitet, als Zilly vor ihm auf die Knie ging und ihre eigenen lilafarbenen Flügel zur Schau stellte, mit denen sie sich vor den Blicken der anderen verbarg, während sie ihn in ihren Mund nahm.

Eine der Frauen von draußen trug nichts als ihre Flügel, als zwei von Karks Bande sich ihren Körper hinaufküssten und sie den Kopf vor Vergnügen zurückwarf.

Und Jori hatte sich Sorgen gemacht, dass der Kuss zu gewagt war.

Hanna ließ ihre Flügel verschwinden, nickte in Richtung Tür und hielt ihm die Hand hin.

Niemand bemerkte es, als sie gingen.

Jori ließ ihre Hand auf dem gesamten Heimweg nicht mehr los.

Hanna hob eine Kiste von der Palette und stellte sie vorsichtig auf den Tresen, nahm zwei Schnapsflaschen heraus und stellte sie an ihren Platz. Zilly stand vor einem ganzen Stapel schmutziger Gläser, die sie sorgfältig abwusch und anschließend so gründlich abtrocknete, dass kein einziger Wasserfleck mehr zu sehen war.

„Es ist einfach nicht dasselbe", sagte Zilly und griff nach dem nächsten Glas. „Ich weiß nicht, was es ist, aber irgendetwas ist anders. Morn war früher nie so." Ihre Stimme klang ein wenig weinerlich, aber sie achtete peinlich genau darauf, die Gläser nicht zu beschädigen.

Hanna hoffte, dass sie mitfühlend klang. In den drei Tagen, seit Jori in die Gang aufgenommen worden war, hatte sich Zilly pausenlos beschwert. Und ihre Beschwerden waren frustrierend vage. „Es tut mir leid", sagte sie. „Vielleicht hat er nur etwas auf dem Herzen. Du weißt ja, wie Männer sind."

Zilly schnaubte. Sie stellte ihr Glas ab und sah zu, wie Hanna eine zweite Kiste anhob. „Ich glaube, er nimmt mich abgesehen von Sex gar nicht wahr", sagte sie. „Wir haben seit Wochen kein vernünftiges Gespräch mehr geführt. Und wir wollten uns eigentlich in unser kleines Versteck schleichen, aber das hat er abgesagt!"

Morn Kark schien nicht die Art von Mann zu sein, der tiefgründige Gespräche mit Frauen führte, schon gar nicht mit der Freundin, die halb so alt war wie er. Wenn Zilly wirklich Hannas Freundin wäre, würde sie ihr die Meinung geigen. Hanna versuchte, sich nicht für ihren Job zu hassen. „Vielleicht ist er nur beschäftigt", sagte sie. „Die Bar war in den letzten Tagen sehr voll. Und ich weiß, dass ihr Sex hattet." Sie hatte viel mehr gesehen, als sie erwartet hatte oder wollte.

Zillys Augen wurden weich, und sie lächelte mit einem Seufzer. „Ja, er enttäuscht mich in der Hinsicht nie. Seine Zunge ..."

„Da bin ich mir sicher." Hanna brauchte keine weiteren Details. Sie fand nichts an Morn Kark attraktiv, und sie hatte selbst einen Albtraum sexueller Frustration durchlebt, weil sie Jori so nahe war. Sie musste sich nicht anhören, wie eine gut gevögelte Frau über ihren Mann schwärmte.

Vor allem nicht, wenn dieser Mann unschuldige Menschen getötet hat.

„Was ist mit dir? Du und der Neue seid neulich Abend früh verschwunden." Sie warf Hanna einen verschmitzten Blick zu.

„Er ist ein bisschen schüchtern." Hanna grinste so

unzüchtig wie möglich. „Aber als wir nach Hause kamen ...“

„Behalte ihn nicht ganz für dich. Ich erwarte von euch beiden, dass ihr bei der nächsten Party bis zum Ende bleibt, auch wenn ihr euch aneinander haltet.“ Sie nahm ihr nächstes Glas in die Hand und begann wieder mit dem Putzen. „Brauchst du Hilfe mit den Kisten?“

„Nein, ich glaube, ich habe das schon im Griff.“ Hanna ruhte sich einen Moment lang aus und schaute in den Raum hinter der Bar.

Nur etwa die Hälfte von Karks üblichen Leuten war anwesend. Kark war an seinem Ehrenplatz, Jursor neben ihm, Rexx auf der anderen Seite, zusammen mit Maisum und Mardoz. Sie tranken Bier und lachten miteinander. Es war noch früh, aber Hanna fragte sich, wo der Rest der Truppe war. Und sie fragte sich, ob Zillys Beziehungsprobleme vielleicht etwas damit zu tun hatten.

Wenn Kark einen großen Auftrag hätte, würde er seinem Mädchen vielleicht nicht so viel Aufmerksamkeit schenken.

Jori kam herein und wurde wie ein siegreicher Held begrüßt. Sobald er an Karks Tisch eingeladen worden war, hatten die Jungs ihn als einen der ihren akzeptiert. Es wurde sogar noch besser, als er mit seinem Motorrad vorbeikam. Sie hatte ihm genug Informationen gegeben, um mit der Leidenschaft eines Neubekehrten zu sprechen, und er konnte genug Fakten über Fusions-Motorräder herunterrasseln, um den Rest der Bande zu langweilen. Neulich war er sogar mit ihnen gefahren, während Hanna und Zilly die Bar putzten.

Aber sie hatten keine Geheimnisse miteinander geteilt. Auch Zilly nicht.

Es wäre klug, die Sache abzuwarten. Vertrauen aufzubauen und zu hoffen, dass irgendwann etwas durchsickert. Aber die Dringlichkeit nagte an Hanna. Sie spürte in ihren Knochen, dass etwas passieren würde, und sie und Jori mussten herausfinden, was, und es aufhalten.

Es war nicht nur ihr Selbsterhaltungstrieb, obwohl das auch eine Rolle spielte. Wenn sie nicht schnell handelten und Menschen starben, so vermutete Hanna, würde die Schuld genauso auf ihr lasten, wie sie auf Morn Kark lastete. Dies war ihre Chance, sich zu beweisen und ihre Freiheit zu erlangen. Sie durfte nicht versagen.

Sie drehte ihren Kopf von einer Seite zur anderen, streckte ihren Hals und fing dabei Joris Blick ein. Dann drehte sie ihren Kopf in Richtung Flur und zog eine Augenbraue hoch. Er schüttelte kurz den Kopf, aber sie warf ihm einen Blick zu, der sagte, dass sie es tun würde.

Ein bisschen Telepathie oder eine Art von Kommunikationsgerät hätte ihr sehr geholfen. Jori musste die Jungs für sie ablenken. Aber sie hatten sich auf diese Möglichkeit vorbereitet. Kark und seine Männer waren beschäftigt und dünn gesät. Die Bar war nicht so voll, und Hanna hatte eine gute Ausrede, um nach hinten zu gehen.

„Ich werde diese Kisten austauschen gehen. Hast du ein bisschen Zeit?", fragte sie Zilly und klopfte mit der Hand gegen die Holzkiste.

„Besser du als ich. Mir tun die Arme weh, wenn ich nur daran denke!"

Hanna lud ihren Kistenstapel auf den Wagen und rollte ihn vorsichtig durch die Bar. Sie hatte vielleicht fünf Minuten Zeit, bevor jemand bemerkte, dass sie weg war, und weitere fünf, bevor jemand kam, um nachzusehen. Genug Zeit also.

Sie schob die Kisten in den Lagerraum. Hanna atmete tief durch, um sich auf die richtigen Gedanken zu bringen. Sie hatte schon gefährlichere Jobs als diesen gemacht, und sie hatte noch nie Verstärkung gehabt.

Das war in Ordnung.

Karks Büro lag zwei Türen hinter dem Lagerraum.

Die anderen Türen waren kleinere Abstellkammern und ein ungenutztes Büro. Die letzte Tür im Flur führte zu einem Schrank, in dem ein riesiger Tresor stand. Hanna hatte weder die Zeit noch das Werkzeug, um das Schloss zu knacken, also verschob sie das auf später. Vielleicht hatte Jori eine Idee.

Das Büro war nicht besonders aufgeräumt. Auf Karks Schreibtisch lagen überall Papiere verstreut, und es roch vage nach Whisky und Zigarrenrauch. Auf dem Schreibtisch stand ein Computerbildschirm, aber er war ausgeschaltet. Hanna versuchte, ihn einzuschalten, aber er hatte eine biometrische Sperre.

Gute Sicherheit, aber nicht außerhalb der Norm. Wenn er regelmäßig Finanzdaten auf dem Computer hatte, war die Sperre sinnvoll. Es brauchte nichts Kriminelles zu verbergen.

Sie wusste zwar, wie man es umgehen konnte, aber es würde Zeit brauchen und sie müsste mit einem digitalen Schlossknacker zurückkommen, um es zu tun.

Wenn sie es richtig anstellte, wäre das nicht ihre einzige Chance.

Hanna sichtete die Papiere, wobei sie darauf achtete, dass sie so auf dem Schreibtisch verteilt waren, wie Kark sie hinterlassen hatte. Es gab Rechnungen, Prospekte für Spirituosen und Motorradteile und Zettel mit Nachrichten in Zillys Handschrift. Nichts Belastendes. Aber Kark war klug genug, um belastende Dokumente nicht einfach so herumliegen zu lassen, schon gar nicht in einem unverschlossenen Büro.

Wenn Hanna eine heimtückische Spionin wäre, würde sie nichts in ihrem offiziellen Büro hinterlassen. Das war zu offensichtlich. Aber es war auch etwas, das sie nicht ignorieren konnte.

Sie zog die Schubladen des Schreibtischs auf. Darin befand sich ein Reiseführer von Vanen, der Hauptstadt von Kilrym. Und da war eine kleinere Karte von Osais.

Hanna nahm alles vorsichtig aus der Schublade und breitete es auf dem Tisch aus. Es gab keine Markierungen, nichts, was mit der Aufschrift „nächstes Bombenziel" versehen war, aber davon ließ sie sich nicht entmutigen.

Sie machte mit ihrem Kommunikator ein Foto von der Karte, bevor sie sich die Karte genauer ansah. Es war eine Karte desselben Quadranten der Stadt, in dem die erste Bombe gezündet worden war. Der Falz des Papiers war an der gleichen Straße geknickt, die auch das Ziel war, aber das konnte Zufall sein.

Die Karte musste irgendeine Art von Geheimnis verbergen. Hanna war versucht, sie in ihre Tasche zu stecken und mitzunehmen, aber wenn Kark ihr Fehlen bemerkte, konnte das alles zunichte machen.

Sie faltete sie wieder zusammen und legte sie in die Schublade, bevor sie auf die Uhr sah.

Ihre zehn Minuten waren um. Jede Sekunde, die sie jetzt noch zögerte, bettelte sie regelrecht darum, entdeckt zu werden.

Hanna schlüpfte aus dem Büro und wollte die Tür hinter sich schließen, als Rexx, einer von Karks Männern, auf sie zustürmte und fragte: „Was hast du da drin gemacht?"

9

# KAPITEL NEUN

HANNA IST NICHT ERSTARRT. Erstarren würde sie umbringen. Sie hob ihre Hand vom Türknauf und ließ sie fallen, schenkte Rexx ihr schönstes Lächeln und hoffte, dass es funktionierte.

„Ich hole frischen Schnaps für die Bar. Gibt es ein Problem?" Sie verzog keine Miene und atmete gleichmäßig.

*Du hast nichts falsch gemacht*, sagte sie sich. *Du bist völlig unschuldig.*

Sich selbst zu belügen war der Schlüssel, um andere Menschen zu belügen.

Rexx wies mit dem Daumen auf den Lagerraum. „Der Whiskey ist da drin. Das Büro vom Boss ist tabu."

Hanna legte ihre Hand wieder auf den Knauf, öffnete die Tür und warf einen Blick hinein. „*Verpunt*!

Ich habe mich verlaufen. Wir sollten wirklich die Türen hier hinten beschriften."

„Schließ sofort die *verpunte* Tür", forderte Rexx. Sein Kiefer straffte sich, und Hanna spürte ein Knistern von Elektrizität in der Luft, als er seinen Funken beschwor.

Hanna schlug die Tür zu und trat einen Schritt zurück. „Es tut mir leid! Es war ein Versehen! Bitte, ich muss zurück und Zilly helfen. Ich bin sicher, es ist viel los."

Rexx trat einen Schritt näher und breitete seine Flügel aus. Sie waren leuchtend grün mit gelben Flecken darin. Er hatte diese leuchtende Farbe nicht verdient.

Reflexartig breitete Hanna ihre eigenen Flügel aus und spreizte sie weit. Wenn er versuchen würde, sie mit seinem Funken zu braten, würde sie doppelt so hart zurückschlagen.

„Oh, du dummes Mädchen." Rexx zeigte das Grinsen eines Raubtiers und entblößte seine scharfen Zähne. Manche Leute bezeichneten Zulirs Eckzähne als Reißzähne, und seine waren scharf genug, um ihnen Recht zu geben. „Ich glaube, du hast geschnüffelt. Das wird dem Boss nicht gefallen."

Hanna ließ die Flügel hängen. „Du brauchst es ihm nicht zu sagen."

*Du hast nichts falsch gemacht.*
*Du bist völlig unschuldig.*
*Und du hast Angst.*

Rexx schlenderte näher, sein Funke war stark genug, um ihr die Haare zu Berge stehen zu lassen, obwohl er nur seine Flügel beschworen hatte. Er war fast so stark wie ein verpaarter Zulir, ganz allein. Vielleicht sollte sie wirklich Angst haben.

„Und was gibst du mir, damit ich den Mund halte?" Er streckte die Hand aus und strich mit dem Daumen über ihre Lippen.

Hanna musste den Drang, ihn zu beißen, unterdrücken. „Ich habe einen Freund." Sie wollte wirklich nicht vor diesem Kerl auf die Knie gehen.

„Dämonen lieben es, zu teilen." Rexx berührte ihre Schulter, seine Handfläche versuchte, sie nach unten zu drücken.

Hanna wehrte sich. „Was ist ein Dämon?" Sie hatte ihr Briefing, aber niemand in der Bar hatte ihr den Namen des Fusions-Motorradclubs genannt. Hanna, die unschuldige Barkeeperin, hatte keine Ahnung.

Rexx drückte fester. „Ich werde es dir zeigen."

„Was ist denn hier hinten los? Babe?" Joris Ruf brach die Anspannung, und Hanna atmete aus. Dann spannte sie sich noch mehr an.

Sie konnte mit Rexx umgehen. Sie hatte nicht vor, seinen Schwanz zu lutschen, aber in einer weiteren Minute hätte sie es ihm ausreden können.

Jori hat die Dinge kompliziert gemacht.

Sie war trotzdem froh, dass er da war.

Sie blickte Rexx an, der einen Schritt zurücktrat und seine Hand von ihrer Schulter nahm. „Dein Mädchen hier ist herumgeschlichen. Was hat das zu bedeuten, Soldatenjunge?"

Jori schaute von Hanna zur Tür und dann zu Rexx. Dann grinste er, und es war seltsam in seinem Gesicht. Er hat noch nie so sorglos ausgesehen.

Vielleicht passierte das nur, wenn er bei der Arbeit war.

„Babe, ich sagte, wir treffen uns in dem leeren Büro. Neben dem von Morn." Er grinste Rexx an. „Ich würde es ihr ja vor allen besorgen, aber mein Mädchen ist schüchtern."

Hanna strahlte. „Das ist privat, *Babe*." Und sie mussten ihre Geschichten in Ordnung bringen. Er sollte der Schüchterne sein. Bei dem Tempo, das sie an den Tag legten, würden sie an einer Orgie teilnehmen müssen, um ihre Loyalität zu beweisen.

Nun ja. Es gab schon schlimmere Loyalitätstests.

„Ich habe sie aus Karks Büro kommen sehen", drängte Rexx. „Sie darf nicht da drin sein."

„Ich bin da nicht rausgekommen!", log sie. „Ich wollte hineingehen, weil ich dachte, dass ich Jori dort treffen sollte."

„Ich dachte, du wolltest mehr Vorräte für die Bar holen."

Handlanger sollten kein gutes Gedächtnis haben. Das machte ihre Arbeit so viel schwieriger. „Das war eine Lüge", gab sie zu. „Ich wollte Jori nicht in Schwierigkeiten bringen. Er mag ..."

„Babe", unterbrach Jori sie, als erwarte er, dass sie irgendeinen unaussprechlichen sexuellen Akt beschreiben würde.

Rexx lachte. „Mit einem Mund wie ihrem gibt es mehr als genug zu teilen." Er sah zu Jori hinüber, als ob Hannas Meinung keine Rolle spielen würde.

Bevor dieser Job vorbei war, würde sie Rexx sehr weh tun. Nein. Sie würde ihm eine *Galaxie* des Schmerzes bereiten.

„Ich bin kein Typ, der gerne teilt", sagte Jori. Diesmal gab es keine Spur eines Grinsens. Er sah an Rexx vorbei und begegnete ihrem Blick direkt. Seine Worte trugen das Gewicht der Wahrheit.

In diesem Job war kein Platz für die Wahrheit.

„Du solltest lieber zurückgehen, Han, da draußen ist viel los. Wir können ... Du weißt schon ... später."

Er trat dicht an Rexx heran, ergriff ihre Hand und zog sie von Karks Tür weg und aus Rexx' Reichweite.

„Ich bin damit noch nicht fertig", sagte Rexx.

„Erzähl es Morn." Er zog sie ein paar Schritte, und Hanna ging bereitwillig mit. Sie war fast so weit, aufatmen zu können, oder hätte es getan, wenn Jori sie nicht so fest gehalten hätte.

Er würde ihr einen Vortrag halten, wenn sie nach Hause kamen, da war sie sich sicher. Er hatte nicht gewollt, dass sie das Risiko einging. Aber wenn sie unbeschadet aus diesem Gang herauskamen, wusste sie, dass sie recht hatte. Auf Zehenspitzen zu gehen, würde niemals zum Ziel führen. Sie mussten Risiken eingehen.

„Erzähl Morn was?", fragte Kark, als er um die Ecke bog und ihnen die Flucht versperrte.

„Boss ..." Rexx wollte etwas sagen, aber Kark hielt eine Hand hoch, um ihn zum Schweigen zu bringen.

Hanna sprang auf, bevor Jori etwas sagen konnte. Sie hatte das Gefühl, dass er versuchen würde, ihre Tugend zu beschützen, oder irgendetwas albernes, ritterliches wie das. Ritterlichkeit hatte in der Spionagearbeit nichts zu suchen.

„Ich habe mich hierher geschlichen, um mich um meinen Freund zu kümmern." Sie schmatzte mit den Lippen und grinste, löste sich aus Joris Griff und legte ihren Arm um seine Schulter. „Es gab nur eine kleine Verwechslung. Jetzt ist es zu spät und ich muss Zilly helfen, bevor es zu voll wird." Sie stieß einen Seufzer aus. „Bis später, Babe." Sie gab ihm einen Kuss auf die Wange. „Ich verspreche, dass ich das mache, was du so magst, wenn wir zu Hause sind."

Jori holte tief Luft, und Hanna versuchte, zu ignorieren, was das mit ihrem Körper machte. Dies sollte ein Trick sein, sie sollte nicht wirklich von dem Gedanken an einen Quickie mit ihrem falschen Freund erregt werden.

Aber Jori hatte einfach diese Wirkung auf sie.

„Zilly hat die Bar unter Kontrolle", sagte Kark. Er grinste zu Rexx hinüber. „Wolltest du sehen, was das Mädchen drauf hat?"

„Der Neue sagte, er teilt nicht", sagte Rexx und funkelte böse.

Kark zog seine Augenbrauen hoch, als er in Joris Richtung schaute, der nur mit den Schultern zuckte.

„Ist sie so gut? Zeig es uns." Er nickte Hanna zu, damit sie auf die Knie sank.

Jori versuchte, sich in Richtung des leeren Schranks zu bewegen. „Ein bisschen Privatsphäre, Mann?"

Kark lachte und schüttelte den Kopf. „Du sagst, sie ist es wert, ich will sehen, was der ganze Wirbel soll.

Ich liebe mein Mädchen zu Tode, aber selbst sie weiß, wann es Zeit ist, zu teilen."

Hanna war bereit, es hinter sich zu bringen, aber Jori bewegte sich ein wenig, sodass er den Arm, den sie über seine Schulter gehängt hatte, ergriff. Sie konnte nicht tun, was Kark befahl, ohne mit ihm zu kämpfen. Und das würde ihnen *nicht* helfen, diesen Job zu verkaufen.

„Ich mag es nicht, beobachtet zu werden, Boss."

„Sie lutscht deinen Schwanz, oder ihr beide verlasst meine Bar und kommt nicht wieder. Verstanden, Soldatenjunge?" Kark sah Jori finster an und keiner der beiden Männer blinzelte.

Jori war ein Mann, der eher zerbrach, als dass er sich verbog. Und Hanna war nicht nur wegen ihrer Kenntnisse über Motorräder bei diesem Job dabei. Sie wollte nicht zulassen, dass er ihr das kaputt macht.

Sie lehnte sich dicht an sein Ohr und flüsterte ihm zu, sodass nur er es hören konnte. „Es ist in Ordnung, Jori. Lass mich das machen." Sie küsste seinen Hals, bevor sie sich zurückzog. Das genügte, um den Wettstreit der Blicke mit Kark zu unterbrechen, und er sah sie an.

Jori sah aus wie ein Mann, der vor einem Erschießungskommando stand, aber nur einen Moment lang.

Dann erinnerte er sich daran, dass sie ein Publikum hatten, und grinste.

Hanna sank auf ihre Knie.

———

Jori spürte Karks Augen auf sich gerichtet. Rexx war auch da, aber er war nicht die Bedrohung. Wenn sie das nicht taten, war die Mission vorbei.

Aber wie konnte er Hanna je wieder ansehen, wenn er sie dazu zwang?

Sie sagte, es sei in Ordnung, aber er wollte Kark trotzdem schlagen und sich aus dem Staub machen. Sie hatten es nicht verdient, sie so zu sehen.

*Dagegen* konnte er etwas tun.

Jori breitete seine Flügel aus und tat sein Bestes, um Hanna darin zu verbergen. Er konnte eine knisternde Energie spüren, wo seine Flügel nahe bei den ihren schwebten, und das ließ seinen Körper nur noch mehr aufleuchten.

Einen Moment lang befürchtete er, dass er keinen hochkriegen würde. Dies war nicht die ideale Situation, egal wie geschickt Hannas Zunge war, aber als sie zu seinen Füßen kniete und ihren Kopf zu ihm neigte, war er verloren.

Hannas Augen waren ein Funken Licht in der

Dunkelheit, und alles andere verschwand um ihn herum. Sein Herzschlag beschleunigte sich, selbst als das Blut in die Tiefe floss und seinen Schwanz steif werden ließ. Er wurde dicker, bettelte um ihre Aufmerksamkeit, und Jori versuchte nicht, sich zurückzuhalten.

Behutsam strich er ihr eine Haarsträhne aus der Stirn und steckte sie hinter ihr Ohr. Ihre Haut war wie Seide unter seinen Fingern. Hanna schloss ihre Augen und atmete tief durch.

Dann grinste sie, die Augen immer noch geschlossen, beugte sich vor und rieb ihre Wange an dem Schwanz in seiner Hose.

Jori unterdrückte ein Stöhnen. Wenn sie allein wären, würde er ihr jedes Geräusch geben. Aber er musste so viel Privatsphäre stehlen, wie er konnte.

Hanna ließ ihre Hände über seine Hüften gleiten, die federleichte Berührung war stark genug, um ihn zu brandmarken. Es war der erregendste Moment seines Lebens und er war immer noch vollständig bekleidet.

Aber nicht für lange.

Mit zarten Fingern öffnete sie den Verschluss seiner Hose und befreite seinen Schwanz.

Sie ließ ihm keine Chance zu zögern, bevor sie einen langen Streifen an seinem Schwanz entlang leckte und dann seine Eichel in ihren Mund nahm. Diesmal konnte Jori das Stöhnen der Lust nicht unterdrücken, und es war ihm egal.

Seine Hand schwebte einen Moment lang über Hannas Haar, bevor er sie festhielt - nicht wirklich fest, aber er führte sie dennoch.

Nicht, dass sie es nötig gehabt hätte.

Ihre Zunge war ein verruchtes Instrument und Jori wand sich unter ihrem Gesang. Sie saugte ihn tief ein, nahm ihn mit in den hinteren Teil ihrer Kehle, bis er sicher war, dass sie daran ersticken würde. Dann, kurz bevor es für sie beide zu viel wurde, zog sie sich zurück.

Er glaubte, ein Geräusch zu hören, aber es kam nicht von Hanna, also war es auch egal.

Ihre Zunge brachte ihn an den Rand des Abgrunds, das Vergnügen wuchs und wuchs, bis er sicher war, dass er platzen würde. Es war zu viel, um irgendetwas anderes zu tun. Aber Hanna schien entschlossen zu sein, es auszukosten.

Und so sehr sich Jori auch hätte schämen sollen, so sehr genoss er es auch. Dies könnte seine einzige Gelegenheit sein, sie so zu haben. Sie könnte ihn hassen, sobald sie aufstand, könnte ihm sagen, er solle sich zum *Braz* scheren und für immer dort bleiben.

Er hätte es verdient. Jeder Mann, der es genießen

konnte, in diese Situation gezwungen zu werden, hatte es verdient.

Und jeder Mann, der widerstehen konnte, war ein Heiliger.

Er musste seine Kontrolle wiederfinden und sie festhalten. Wenn er seine Finger in Hannas Haar grub und ihr Gesicht fickte, würde das hier in einer Minute vorbei sein. Aus der Ferne wusste er, dass Kark genau das sehen wollte.

Aber Kark hatte in diesem Moment keinen Platz. Jori zog seine Flügel fester an sich, ohne darauf zu achten, wie sie die von Hanna zu berühren drohten.

Es war ein Risiko, den Flügeln eines anderen so nahe zu kommen. Der Funke eines Zulirs konnte eine andere Person mit wenig Aufwand braten. Aber Hanna würde ihm das nicht antun. Wenn sie jemals Gewalt gegen ihn plante, würde sie ihm dabei nahe kommen.

Näher konnte sie jetzt nicht mehr herankommen.

Er gab sich der Hitze ihrer Zunge und ihres Mundes hin, krallte schließlich seine Finger in ihr Haar und stieß zu. Sein ganzer Körper war voller Verlangen, und alles war auf die Frau abgestimmt, die vor ihm kniete.

Sie war alles. Und egal, was andere denken mögen, sie war diejenige, die die Kontrolle über diesen Moment hatte.

Jeder Nerv sang vor Glückseligkeit, und er konnte jetzt nicht mehr aufhören. Er biss die Zähne zusammen und versuchte, sich zurückzuhalten. Aber Hanna zeigte ihm keine Gnade, und mit einem Keuchen kam er, und spritzte seinen Samen in ihren Rachen.

Hanna lehnte sich zurück und wischte sich den geschwollenen Mund ab. Jetzt sah sie aus wie ein gefallener Engel, mit hängenden Flügeln und einem Körper, der für die Sünde gemacht war.

Er hätte gesättigt sein müssen. Stattdessen wollte er sie flach hinlegen und sich an ihr laben, bis sie vor Lust schrie.

Jori zwang sich, sich zu beruhigen. Jetzt war *nicht* der richtige Zeitpunkt. Er rückte seine Hose zurecht, bis er halbwegs anständig aussah, obwohl er sicher war, dass seine Wangen gerötet und seine Pupillen geweitet waren.

Hanna stand auf und nickte ihm zu. „Ich muss zurück an die Arbeit." Sie wischte sich etwas Staub von den Knien und ließ ihn allein.

Und er war ganz allein. Kark und Rexx waren nicht mehr auf dem Flur. Wann waren sie gegangen?

Hätte er sich von Hanna entfernen können, bevor ...?

Jori verdrängte den Gedanken aus seinem Kopf. Er

brauchte eine weitere Minute, um seine Gedanken zu sammeln, bevor er sich zwang, zurück in den Hauptbereich der Bar zu gehen, wo Kark ihm ein breites Grinsen schenkte und ihm auf den Rücken klopfte, während Rexx Zilly herbeirief, um Jori einen Drink zu bringen.

Um den Job zu verkaufen, musste Jori lächeln. Er musste sich die vulgären Witze von Karks Gang anhören und mitlachen. Er durfte Hanna nicht ansehen. Wenn er das tat, würde er sie verraten.

Aber er befürchtete, dass er eine Grenze überschritten hatte, die er nicht mehr rückgängig machen konnte. Und jetzt musste er die Konsequenzen abwarten.

# 10

## KAPITEL ZEHN

HANNA SAH, wie Jori abhaute. Er kam mit seinem Motorrad zur Bar, aber sie sollten zusammen nach Hause fahren.

Dann musste Kark kommen und alles ruinieren.

Hanna schottete sich für den Rest der Nacht ab. Wenn sie sich an den Geschmack von Jori erinnerte, daran, wie sich seine Haut unter ihren Fingern anfühlte, wäre sie nichts weiter als das reinste Nervenbündel.

Sie musste das in Ordnung bringen.

Jori hatte sie den Rest des Abends nicht mehr angeschaut. So konnten sie nicht weitermachen. Sie verbrachte den Rest ihrer Schicht damit, sich die Gespräche auszumalen, die sie führen mussten, und wünschte sich, dass alles mit einem Kuss gelöst werden könnte.

Und sie war ein bisschen ... beunruhigt ... darüber, wie sehr es ihr gefallen hatte. Kark und Rexx waren nicht das Publikum, das sie sich ausgesucht hätte, aber zu wissen, dass sie beobachtet wurde, sogar durch Joris Flügel, hatte es noch heißer gemacht.

Ja, Hanna musste definitiv aufhören, daran zu denken.

In den frühen Morgenstunden schaffte sie es nach Hause. Sie hatte erwartet, dass Jori schon schlief. Oder weg war. Wenn er ihr in der Bar nicht gegenübertreten konnte, wäre ihr winziges Haus noch viel schlimmer.

Sie fand ihn auf der Couch sitzend, einen dekorativen Ball in den Händen haltend und ihn von einer Hand in die andere werfend. Er sah sie nicht an, als sie hereinkam und die Tür hinter sich abschloss.

Das Schlafzimmer rief aus mehr als einem Grund nach ihr. Und es wäre so schön einfach, sich schlafen zu legen und so zu tun, als wäre morgen früh alles wieder in Ordnung. Sie und Jori würden viel Zeit haben, ihre emotionalen Mauern wieder aufzubauen, und sie könnten das Ganze als Teil des Jobs abtun.

Hannas Job machte sie zu einer Lügnerin, aber sie

versuchte, sich nicht selbst zu belügen. Sie zwang sich, den Raum zu durchqueren und sich auf den Stuhl zu setzen, der Jori am nächsten war.

Als er sie ansah, stand ihm das Grauen in den Augen.

„Warum siehst du mich so an?" Es klang ein wenig abwehrend. Aber die Abschottung, die in der Bar so gut funktioniert hatte, erlitt in der Sekunde, in der sie mit Jori sprach, einen Strukturbruch.

„Wenn du mich für ein Disziplinarverfahren melden musst, werde ich kooperieren. Mein Verhalten war ..."

„Beende den Satz nicht." Hannas Gedanken wirbelten herum und versuchten zu verstehen, was er sagte. „Hast du die ganze Nacht in dieser Gedanken-spirale festgesessen?"

Jori zuckte zusammen. „Ich würde es nicht als Gedankenspirale bezeichnen. Ich habe nachgedacht."

„Das ist dein Problem." Sie fuhr sich mit den Fingern durch ihr Haar und schüttelte es aus. „Du hast mir vorhin den Arsch gerettet. Vielleicht hätte ich Rexx überzeugen können, aber ich lutsche viel lieber deinen Schwanz als seinen."

Das entlockte Jori ein ersticktes Lachen.

„Wir wussten beide, dass das passieren könnte", fuhr sie fort. „Wirst du damit klarkommen?"

Das brachte ihn dazu, ihren Blick wieder zu erwidern. „Das sollte ich dich fragen. Wie kann ich es wieder gutmachen?"

„Nur einer von uns ist gekommen." Ihre Worte schlugen ein wie eine Bombe.

Das hätte Hanna nicht sagen sollen. Es war eine Sache, ihm einen zu blasen, wenn ihre Tarnung davon abhing. Ansonsten sollten sie es professionell halten. Aber es war ein langer Tag gewesen. Sie war gestresst.

Und sie hatte Stunden damit verbracht, nicht daran zu denken, wie Jori sich revanchieren könnte.

Sein Atem wurde unregelmäßig. „Das ist wahr." Er legte den Ball, mit dem er herumgespielt hatte, beiseite und beugte sich vor.

Hanna musste aufstehen. Sie musste unter die kalte Dusche gehen und so tun, als hätte sie nichts gesagt. Ihre Finger waren mehr als ausreichend, um die Spannung abzubauen. Sie brauchte Jori nicht.

Aber ihr Körper sehnte sich nach ihm.

„Wir sollten das nicht tun", sagte sie, während ihr Körper näher an seinen heranrückte.

Er streckte seine Hand aus und legte sie auf ihren Oberschenkel, seine Handfläche brannte auf ihrer Haut, als er sie langsam nach oben gleiten ließ, um den Saum ihres Rocks zu kitzeln. „Das ist eine schlechte Idee", stimmte er zu und ließ seine Finger mit der Innenseite ihres Oberschenkels flirten.

Hanna öffnete ihre Beine. „Wir gleichen die Dinge nur aus."

„Ja", hauchte er, als sie sich vorwärts drängte und seine Lippen eroberte.

Jori schmeckte nach Whiskey und etwas anderem Rauchigem und Süßem, das sie nicht einordnen konnte. Seine Hände umklammerten ihre Hüften und hielten sie auf seinem Schoß, während er die Kontrolle über den Kuss übernahm und sie verschlang.

Sie wollte verschlungen werden.

Joris Schwanz lag hart zwischen ihnen, ein Versprechen auf das, was er ihr geben konnte, wenn sie nur alle ihre Kleider ausziehen könnten. Das Verlangen brannte heiß in ihr, glühte zusammen mit ihrem Funken.

Sie konnte förmlich spüren, wie zwischen ihnen ein elektrischer Funke übersprang, aber das war unmöglich, nichts weiter als ein von Lust und Bedürfnis ausgelöster Höhenflug.

Jori drehte sie um und Hanna hielt sich fest, aber er ließ sie nicht auf den Boden fallen. Plötzlich war sie diejenige, die auf der Couch saß, während er auf die Knie ging und zu ihr aufblickte wie ein Bittsteller.

Hatte er sich im Korridor so entblößt gefühlt?

Er schob seine Finger an ihren Beinen hinauf und unter ihren Rock, griff in ihren Slip und zog ihn herunter. Hanna fühlte sich nackt, auch wenn sie größtenteils bedeckt war. Aber von dort, wo Jori kniete, konnte er alles sehen.

Und der Mann war ausgehungert.

Er küsste sich ihre Schenkel hinauf, jeder Kuss ein Versprechen der Lust, das ihr Schauer über den Rücken jagte. Die Vorfreude reichte fast aus, um sie vor Verlangen stöhnen zu lassen.

Als seine Zunge ihre Muschi berührte, wölbte sich Hannas Rücken und sie erkannte das wollüstige Geräusch, das ihr über ihre Lippen kam, kaum wieder. Es war pure Sinnlichkeit, eine ganze Sprache, die keine Silben brauchte.

Und das war erst der Anfang.

Hanna klammerte sich an die Sofakissen und biss sich genüsslich auf die Lippe, als Jori sie weiter erforschte und mit einer Expertise in sie eindrang, die sie gleichermaßen erschreckte und erregte.

Jori leckte und küsste, als ob sein Leben davon abhinge, und zog zarte Kreise um das eng gewickelte Nervenbündel zwischen ihnen, bevor er schließlich in einen fast schwindelerregenden Rhythmus verfiel, der mit jeder seiner Bewegungen Ranken der Lust durch Hannas Körper schickte.

Hanna klammerte sich verzweifelt an die Fetzen, die von der Realität übrig geblieben waren - aber diese Realität löste sich unter Joris Zunge schnell auf. Was kümmerte sie die Welt, wenn sie Jori zwischen ihren Schenkeln hatte, der sie in Höhen der Lust trug, die sie sich kaum vorstellen konnte?

Sie spürte, wie sich das Beben des Orgasmus aufbaute und sie zu überwältigen drohte. Hanna griff nach Kontrolle, nach etwas, das sie am Rande der Klippe halten würde. Sie war noch nicht bereit, hinunterzustürzen, nicht wenn es sich anfühlte, als hätten sie gerade erst angefangen.

Sie wollte all das Vergnügen, das er ihr bereiten konnte, sie wollte gierig kommen, bis es nichts anderes mehr gab. Aber wenn sie kam, war es vorbei. Und sie konnte nicht zulassen, dass es endete, noch nicht. Sie war noch nicht bereit.

Wie sollte sie aufstehen und weggehen, als wäre alles normal zwischen ihnen?

Ihre Ängste und Sorgen verschwanden, als Joris Finger sich mit seiner Zunge verbanden, und dann verschwand auch alles andere. Sie keuchte Joris Namen, als die Erleichterung ihren Körper durchströmte. Das Vergnügen war so stark, dass es fast weh tat, aber alles, was sie tun konnte, war, um mehr zu betteln.

Jori hörte nicht auf. Er hielt seine Zunge so lange heiß auf ihr, bis die Wellen der Lust in etwas Ruhigeres, fast Überschaubares übergingen. Das zerstörte sie noch mehr als der Orgasmus.

Ihr Körper war trunken vor Vergnügen und sie wusste kaum noch, was sie vor sich hin brabbelte. „Ich glaube, damit sind wir quitt", murmelte sie.

„Nein." Jori stand auf und beugte sich über sie, seine Augen brannten noch immer vor Verlangen. „Aber ich denke, es war ein guter Anfang."

———

Mit dem Betreten des Schlafzimmers war eine Grenze überschritten. Aber mit dem Geschmack von Hanna noch heiß auf der Zunge, ließ Jori seine Sorgen hinter sich. Er und Hanna hatten schon jegliche Grenzen überschritten, und es gab kein Zurück mehr. Nicht heute Nacht.

Es war unwirklich, dass sie immer noch vollständig bekleidet waren. Sein Schwanz drückte gegen den Verschluss seiner Hose und Hannas Wangen waren gerötet.

Jori trat dicht an sie heran, und seine Hände glitten an Hannas Körper hinauf, die Fingerspitzen fuhren die Kurve ihrer Hüften nach und hinauf zu den

Erhebungen ihrer Brüste. Ihre Brustwarzen waren feste Knospen, die sich durch ihr Shirt drückten, und sie atmete tief ein, als er mit dem Daumen über eine fuhr.

Er wollte jeden Zentimeter von ihr erforschen, bis er sich jede Reaktion eingeprägt hatte. Und dann wollte er seine Berührungen perfektionieren, bis sie unter ihm bebte, wenn er sie nur mit den Fingern berührte oder ein Wort flüsterte. Hanna saugte das Vergnügen in sich auf, als wäre sie dafür gemacht, und ihre Augen schlossen sich, als sie sich näher an ihn schmiegte.

Er war versucht, ihr das Oberteil in der Mitte zu zerreißen und sich an dem zu laben, was er entdeckte, aber er hielt sich zurück und half ihr stattdessen, es über den Kopf zu ziehen und zur Seite zu werfen. Ihr BH war als nächstes dran.

*Verpunt.* Sie war die reinste Perfektion.

Jori zog sie näher an sich heran, er konnte der Verlockung ihrer Lippen nicht mehr widerstehen. Sie öffnete sich unter ihm und ihre Zunge streifte die seine. Seine Hände setzten ihre Reise nach unten fort, während er sich dem Kuss hingab. Sie trug jetzt nur noch ihren Rock und nichts mehr darunter.

Er schob seinen Finger unter den Verschluss, hielt ihn dort fest und wartete.

Hannas Atem stockte vor Erwartung, und dann küsste sie ihn inniger. Sie bedeckte seine Hand mit ihrer eigenen und half ihm, den Rock zu öffnen und ihn zu Boden fallen zu lassen.

Die ganze Zeit über verließen seine Lippen ihre nicht.

Er schob sie zurück zum Bett und folgte ihr nach unten, wobei er stöhnte, als sich eines ihrer Beine um ihn schlang. Auch wenn er seine Hose noch anhatte, konnte er ihre Wärme spüren. Ihre Haut war alles, wovon er jemals geträumt hatte, und er wollte sich darin verlieren.

Seine Finger flirteten mit der feuchten Hitze in ihrem Inneren, neckten ihren Eingang, bevor sie hineinglitten. Hanna stöhnte auf und wölbte sich ihm entgegen. Bevor er mehr tun konnte, zerrte sie an seinem Shirt und er musste den Kuss für einen Moment unterbrechen, um es sich über den Kopf zu ziehen und irgendwo hinzuschleudern.

„Zieh deine Hose aus", forderte Hanna atemlos zwischen Küssen.

Ihr Wunsch war ihm Befehl.

Jede Sekunde ohne sie war zu viel, und als er wieder zum Bett kam, nackt, mit steifem Schwanz, drückte er seinen Körper komplett an ihren und nahm ihre Lippen wieder in Besitz.

Er könnte sie ewig küssen.

Seine Finger tauchten wieder in sie ein und stießen weiter vor, bis er die Stelle fand, an der sich ihr ganzer Körper vor Lust anspannte, während sich ihr Atem beschleunigte. Sie hielt sich vor ihm nicht zurück und Jori gab ihr im Gegenzug alles, was er konnte.

So sehr er den Kuss auch liebte, Jori löste sich mit einem Stöhnen und begann ihren Körper zu erkunden. Seine Lippen wanderten tiefer, und er nahm eine Brustwarze in den Mund und neckte sie mit seiner Zunge.

Hanna keuchte, wölbte sich gegen ihn und drückte ihre Brust noch näher an ihn heran. Jori lächelte gegen ihre Haut und ließ nicht locker, verführte sie mit seiner Zunge, bis sie nach mehr schrie. Er rollte sich auf den Rücken und zog sie mit sich, sodass sie rittlings auf ihm saß.

In diesem Moment hielten sie inne, ihre Blicke trafen sich, als etwas unglaublich Zärtliches zwischen ihnen passierte. Es brachte Joris Herz zum Klopfen und ließ ihn alles in Frage stellen, was er über diese Frau zu wissen glaubte. Er konnte sich das nicht anmerken lassen, konnte ihr nicht diese Macht über ihn geben, auch wenn er befürchtete, dass er sein ganzes Selbst in ihre Hände legte.

Er zog sie in einen heißen Kuss hinunter.

Dann waren seine Finger wieder an ihrem Eingang und neckten ihre Klitoris, bis sie sich gegen ihn stemmte und sein eigener Schwanz durch die Bewegung gequält wurde.

Er schob zwei Finger in sie hinein und spürte die unwiderstehliche Hitze und die enge Nässe, die er nie vergessen würde.

Und als sie gedehnt und bereit war, ersetzte er seine Finger durch seinen Schwanz und vergrub sich mit einem einzigen Stoß in ihr.

Hanna keuchte und grub ihre Finger so fest in seine Schultern, dass er blaue Flecken bekam. Er würde gerne ihr Zeichen tragen und hoffen, dass es nie verblasst.

Sie bewegten sich gemeinsam, die Harmonie war so natürlich wie sinnlich. Sie war eng und feucht, und er musste sich beherrschen, um nicht gleich zu explodieren. Aber er musste sehen, wie sie wieder an Vergnügen gewann. Er brauchte es mehr als seinen nächsten Atemzug.

Er stieß in sie hinein und hörte, wie sein Name mit einem verzweifelten Atemzug von Hannas Lippen entwich. Er wollte ihn noch einmal hören und bewegte sich schneller, drückte sie höher, bis sie sich an ihn klammerte, außer Kontrolle und doch im perfekten Gleichgewicht mit ihm. Sie warf ihren Kopf zurück und biss sich auf die Lippe. Sie hüpfte auf ihm auf und ab, während sie sich bewegten, aber die einzigen Geräusche, die sie von sich gab, waren Keuchen und Stöhnen der Lust, die ihren Höhepunkt erreichten und ihren Körper dazu brachten, sich um ihn zu winden, während sie sich festklammerte.

Das Vergnügen war zu viel für Jori, aber er versuchte, durchzuhalten, selbst als sein Schwanz vor dem unausweichlichen Bedürfnis nach Vollendung zu vibrieren begann. Er wollte, dass dieser Moment für immer anhielt, dass er in seinen dunklen Tagen darauf zurückblicken und wissen konnte, dass er diesen einen perfekten Moment gehabt hatte, in dem Hannas Gesicht vor Vergnügen verzerrt war, alle Mauern verschwunden waren, während sie sich ihm hingab und akzeptierte, was er ihr gab.

Dann ließ er los, und die Erlösung donnerte so stark durch ihn, dass er vor Lust brüllte und seine Sicht kurzzeitig verschwamm.

Als sich sein Herzschlag zu beruhigen begann, legte sich Hanna eng an ihn gepresst neben ihn, und Jori schlang einen Arm um sie.

Zweifel drohten sich einzuschleichen, und sie kämpften mit den Gefühlen, die so tief in seinem

Inneren tobten, dass er sie gar nicht wahrgenommen hatte.

Von dem Moment an, als sie sich kennengelernt hatten, hatte sie in ihm ein fast unbeschreiblich starkes Gefühl geweckt. Feindseligkeit. Abscheu.

Verlangen.

Die ersten beiden waren verbrannt worden, und alles, was übrig war, war das Verlangen. Und in der Glut seiner Gefühle konnte er spüren, wie andere Dinge wuchsen. Zärtlichkeit. Hoffnung.

Er hatte keine Zeit für so etwas. Jori war ein loyaler Synnr-Soldat. Er hatte Ziele, Pläne. Dazu gehörte nicht, sich in eine reformierte Apsyn-Spionin zu verlieben.

Aber all das war weit weg. Hannas Atmung wurde ruhiger und Jori starrte sie an. Das Licht von draußen drang durch die Ecken der Vorhänge, gerade genug, um ihre entspannten Gesichtszüge zu erkennen.

Er hatte noch nie Probleme gehabt, ein Bett zu verlassen, wenn es Zeit war zu gehen. Das Klügste wäre, unter der Bettdecke hervorzuschlüpfen, den Geruch von ihr abzuduschen und auf der Couch zu schlafen, wo er hingehörte.

Die Couch, die sich unauslöschlich mit der Erinnerung an sie verbunden hatte.

Anstatt zu gehen, zog Jori Hanna näher an sich

heran und zog die Laken um sie herum hoch. Ihm war warm und er war zufrieden. Der Ärger würde später noch auf sie zukommen. Sie würden ihn herbeiführen müssen, um den Job zu erledigen. Aber heute Nacht konnte Jori schlafen und davon träumen, dass Hanna wirklich ihm gehörte, wenn das alles vorbei war.

**11**

## KAPITEL ELF

ARBEIT. Richtig. Der Job.

Hannas Körper schmerzte an den richtigen Stellen, und sie hatte an ihren Hüften blaue Flecken in Form von Joris Fingerspitzen entdeckt. Sie hatte einen Knutschfleck am Hals und konnte nicht aufhören zu lächeln.

Arbeit.

Er war noch am Schlafen. Hanna war aus dem Bett geschlüpft und hatte sich fest vorgenommen, ihn nicht zu wecken. Wenn er aufwachte, würden sie sich mit der vergangenen Nacht auseinandersetzen müssen. Wenn er aufwachte, würde sie zugeben müssen, dass es ein Fehler gewesen war.

Aber er war noch nicht wach, und Hanna weigerte sich, dieses Gespräch mit sich selbst zu führen.

Stattdessen betrachtete sie die Projektion des Bildes, das sie von der Karte in Karks Büro gemacht hatte. Auf das Dreifache ihrer normalen Größe vergrößert, sagte sie ihr immer noch nichts.

„Was ist das?", fragte Jori, als er die Treppe hinunterkam, die nackten Füße leise auf dem Teppich.

Hanna wäre fast aus der Haut gefahren, aber sie behielt einen kühlen Kopf. Arbeit. Das war Arbeit. „Ich habe diese Karte in Karks Büro gefunden und ein Foto gemacht. Es kommt mir wichtig vor. Es ist dieselbe Gegend, in der die Bombe explodiert ist, aber ich sehe keine besonderen Vermerke oder so."

Jori näherte sich langsam und hielt mehr als eine Armlänge Abstand zwischen ihnen, während er die Projektion studierte. Er streckte die Hand aus und kippte sie, um sie besser sehen zu können. „Das ist seltsam."

„Was?" Sie legte den Kopf schief, um zu sehen, was er ansah.

„Die Straßennamen sind falsch geschrieben." Er vergrößerte das Bild, bis sie die Schrift an der Kreuzung sehen konnte: PRYMROSE WAY und SICAMORE STREET.

„Die Bombe wurde in einem Gebäude an dieser Kreuzung platziert." Sie starrte auf die Projektion, bis ihre Augen brannten, dann griff sie nach einem Tablet und rief eine Karte der Gegend auf. „Diese Karte bestätigt, dass diese Schreibweisen falsch sind."

„Dachtest du, ich hätte mich geirrt?", fragte Jori. Er nahm das Tablet nicht an, als sie es ihm anbot.

„Nein, aber ich wollte es mir bestätigen lassen. Es hätte ja sein können, dass es eine berühmte Synnr-Familie namens Prymrose mit Y gab, und die Straße danach benannt wurde. Ich vertraue dir." Das blieb einen Moment lang zwischen ihnen stehen, bevor Hanna zurücktrat, um noch mehr Abstand zwischen sie zu bringen.

Das würde eine Qual werden.

Jori holte tief Luft. „Wir sollten ..."

„Ich muss zurück in Karks Büro." Sie überging ihn, bevor er ein Gespräch beginnen konnte, auf das sie keine Lust hatte.

„Was? Nein!" Das Dementi kam sofort und absolut.

„Ich muss in sein Büro und in seinen Safe", fuhr Hanna fort, als ob Jori nichts dagegen einzuwenden gehabt hätte. „Die Karte ist suggestiv, aber kaum belastend. Es könnte ein legitimer Druckfehler gewesen sein."

„Das ist zweifelhaft", murmelte er.

„Natürlich ist das zweifelhaft." Energie pulsierte in Hanna und sie wollte sich bewegen, aber Jori war genau dort. Wenn sie ihm zu nahe kam, könnte sie etwas Verrücktes tun, ihn zum Beispiel berühren. „Wir sind aus einem bestimmten Grund hier. Wir müssen unseren Job machen."

„Wir wurden gestern erwischt." Sein Atem ging stoßweise und seine Augen verfinsterten sich.

Hanna musste den Blick abwenden. Sie konnte sich an den Geschmack von ihm erinnern, an das Gefühl, ihn in sich zu haben. Es war wie ein Echo auf ihrer Haut. Aber sie konnte nicht reagieren. Jori vertraute ihr schon jetzt nicht. Wenn er sie beschuldigte, Sex zu benutzen, um ihn zu manipulieren, wollte sie nicht darüber nachdenken, was sie tun würde. Oder wie es ihr das Herz brechen würde.

„Wir haben es heruntergespielt", fuhr Jori mit rauer Stimme fort. „Aber wenn wir zwei Tage hintereinander erwischt werden, erwecken wir Verdacht, den wir nicht abstreifen können."

„Ja, du musst mich vielleicht gegen die Bar ficken, um zu beweisen, dass wir uns nur für einen Quickie davonschleichen." Sie bedauerte die Worte, sobald sie sie ausgesprochen hatte. Sie hatte monatelang als Spionin gearbeitet, und sie war gut darin gewesen. Sie hatte die Art von Ausbildung, von der die meisten Leute nur träumen würden.

Und hier war sie und redete wie eine Person, die immer das erste sagt, was ihr gerade einfällt.

Jori wandte sich von der Projektion ab und sah sie schließlich an. „Darüber sollten wir reden."

„Ich glaube, wir haben gestern Abend alles besprochen." Ihre Wirbelsäule war stocksteif, und Hanna musste gegen den Zwang ankämpfen, ihre Flügel zu beschwören und sie fest um sich zu wickeln.

„Das haben wir wirklich nicht." Seine Stimme war weich, fast sanft geworden.

Quälend.

„Wir waren auf einem emotionalen High", erklärte Hanna. „Wir haben uns ein bisschen hinreißen lassen. Wir sind beide erwachsen. Das ist passiert. *Braz*, ich habe gehört, dass du dich mit vielen Leuten hinreißen lässt. Kein Grund, eine große Sache daraus zu machen." Sie konnte nicht daran denken, wie er sie dazu gebracht hatte, seinem Namen zu keuchen, wie es sich angefühlt hatte, als hätte er tief in sie hineingegriffen und ihr Herz gepackt.

Es war einfach nur Sex. Das musste es sein.

„Wir können von jetzt an professionell bleiben." Wenn Hanna das laut aussprach, würde es vielleicht irgendwie wahr werden.

„Und wenn Kark uns zu einer seiner Partys

einlädt? Was schlägst du dann vor?", fragte er mit verschränkten Armen und wippendem Fuß.

Eine Lawine der Begierde drohte Hanna zu verschlingen. Die perfekte Ausrede für mehr. Sie war versucht, einen verruchten Vorschlag zu machen, zu behaupten, dass sie und Jori weiter miteinander schlafen mussten, um den Job zu verkaufen.

Als ob eine gemeinsame Nacht sie nicht schon fertig gemacht hätte.

„Wir werden unseren Job machen", sagte Hanna. „Wenn ich wieder deinen Schwanz lutschen muss, um zu verhindern, dass einer von uns beiden in die Luft gesprengt wird, werde ich es tun. Aber selbst wenn wir auf einer von Karks Partys sind, bin ich sicher, dass wir bis zu einem gewissen Punkt mitspielen können. Wir müssen ja keine Grenzen überschreiten."

„Kannst du diese Grenzen definieren?" Seine Augenbrauen waren herausfordernd hochgezogen.

„Ich muss in Karks Büro gehen." Was sie wirklich musste, war, das Gespräch wieder in eine andere Bahn zu lenken. „Vielleicht hast du recht und heute ist es eine schlechte Idee, aber es muss bald geschehen. Unser Kontaktmann wird Informationen wollen."

„Oder ich kann im Büro vorbeischauen", bot Jori an.

Hannas erster Instinkt war, den Vorschlag abzulehnen. Sie verdrängte diesen Gedanken und nickte. „Wenn du die Gelegenheit bekommst. Die Chance könnte sich für jeden von uns ereignen. Kannst du den Safe knacken?"

Er öffnete den Mund und schloss ihn dann mit einem Kopfschütteln. „Das ist nicht mein Fachgebiet."

„Ich habe nur einen Satz Tresorknacker bei mir, und ich habe nicht daran gedacht, sie mit zur Arbeit zu nehmen. Ich kann sie dort verstecken. Das Spirituosenlager ist nicht verschlossen. Ich verstecke das Werkzeug auf dem Regal direkt hinter der Tür. Es gibt einen kleinen Erste-Hilfe-Kasten, der wird gleich daneben sein." Sie wollte das Werkzeug nur ungern aus der Hand legen, aber wenn einer von ihnen die Chance hatte, musste er es erreichen können.

„Und wenn es jemand findet?", fragte er.

„Es sieht aus wie ein Kommunikator. Ich muss dich zum ID-Scanner hinzufügen, sonst funktioniert das Ding nicht. Du musst nur neben das Schloss drücken und den Code eingeben. Das dauert zwischen ein paar Sekunden und zwei Minuten."

„Ist das eine normale Spionageausrüstung?"

„Was? Glaubst du, ich war früher eine Art Juwelendiebin?" Sie lachte, aber Jori hatte einen nachdenklichen Gesichtsausdruck. „Ernsthaft? Wenn ich ein

Juwelendieb wäre, würde ich in einem Herrenhaus mit einem Dutzend Dienern leben. Nicht ... so."

Joris Gesichtsausdruck wurde ausdruckslos. „Programmiere das Gerät und zeige mir, wie man es benutzt. Wir erwischen unsere Zielpersonen, bevor die Woche zu Ende ist."

———

Grauen legte sich wie ein Mantel über Jori, als er an der Bar ankam. Hanna lachte mit Zilly und schenkte Getränke aus, als würde sie schon seit Jahren dort arbeiten und nicht erst seit einer Woche.

Nur ein paar von Karks Leuten waren da. Kark und seine engsten Mitarbeiter waren unterwegs, und Jori war froh darüber. Er wusste, dass er die Gelegenheit nutzen sollte, um vorsichtig in die Geschichte der Dämonen einzudringen. Untergebene könnten ihm aus Versehen Informationen geben.

Stattdessen nuckelte er an seinem Bier und beobachtete Hanna.

Er wusste, dass er die letzte Nacht als Fehler bezeichnen sollte. Eine Fehleinschätzung, die zu einem kritischen Misserfolg der Mission führen könnte. Eine Katastrophe.

Aber das Einzige, was er jetzt wollte, war, sie von

diesem Ort wegzubringen und sie in Sicherheit zu bringen.

Hanna muss seinen Blick auf sich gespürt haben. Sie sah zu ihm hinüber und ihre Blicke trafen sich. Er zitterte vor Verlangen nach ihr und zwang sich, den Blick abzuwenden.

Zumindest mussten sie so tun, als ob sie zusammen wären. Wenn sie Fremde sein müssten, würde die Mission scheitern.

„Geht es dir gut?", fragte Maisum, einer der jüngeren Männer in Karks Gang. „Gibt es Ärger mit deinem Mädchen?"

Jori könnte eine schroffe Antwort geben. Oder eine anzügliche. Was er nicht tun konnte, war, einem Mann, der ein Terrorist sein könnte, seine Sorgen mitzuteilen. Aber er konnte sich nicht dazu durchringen, einen unzüchtigen Witz über Hanna zu machen.

Er sagte nichts, und Maisum verstand dies als Einladung zum Gespräch.

„Ich hatte vor nicht allzu langer Zeit etwas mit diesem Kerl und es ging schief, also kenne ich den Blick." Er stupste Joris Schulter in falscher Solidarität an. „Es fing toll an. Wir konnten unsere Hände nicht voneinander lassen. Seine Schicksalsgefährtin mochte es nicht, aber sie war nicht seine Frau."

„Er hatte eine Schicksalsgefährtin?" Jori sollte sich

nicht in die Geschichte hineinziehen lassen, aber er konnte nicht anders. Er wusste nicht, warum er die Frage gestellt hatte. Während viele Paare und Gruppen, die einen Schicksalsgefährten hatten, eine romantische Beziehung eingingen, waren einige rein platonisch. Andere kamen und gingen wieder, oder ließen mehrere Personen in ihre Beziehung. Es gab nicht die eine richtige Art, verpaart zu sein.

„Ja, ihre Familie besaß eine Spielzeugfirma, in der sie beide arbeiteten. Ich habe versucht, ihn zu überreden, stattdessen hierherzukommen. Er hat seine Zeit bei NovaTek verschwendet."

Dieser Name sagte Jori etwas, aber er konnte es nicht genau zuordnen. „Was hat das mit mir und Hanna zu tun?"

„Lass dich nicht von dummen Dingen aufhalten. Das Leben ist zu kurz." Maisum kippte den Rest seines Drinks hinunter.

Und da erinnerte sich Jori an NovaTek. Es war eines der Gebäude, die von der Bombe zerstört wurden. Die Bombe, die Kark und seine Männer gelegt haben könnten.

„Warum wolltest du ihn hier haben? Hatte er mit Motorrädern zu tun?" Und war Maisum daran beteiligt?

Maisum schüttelte den Kopf. „Nicht in Geringsten.

Er stand mehr auf klitzekleine Roboter, die so klein waren, dass man sie kaum sehen konnte. Er hat einmal versucht, mir die Technik zu erklären, aber ich habe es nicht verstanden, bis ... Nun, ich bin nicht der Typ, der es versteht, weißt du. Er hat durch die Bombe einen Arm verloren."

Bevor Jori sich eine Antwort überlegen konnte, stürmten Kark, Rexx und Jursor in den Raum, und Maisum stand auf, um sie zu begrüßen.

Jori merkte sich Maisums Geschichte und die Informationen über die Art der Roboter, die in der Spielzeugfirma gebaut wurden. Das könnte wichtig sein.

Kark setzte sich an das Kopfende des Tisches und die anderen Jungs verteilten sich um ihn herum. Jori wurde auf den am weitesten von Kark entfernten Platz geschoben und musste sich anstrengen, um den kleinen Witzen zu lauschen, die Rexx immer wieder einwarf.

Er musste sich bei Kark einschmeicheln, aber er bereute seinen Platz nicht. Die Hälfte von Rexx' Witzen war wahllos beleidigend, und die andere Hälfte hatte nicht einmal eine Pointe. Sogar Kark war genervt und schickte ihn nach einer Weile los, um eine weitere Runde Getränke zu holen.

Eine weitere Stunde verging, und der Tisch war

zum Bersten voll. Kark und Jursor steckten die Köpfe zusammen und unterhielten sich leise.

Kark sah auf und warf einen Blick auf Jori. „Hey, Neuer, geh mit deinem Mädchen tanzen."

„Sie ist beschäftigt." Die Nacht hatte begonnen, und Hanna und Zilly waren hinter der Bar in ständiger Bewegung, jedes Mal wenn Jori einen Blick riskierte.

„Sie hat Pause", beharrte Kark. „Geh und leiste ihr Gesellschaft."

Es stand ein wichtiges Gespräch an und Jori bekam es nicht zu hören.

„Du sagst es, Mann." Jori konnte nicht weiter argumentieren. Und nur weil er nicht dabei war, hieß das nicht, dass er nicht irgendwann jedes Wort hören würde. In einem der Knöpfe an seinem Mantel war ein Rekorder eingebaut, und er und Hanna konnten mithören, wenn sie zu Hause waren.

Die Bar war nicht allzu voll, als Jori sich näherte und an der Seite wartete. Als Hanna ihn entdeckte, schenkte sie ihm ein breites Lächeln und gab ihm einen Kuss auf die Wange. „Was gibt's?"

„Du hast Pause." Er schlang eine Hand um ihre Taille. „Lass uns tanzen."

„Wir haben zu tun", protestierte Hanna, aber sie versuchte nicht, sich aus seiner Umarmung zu lösen. Zilly war genau dort und konnte jedes Wort hören.

„Kark sagte, du hast Pause." So nah bei ihr zu stehen, war eine besondere Art von Folter, aber Jori ließ es auf sich wirken.

„Ich komm schon klar", betonte Zilly hinter Hanna. „Geh und hab Spaß. Und erzähl mir alles darüber!", fügte sie kichernd hinzu.

Hanna vergrub ihren Kopf an Joris Schulter und stöhnte, als er sie wegzog.

„Was sollte das?", fragte er. Die Tanzfläche war nicht allzu voll, aber eine Gruppe von drei Personen drehte sich gemeinsam zum pulsierenden Beat.

„Sagen wir einfach, Kark hat es uns abgekauft." Sie hielt seine Hand und machte eine Drehung, bei der Jori seinen Arm praktisch nach hinten beugte.

Jetzt war die perfekte Gelegenheit, ihr zu sagen, was Maisum verraten hatte, aber Jori tat es nicht. Die Musik wechselte zu etwas Langsamem und Sinnlichem, und er hatte keine andere Wahl, als Hanna dicht an sich heranzuziehen, sodass sich ihre Körper berührten.

„Meinst du, wir haben genug Zeit, um uns davonzuschleichen?", fragte sie, wobei ihr Atem über sein Ohr wehte.

„Zu riskant."

„Keiner beachtet uns auch nur im Geringsten."

Aber Jori wollte sie nicht gehen lassen. Alle von

Karks Männern saßen am Tisch. Eine schlecht getimte Toilettenpause und ihre Tarnung wäre aufgeflogen.

„Wir werden eine weitere Gelegenheit bekommen", versprach er.

Hanna neigte ihren Kopf zurück und sah ihn mit so dunklen Augen an, dass er für einen Moment die Arbeit vergaß. Es gab nur sie und die Musik und ihre neugierigen Finger, die sich einen Weg über seine Brust bahnten. Er drückte sie fester an sich, als bestünde die Möglichkeit, dass sie versuchte, sich zu befreien.

Der sinnliche Beat des Liedes wechselte zu etwas noch Verführerischem. Jeder Gedanke, dies als Gelegenheit zu nutzen, um über die Arbeit zu sprechen, verflog.

In Hannas Gesichtsausdruck lag etwas, von dem Jori befürchtete, dass es sich in seinem eigenen widerspiegelte. Etwas Verzweifeltes und Verletzliches, etwas, das durch die stärksten emotionalen Mauern, die ein Mensch errichten kann, weggeschlossen gehörte.

Etwas, das mit einem einzigen Kuss niedergerissen werden könnte.

Er küsste sie nicht, obwohl ihn das Verlangen danach stark antrieb. Er konnte sie nicht küssen. Nicht hier, wo alles nur ein Schauspiel war. Wenn er sie küsste, wollte er nicht, dass sie seine Motive in Frage stellte, auch wenn er sich ihrer selbst nicht ganz sicher war.

Hanna brachte ihn dazu, alles in Frage zu stellen. Was richtig war. Was falsch war. Konnte sich eine Person wirklich ändern? Und was konnte er wirklich haben, wenn er über das eingeschränkte Leben hinausblickte, das er für sich geplant hatte?

Wenn der Tanz noch länger gedauert hätte, hätte er vielleicht etwas gesagt. Aber das Lied ging zu Ende, und Jori fand nicht die richtigen Worte, um etwas zu sagen.

Der Bann wurde gebrochen, als Kark seinen Namen rief.

„Ich werde gerufen", sagte er, als ob Hanna es nicht hören könnte.

„Schöner Tanz." Sie drückte ihre Lippen auf seine in einem fast keuschen Kuss, der ihn erschaudern ließ.

Kark musste seinen Namen noch einmal rufen, bevor Jori sich zwingen konnte, wegzugehen.

Als er wieder am Tisch saß, legte ihm Kark eine Hand auf die Schulter, bevor er sich setzen konnte. „Komm, Neuling. Wir haben einen Job für dich."

**12**

## KAPITEL ZWÖLF

Das Fahren mit Karks Dämonen war ganz anders als das Fahren mit Hanna. Sie rauschten durch die Straßen, ohne Rücksicht darauf, ob jemand ihnen im Weg stand. Jori war dankbar für seinen Helm, der sein Zusammenzucken bei einem Beinahe-Zusammenstoß von Jursor mit einer Person, die einen Stall säuberte, verbarg. Jursor schrie dem Mann einen Strom von Flüchen entgegen, noch lange nachdem sie außer Hörweite waren.

Jori wusste nicht, was das für ein Job war. Angesichts von Karks Ruf und Vorstrafenregister könnte es schlimm sein. Und Jori musste mitspielen. Das war sein Job. Sicher, sie ließen ihn mit am Tisch sitzen. Aber wenn er sich heute Abend bewährte, würden sie ihn nicht mehr wegschicken, wenn sie über das Geschäftliche sprachen.

Und je eher sie ihn voll und ganz akzeptierten, desto eher würde diese Sache vorbei sein.

Aus irgendeinem Grund, an den Jori absichtlich *nicht* dachte, wollte er nicht akzeptiert werden. Er wollte sich hier für Wochen, sogar Monate, verschanzen. An der Bar festsitzen, mit Hanna an seiner Seite.

In seinem Bett.

Er zwang seine Gedanken auf die Fahrt. Sie war eine Ablenkung, die er sich nicht leisten konnte. Eine Frau, die er nicht haben konnte. Sie gehörte nicht in sein Bett. Jede Intimität zwischen ihnen war ein Fehler oder eine List. Das musste er akzeptieren. Es gab keinen anderen Weg.

Kark führte sie eine schmale Gasse hinunter, die noch trister war als die Straße, in der sich die Docking Station befand. An den Häusern stapelte sich der Müll, und es musste Wochen her sein, dass ein Straßenreinigungsroboter vorbeikam. Ein Müllcontainer am Ende der Gasse war überfüllt, und die Ratten machten trotz der Motorräder keine Anstalten, sich zu verziehen.

Tapfere Ratten.

Vielleicht haben sie aber auch nur ihre eigene Art erkannt.

Es stank, aber Jori konnte den sauren Geruch ausblenden, auch wenn er seine Zunge überzog.

Er entdeckte eine kleine Glühbirne vor einer Tür mit einem Schild, das größtenteils mit jahrelangem Schmutz bedeckt war. Fally's.

Die Tür sprang auf und ein hagerer Mann in fadenscheiniger Kleidung stolperte heraus, gebeugt und schwankend von zu viel Alkohol. Er sah keinen der Dämonen an, schaffte es aber, einen großen Bogen um sie zu machen, als er auf die Hauptstraße taumelte und verschwand.

Die Jungs nahmen ihre Helme ab und Jori folgte ihnen, um zu sehen, welche Anweisungen Kark geben würde. Maisum warf einen Blick in seine Richtung, den Kopf geneigt, damit es nicht auffiel, also ignorierte Jori ihn.

Dies war ein Test. Jede seiner Aktionen und Reaktionen sollte beurteilt werden. Er sollte das besser nicht *verpunten*, egal was sie verlangten.

Galle brodelte in seinem Magen, aber er ignorierte sie. Er war jahrelang ein Soldat gewesen. Er hatte schlimme Dinge im Namen der Synnr-Königin getan. Dies war nur eine weitere Sache, die er der Liste hinzufügen konnte.

„Maisum, du bewachst die Tür hier draußen, damit niemand reinkommt", wies Kark ihn an, während er von seinem Motorrad abstieg. „Rexx, du bewachst die Tür drinnen. Keiner kommt raus. Wrake, Malo, ich will euch am Ende der Gasse haben. Nur für den Fall, dass es brenzlig wird."

„Alles klar, Boss", sagte Rexx. Maisum quittierte den Auftrag mit einem Nicken.

Wrake öffnete den Mund, um etwas zu sagen, aber Malo stupste ihn in die Seite, und sie schlichen davon, um den Eingang der Gasse zu bewachen.

Maisum postierte sich neben der Tür, während Kark, Jursor, Rexx, Mardoz und Jori hinein gingen. Rexx schloss die Tür hinter ihnen und verriegelte sie.

Das Innere des Lokals war irgendwie noch schlimmer als das Äußere. Es war so dunkel wie die langen Nächte auf Aorsa, nur kleine gelbe Lichttöpfe beleuchteten die Sitze an der Bar und einige Tische. Der Rest des Lokals lag im düsteren Schatten.

Ein schrecklicher Ort zum Kämpfen.

Dann erschienen die Flügel, einer nach dem anderen ließen sie sie aufblitzen. Ein Paar, dann noch eins, dann noch eins, bis Jori acht Paare zählte. Es erhellte den Ort besser, aber er mochte keine zwei zu eins Quoten.

Karks Mannschaft ließ ihre Flügel ausfahren, und Jori schloss sich ihnen an. „Fally!", brüllte Kark, ohne auf die Gäste zu achten. „Mach, dass du rauskommst!"

Eine Aura der Vorfreude lag über der Bar. Jori konnte sie in der Luft spüren.

Eine Gestalt trat aus dem Hinterzimmer, groß und breit, aber im schwachen Licht war das alles, was Jori erkennen konnte.

„Ich sagte doch, ich zahle nicht, Kark." Seine Stimme war leise und abgehackt, als hätte ihm jemand mehr als einmal gegen den Hals geschlagen und etwas aus dem Gleichgewicht gebracht.

Kark schlug seine Flügel weit aus. „Dann hättest du dich nicht in meinem Gebiet niederlassen sollen."

Fally stieß einen lachenden Atemzug aus, der ihn mit den Schultern zucken ließ. „Ich war schon lange vor dir hier. Ich zahle nicht."

Kark nickte Jursor zu, der einen Funkenschuss auf einen Stapel Gläser hinter der Bar abfeuerte. Sie explodierten und Scherben flogen umher. Einer der Gäste an der Bar zuckte mit einem Flügel vor sich, um sich nicht zu schneiden.

„Du kannst sofort gehen und wir sind quitt", sagte Fally. Er war immer noch halb im Schatten und die einzige Person, die ihre Flügel nicht beschworen hatte.

Jori hatte ein ungutes Gefühl bei der Sache. Fally hätte sich mehr Sorgen um Kark machen sollen. Niemand würde ihn unterstützen, schon gar nicht, wenn Maisum vor der Tür stand. Und obwohl die

Dämonen in der Unterzahl waren, sahen die Gäste in der Bar nicht wie Kämpfer aus.

Kark nickte erneut, und dieses Mal zielte Jursor auf die Alkoholflaschen. Als die Flaschen zerbrachen, entzündete sich der Schnaps in einem Flammenball, der zum Glück schnell ausbrannte und verlosch, bevor er irgendetwas entzünden konnte.

„Ich nehme an, es muss so sein." Fally trat aus der Tür und schlug mit den Flügeln.

Jori biss einen Fluch zurück.

Fallys Flügel waren strahlend weiß mit blauen Blitzflecken. Und sie waren doppelt so groß wie die der anderen.

Er hatte einen Schicksalsgefährten.

Eine verpaarte Synnr-Einheit war ein Dutzend nicht verpaarter Soldaten wert. Jori wusste nicht, ob das auch für verpaarte Zivilisten galt, aber er befürchtete, dass er es bald herausfinden würde. Da jedoch alle anderen um ihn herum normal große Flügel hatten, war Fallys Schicksalsgefährte nicht in der Bar.

Falls Kark nichts von der Sache gewusst hatte, ließ er es sich nicht anmerken. Er stürzte sich auf Fally, die Funken tanzten in der Luft zwischen ihnen.

Und dann brach das Chaos aus.

Die Gäste sprangen von ihren Stühlen auf, in einer Formation, die Major Ozar beeindruckt hätte. Zwei stürzten sich auf ihn, während die anderen Jursor und Mardoz angriffen. Keiner kam zwischen Fally und Kark.

Der erste Gast, ein Mann mit roten Flügeln mit gelber Spitze, stürzte sich auf Jori und schlitzte ihm mit einer der Glasscherben den Arm auf.

Jori revanchierte sich mit einem Hieb seines Funkens, der den Mann schreien und zusammenbrechen ließ.

Der andere hielt seine Flügel bereit, die Haltung deutete darauf hin, dass er zumindest ein wenig Selbstverteidigungstraining hatte.

Aber er war einem ausgebildeten Synnr-Soldaten nicht gewachsen.

Der Schmerz der Wunde an seinem Arm verschwand, als er sich in den Kampf stürzte und jeden Funkenschlag mit einem eigenen Hieb abwehrte.

Ein verirrter Funke von einem anderen Angreifer brachte ihn ins Taumeln, und Jori drehte sich, um sich dem zweiten Gegner zu stellen, während er seinen Funken auf den ersten Kerl abfeuerte. Aber es war niemand da.

Das war kein Kampf, das war eine Schlägerei. Und Jori musste aufhören, nett zu spielen.

Er schnappte sich ein leeres Bierglas vom nächsten

Tisch und warf es nach seinem Gegner, der nichts anderes als mehr von Joris Funken erwartet hatte. Diese Ablenkung reichte aus, damit der Mann seine Deckung fallen ließ.

Und dann fiel er zu Boden, eine Wunde an seiner Hüfte brannte schmerzhaft.

Jursor und Mardoz hatten sich um die meisten anderen gekümmert, während Rexx einen Mann getreten hatte, der bereits neben der Tür auf dem Boden lag.

Fally hatte Kark in die Enge getrieben. Karks Flügel umkreisten ihn vollständig und schützten seinen Körper vor jeder Explosion, machten es aber unmöglich, selbst eine Explosion auszusenden. Sein Funke begann nach jedem von Fallys Angriffen stärker zu flackern.

Kark konnte sich nicht mehr lange halten. Und sobald sein Funke versagte, würde ihn ein einziger Treffer von Fallys Funke töten.

Und Jori könnte es geschehen lassen.

Ein Glückstreffer von Fally, und das Problem Morn Kark wäre verschwunden. Männer wie Kark starben immer wieder an solchen Orten. Töte den Anführer und seine Untergebenen zerstreuen sich.

Das macht die Arbeit zehnmal schwieriger.

Kark war ein Mittel zum Zweck, und Jori musste es zu Ende bringen.

Fally war so sehr auf Kark konzentriert, oder so sicher, dass niemand eingreifen würde, dass er dem Rest des Kampfes keine Aufmerksamkeit schenkte. Jori schoss ihm in den Rücken, woraufhin Fally vor Wut aufschrie und seine ganze Wut direkt auf Jori richtete.

Jori zog seine Flügel ein und hoffte, dass er nicht für einen Mann sterben würde, den er lieber anspucken als retten würde.

———

„Ich mache jetzt Inventur." Hanna hielt eine leere Flasche hoch und winkte Zilly damit zu. „Es sah so aus, als ob wir nicht mehr viel haben."

„Ja, kein Problem." Zilly blickte nicht von dem Getränk auf, das sie gerade einschenkte. „Wir haben im Moment nicht viel zu tun. Ich schaffe das schon."

Hanna brauchte keine weitere Erlaubnis. Da Kark und seine Männer weg waren, war die Bar fast leer, und keiner seiner Leute war da, um sie abzufangen. Jori würde das nicht gefallen, aber da Jori mit ihnen unterwegs war, hatte er kein Mitspracherecht.

Sie durfte nicht daran denken, was sie wohl taten.

Sie würde es wissen, wenn sie ihn verdächtigten, wenn dies ein Trick war, um ihn zu überfallen. Hanna redete sich das immer wieder ein. Wenn sie Jori verdächtigten, würden sie auch sie verdächtigen. Und niemand würde sie unbeaufsichtigt herumlaufen lassen, wenn sie sie verdächtigten.

Ihr erstes Ziel war der Safe. Sie wusste nicht, wie viel Zeit sie hatte, und sie konnte keinen unschuldigen Grund für ihre Schnüffelei aufbringen.

Sie duckte sich in den Schrank, in dem sich der Safe befand, schloss die Tür hinter sich und schaltete das Deckenlicht ein, bevor sie sich davor hockte und den Schlossknacker herauszog, den sie aus dem Lagerraum geholt hatte.

Es war nicht narrensicher. Einige Schlösser waren so konstruiert, dass sie Knackern wie diesem entgegenwirkten, aber diese Tresore waren Spitzenprodukte, unglaublich teuer und wurden erst in den letzten Jahren auf den Markt gebracht. Karks Tresor fühlte sich alt an und hatte sogar ein paar Rostflecken auf der Oberseite, als wäre etwas verschüttet worden und hätte das Metall angegriffen.

Das Schloss klickte und Hanna lächelte.

Darin befanden sich Stapel von Credits, die wahrscheinlich von Gästen stammten. Hanna machte ein

Foto von dem Geld, verschwendete aber keine Zeit mit dem Zählen.

Neben dem Koffer lag ein ledergebundenes Notizbuch. Es war einige Zentimeter dick, und das Papier war dünn. Hanna fotografierte die Seiten so schnell sie konnte und spürte, wie die Sekunden mit jedem Umblättern der Seite herunterliefen. Es sah aus wie ein Logbuch, vielleicht die Buchhaltung für die Bar. Weder das Geld noch ein Kontobuch waren verdächtige Dinge, die in dem Safe zu finden waren.

Das nächste kleine Notizbuch, das sie fand, war in Code geschrieben.

Jackpot.

Hanna war beim Fotografieren dieser Seiten vorsichtiger und achtete darauf, dass nichts unscharf wurde. Zu Hause würde sie den Computer benutzen, um den Code algorithmisch zu knacken.

Sie wollte den Tresor gerade schließen, als sie ein kleines Stück Papier entdeckte, das unter dem Stapel von Credits hervorlugte. Hanna zog es heraus und betrachtete es mit zusammengepressten Lippen.

Mehr Code.

Sie machte ein Foto von dem Zettel und legte ihn zurück, dann schloss sie den Tresor und steckte ihr Werkzeug wieder in ihre Tasche.

Hanna stand auf und atmete ein paar Mal tief

durch. Sie sah auf die Uhr und stellte fest, dass sie nur zehn Minuten mit dem Safe verbracht hatte. Lange genug, um bemerkt zu werden, und doch hätte sie auch eine Stunde damit verbringen können und hätte immer noch nicht genug getan.

Sie zögerte, bevor sie die Tür öffnete. Wenn jemand sie hier herauskommen sah, war sie erledigt. Aber Zögern würde ihr nichts nützen.

Hanna drückte ihr Ohr an die Tür, um zu versuchen, nach anderen Leuten zu lauschen. Sie hörte niemanden. Sie öffnete die Tür und schlüpfte vorsichtig hinaus. Als sie sah, dass der Flur leer war, atmete sie aus.

Ein Hindernis war beseitigt.

Sie sah zu Karks Bürotür und zögerte erneut. Wie lange dauerte es, eine Inventur zu machen? Würde Zilly kommen und nach ihr suchen?

Hanna warf einen Blick in die Bar. Zilly plauderte mit einem Stammgast, während sie Gläser abräumte. Es war immer noch nicht viel los und die Jungs waren immer noch weg.

Das war ihre Chance.

Hanna ging langsam zurück in den Flur und prüfte Karks Tür. Verschlossen. Darauf war sie vorbereitet gewesen. Sie holte zwei dünne Metallstücke aus ihrer Tasche und steckte sie in das

Schloss. Nach einem Moment hörte sie ein Klicken und war drin.

Karks Büro war diesmal aufgeräumter, keine verstreuten Papiere auf dem Schreibtisch, und alles sah aus, als sei es abgestaubt worden.

Hanna trat um die kleine Couch neben der Tür herum, um an den Aktenschrank zu gelangen. Diese Schubladen waren nicht verschlossen, aber es gab so viele Seiten, dass Hanna nicht die geringste Chance hatte, Kopien davon zu machen.

Sie überprüfte die Aufschriften. Verkäufer. Verkäufer. Motorradladen. Verkäufer. Sexshop. Verkäufer. Nicht alles geschäftsbezogen, aber nichts, was angesichts von Karks Neigungen auffiel.

Dennoch öffnete sie ein paar der Akten und warf einen Blick hinein, nur für den Fall, dass er etwas versteckte.

Die Minuten vergingen wie im Flug, und jedes Mal, wenn sie ein Geräusch aus der Bar hörte, fuhr Hanna fast aus der Haut.

Die anderen Schubladen des Schranks waren halb leer, und trotzdem gab es nichts Auffälliges. Das war nicht schockierend. Wenn sie verräterische Dokumente verstecken wollte, würden sie nicht in einem unverschlossenen Aktenschrank liegen.

Aber wenn sie so etwas tun würde, gäbe es keine

Dokumente in ihrem Büro. Sie war bereits vorsichtig, weil sie und Jori so viel Papierkram in ihrem Haus aufbewahrten. Papier konnte zwar nicht geknackt werden, aber es konnte auch nicht verschlüsselt werden.

Sie ging zum Schreibtisch und durchsuchte die Schubladen. Nur eine war verschlossen, und das war ihr Ziel. Es dauerte länger, das Schloss zu knacken, als es bei der Tür der Fall gewesen war, was darauf hindeutete, dass es sich um etwas Besseres als ein Standard-Schreibtischschloss handelte, aber Hanna machte trotzdem kurzen Prozess mit ihm.

Die Schublade war leer.

Hm?

Warum eine leere Schublade abschließen?

Sie sprang zur Seite, stieß den Schreibtischstuhl aus dem Weg und wartete darauf, dass die Falle zuschnappte. Ein Blaster? Eine Kamera? Ein Alarm? Was würde es sein?

Aber nach einigen Sekunden passierte nichts. Die Schublade war nicht manipuliert, um sie zu fangen. Sie war einfach leer.

Hanna gab nicht so schnell auf. Sie steckte ihre Hand hinein und tastete nach einem doppelten Boden, und ihre Arbeit machte sich bezahlt, als sie die Rückseite berührte. Also kein doppelter Boden.

Sie zog die Schublade so weit wie möglich heraus und schob die falsche Rückwand heraus, um ein kleines Fach mit einem halben Dutzend Schlüsseln und sonst nichts freizulegen.

Schlüssel ohne Schloss waren nutzlos, aber sie hatte Dutzende von Bildern der Seiten aus dem Safe. Es könnte eine verschlüsselte Adresse sein.

Die Schlüssel sollten versteckt sein. Wie oft überprüfte Kark wirklich, ob sie da waren?

Etwas polterte im Flur und Hanna schreckte auf. Sie ließ die Schlüssel in ihre Tasche gleiten und griff nach der falschen Rückwand, um sie zurück in die Schublade zu schieben, wobei sie zusammenzuckte, als sie in ihre Haut schnitt.

Sie schloss die Schublade, ihr Herz klopfte wie wild. Sie bemühte sich zu lauschen, aber die Tür war dick genug, um die meisten Geräusche zu dämpfen.

Und dann begann sich der Drehknopf zu drehen.

Hanna konnte sich nirgendwo verstecken. Es gab kein Fenster, aus dem sie hätte springen können, und sie war im Begriff, auf frischer Tat ertappt zu werden. Ihre Augen huschten umher, um das Problem zu lösen, bis sie über die Couch glitten.

Sie stürzte sich darauf und zog gerade die Decke über sich, als sich die Tür öffnete und Zilly eintrat.

„Schläfst du?", fragte sie ungläubig.

Hanna musste ihre Atmung unter Kontrolle halten, was angesichts der völligen Panik, die sie überfallen hatte, schwierig war. „Nein, ich meine, nicht wirklich. Tut mir leid, ist da draußen so viel los?" Sie musste schuldbewusst klingen, weil sie beim Faulenzen erwischt wurde, nicht beim Spionieren.

Zilly stieß ein Lachen aus. „Eigentlich nicht. Aber du warst eine Weile weg, und ich musste sichergehen, dass du nicht von einem Kistenstapel erdrückt worden bist. Na, komm schon. Morn wird ausflippen, wenn er erfährt, dass du hier drin warst. Aber meiner Meinung nach ist er selbst schuld, weil er vergessen hat, die Tür abzuschließen. Ich werde nichts sagen, wenn du nichts sagst. Und wenn du gehst und die Kotze in der Sitzecke aufwischst. Ein paar Kids sind reingekommen und haben ihren Alkohol nicht vertragen."

Hanna machte ein Gesicht und Zilly lachte. „In Ordnung, ich werde den Eimer holen", brummte Hanna.

Sie stemmte sich von der Couch hoch und verbarg ihr Zucken, als der Stoff die Wunde an ihrer Hand reizte. „Sind die Jungs schon zurück?"

„Nein, noch nicht. Los, ich sollte die Tür hinter dir abschließen. Wir wollen doch nicht, dass ein neugieriger Kunde herumschnüffelt."

Hanna folgte Zilly nach draußen und schnappte

sich Mopp und Eimer aus dem Putzschrank. Zilly schien überhaupt nicht misstrauisch zu sein, aber Hanna wurde das Grauen vor der knapp entgangenen Entdeckung nicht los.

Ihr Kommunikator brannte ein Loch in ihre Tasche und sie war bereit, nach Hause zu gehen und sich an die Arbeit zu machen.

13

# KAPITEL DREIZEHN

JORIS ARM SCHMERZTE SO SEHR, dass er sich langsam Sorgen machte. Die anderen Jungs waren von vielen Funken getroffen worden und hatten blaue Flecken, aber er und Kark waren die einzigen, die bluteten.

Rexx hatte Blut an seinen Stiefeln und Flecken auf seiner Hose, aber nichts davon war sein Eigenes.

Alles, was Jori wollte, war etwas medizinisches Gel, ein Schmerzmittel und ein weiches Bett. Wenn Hanna da war, um sich ein bisschen um ihn zu kümmern, würde er sich nicht beschweren.

Er hatte diesen seltsam leeren Post-Adrenalin-Kater, der seine Hände ein wenig zittrig machte und die Welt nicht ganz real erscheinen ließ. Der letzte Ort, an dem er sein wollte, war die Docking Station.

Aber Jursor und Maisum führten die Bande hinein,

verlangten eine Flasche Whiskey und forderten das ganze Gesindel auf, zu verschwinden. Bevor Jori seinen Platz einnahm, war die Bar fast komplett leer von allen, die nicht zu Karks Gang gehörten. Und als Zilly die Flasche auf den Tisch stellte und Hanna ein Tablett mit Gläsern abstellte, waren alle verschwunden.

Zilly warf einen Blick auf Kark und rannte zum Arzneikasten. Sie legte ihn vor ihm auf den Tisch und begann dann, seine Wunden mit der Ernsthaftigkeit einer Krankenschwester zu versorgen. Kark versuchte zweimal, sie wegzustoßen, aber sie ließ sich nicht abwimmeln, und als sie ein drittes Mal mit einem Wundreinigungsspray zurückkam, gab er nach.

Maisum erzählte Zilly von seiner Tapferkeit, mit der er offenbar eine Ratte von der Größe eines kleinen Kindes abgewehrt hatte, während die anderen gegen Fally und seine Schützlinge kämpften. Zilly kicherte an den richtigen Stellen, aber ihr Blick wich nie von Kark ab.

Hatten sie etwas Reales? Jori verstand nicht, wie jemand Kark anders als abscheulich finden konnte. Aber es schien, dass selbst die schlimmsten Menschen Liebe finden konnten.

„Geht es dir gut?" Hanna nahm den leeren Platz neben ihm ein, ihr Blick war auf seinen Arm gerichtet.

Jori schaute nach unten, und sobald er das Blut sah, begann die Wunde wieder zu schmerzen. Er runzelte die Stirn. „Kneipenschlägerei. Jemand hat einen Glückstreffer gelandet."

Er griff nach dem geöffneten Verbandskasten und zog ihn zu sich heran. Er enthielt reichlich Mull und medizinisches Gel.

„Ein Messer?" Ihre Stimme war kühl und professionell, aber sie bebte etwas.

„Zerbrochenes Glas." Der Moment des Kampfes blitzte vor Joris Augen auf, und er zuckte zusammen.

„Lass mich das machen." Hanna griff nach der Gaze, als er sich in ihre Richtung drehte, und ihre Hand streifte seine Wunde.

Eine halbe Sekunde lang passierte nichts. Dann verschwamm seine Sicht, als er spürte, wie eine Kraft, die nicht seine eigene war, durch ihn hindurchschoss.

Seine Flügel flatterten stärker als je zuvor, so stark, dass er dachte, sie könnten die Decke erreichen. Seine Sicht klärte sich, und Hanna spiegelte seine Reaktion, mit weit aufgerissenen Augen und offenem Mund, die Flügel für einen Atemzug doppelt so groß wie normal, bevor sie wieder auf ihr gewohntes Maß schrumpften.

Etwas klapperte auf dem Boden, als Jori wieder zu sich kam. Er blickte langsam in Richtung des Geräusches und sah, wie Kark, Zilly und alle anderen Mitglieder der Bande sie anstarrten.

Kark brach in ein breites Grinsen aus. „Zeit, das gute Zeug rauszuholen, Zilly, mein Mädchen! Wir wurden gerade Zeuge, wie sich zwei Schicksalsgefährten gefunden haben!"

Zilly verharrte noch einen Herzschlag lang auf Karks Schoß, bevor sie aufsprang und zur Bar eilte, wo sie nach einer Flasche im obersten Regal griff und sich zur Sicherheit noch eine weitere schnappte.

Schicksalsgefährten.

Joris Gedanken waren holprig und brauchten Zeit, um aufzuholen. Er hatte seine Daten nie in die Verpaarungs-Datenbank eingegeben, hatte sich nie besonders darum gekümmert, selbst einen Schicksalsgefährten zu finden, auch wenn verpaarte Einheiten es beim Militär weit bringen konnten.

Jetzt saß seine Schicksalsgefährtin vor ihm, eine gescheiterte Apsyn-Spionin, die diese Mission nur in der Hoffnung auf ihre Freiheit durchführte.

Eine schöne Spionin, deren Augen weit aufgerissen waren und die ihn anstarrte, als hätte er eine Antwort auf das hier, was sie nicht begreifen konnte.

Er wünschte, er hätte eine Antwort. Er wünschte, er könnte ein Wort finden, das er sagen könnte, etwas, das der Sache einen Sinn geben würde.

Wie konnte Hanna seine Schicksalsgefährtin sein? Wie hatte er das nicht merken können?

Oder war das die Kraft, die sie von Anfang an zusammenhielt?

Nicht jede verpaarte Einheit war sexuell oder romantisch, aber viele von ihnen waren es. Könnte die Anziehung daher rühren? Oder suchte er nur nach Ausreden?

Hanna wandte schließlich den Blick ab und griff nach dem Verband, ein breites Lächeln zog über ihr Gesicht. „Kannst du das glauben, Babe?" Ihre Stimme war hoch und sie nannte ihn Babe, um ihn daran zu erinnern, dass sie immer noch ihren Job machten und immer noch eine Rolle zu spielen hatten.

Er konnte sie nicht im Stich lassen.

Warum war ihre Hand verletzt?

Er unterdrückte die Frage, als er sah, wie sie diskret etwas medizinisches Gel über ihre Handfläche wischte, bevor sie sich um seinen Arm kümmerte. Schicksalsgefährten verbanden sich bei Kontakt von Blut zu Blut, weshalb es selten war, dass es versehentlich geschah. Aber seine Wunde und ihre zerkratzte Handfläche waren genug.

Zilly schenkte Kurze einer feinen Apsyn-Spirituose ein, die leicht rot leuchtete und nach Blumen roch. Als

Joris Arm bandagiert war, griff er nach seinem Schnaps.

Hanna nahm ihren eigenen, und sie stießen an, lächelten breit, als sie die Getränke unter dem Beifall der Bande hinunterstürzten.

Danach begann Kark mit einer Geschichte über Vanen und die Verpaarungs-Bälle, die sie ausrichteten, bevor das System der Verpaarungs-Datenbank gegründet wurde. Jori blendete das meiste davon aus. Karks Besessenheit von glorifizierter Apsyn-Geschichte könnte Aufschluss über seine Beweggründe geben, aber das war nicht Joris Aufgabe. Er war hier, um herauszufinden, wie genau Kark Osais schaden wollte, und ihn aufzuhalten.

Verpaarung war nicht Teil des Plans.

Und es durfte nichts beeinflussen.

Aber während Kark weiter plapperte, griff Jori nach Hannas Hand und drehte sie um. Das medizinische Gel war auf die Hälfte ihrer Handfläche aufgetragen und begann bereits, die Wunde auf ihrer Handfläche zu verschließen. Es musste wie verrückt jucken, aber sie ließ es sich nicht anmerken.

Jori griff nach sauberer Gaze und wischte das überschüssige Gel ab, bevor er nach einem Verband griff und diesen auf den dünnen Schnitt drückte. Er strich leicht mit dem Daumen über das glatte Material, um den Klebstoff zu aktivieren.

Hanna zitterte, und das hatte nichts mit Schmerz zu tun.

Er konnte sie in sich spüren. Er war an die Kraft seines Funkens gewöhnt. Er hatte ihn seit seiner Geburt in sich. In der ersten Woche seines Lebens hatte er seine Flügel beschworen. Er kannte das genaue Ausmaß seiner Kraft, wie hoch er springen und sicher landen konnte, und wie weit er schießen konnte, um ein Ziel auszuschalten.

Jetzt gab es eine neue Quelle der Macht, aber sie gehörte nicht ihm. Er konnte sie spüren, aber etwas blockierte sie, eine unsichtbare Barriere, von der er wusste, dass er sie durchdringen konnte.

Wenn er es wagte.

Aber ein Schicksalsgefährte bedeutet nicht zwangsläufig eine Bindung. Um die Verbindung mit Hanna vollständig zu besiegeln, müsste Jori diese Barriere durchdringen und auf ihre Kraft zugreifen, und sie müsste das Gleiche tun. Wenn sie das taten, würde ihre gemeinsame Kraft exponentiell wachsen, bis sie eine fast unaufhaltsame Macht waren.

Fast.

Immerhin hatte er gerade dabei geholfen, einen

verpaarten Mann zu schlagen, obwohl er keine Ahnung hatte, wo Fallys Partner war.

Jori ließ Hannas Hand los und betrachtete den Verband an seinem eigenen Arm. Seine Haut war frei von Tätowierungen. Die meisten unverpaarten Synnr ließen einen Arm frei, nur für den Fall, dass sie jemals ihren Partner fanden. Falls er und Hanna sich verbanden, würden sie sich Verbindungstätowierungen stechen lassen, Tattoos, die von ihrem eigenen Funken angetrieben wurden und die Haut wie Blitze erhellten.

Falls.

Zilly schenkte ihm und Hanna jeweils einen weiteren Drink ein, und Jori kippte seinen hinunter, während Hanna langsamer trank. Er sollte langsamer trinken, das wusste er. Sie hatten einen Job zu erledigen, und sich zu betrinken brachte sie beide in Gefahr.

Seine Sehkraft wurde bereits etwas schwächer, und ein Teil von ihm war versucht, Hanna an sich zu ziehen und sie zu küssen, um sie hier vor der Truppe zu beanspruchen.

Aber er wollte sie nicht teilen, wollte den Moment nicht teilen.

Fast noch mehr als sie zu küssen, wollte er mit ihr reden. Und war das nicht seltsam? In seinen früheren Beziehungen hatte er viel Spaß gehabt, aber nicht viele Gespräche, und nichts Tiefgründiges. Er wusste nicht, ob eine seiner früheren Partnerinnen auf der Suche nach einem Schicksalsgefährten war, und er war sich sicher, dass keine von ihnen etwas Ernstes mit ihm wollte.

So gefiel es ihm.

Zumindest tat es das früher.

Jetzt wollte er nur noch Hanna. Wie auch immer er sie haben konnte.

Hanna rutschte von ihrem Stuhl auf seinen Schoß, schlang einen Arm um ihn und vergrub ihr Gesicht in seiner Halsbeuge.

„Du siehst aus, als hätte man dich mit einem Funkenschwert gestochen. Jetzt lächle und zieh mich näher an dich." Ihr Ton war gleichmäßig.

Wie konnte sie zu einem solchen Zeitpunkt so klar denken?

Aber Jori schlang einen Arm um sie und küsste ihren Hals, um sie zu schützen.

„Jetzt heb mich hoch und sag Kark, dass wir nach Hause fahren, um zu feiern." Ihr Arm straffte sich in Erwartung.

Jori stand schnell auf und trat gegen das Bein seines Stuhls, sodass dieser umkippte. Hannas Beine legten sich um seine Taille, und er grinste über ihre Schulter zu den anderen hinunter.

„Diesem Mädchen muss gezeigt werden, was ein

Schicksalsgefährte bedeutet.“ Er drückte ihren Hintern und wusste, dass er später dafür bezahlen würde, aber es brachte den Mann zum Gackern. „Tut mir leid, Zilly, mein Mädchen kommt morgen vielleicht ein bisschen später zur Arbeit. Wenn sie noch laufen kann.“

Er verließ die Bar, mit Hanna im Arm, und blieb erst stehen, als das schmutzige Gelächter verklungen war und nur noch sie beide übrig waren.

# 14

## KAPITEL VIERZEHN

HANNAS BLUT VIBRIERTE VOR MÖGLICHKEITEN, und das musste sofort aufhören. Wenn sie sich konzentrierte, konnte sie Joris Kraft spüren, konnte nach ihr greifen und sie für sich nutzen.

Das wäre eine Katastrophe. Sie waren nicht miteinander verpaart. Ein Schicksalsgefährte war nur eine Möglichkeit. Und sie mussten sich über einiges klar werden, bevor sie irgendwelche verzweifelten Schritte unternahmen.

„Wie hast du dich in die Hand geschnitten?", fragte Jori, nachdem er das Haus für die Nacht abgeschlossen hatte.

Hanna hatte ihren Kommunikator zusammen mit dem Schlüsselbund herausgeholt, aber die Erwähnung ihrer Schnittwunde ließ sie an seine Verletzungen denken. Ohne ein Wort zu sagen, holte Hanna den Verbandskasten aus dem Bad und legte ihn auf den Küchentisch.

„Setz dich", sagte sie zu Jori.

Er hielt seinen Arm hoch. „Ist schon gut. Das ist nicht nötig."

Hanna breitete ihre Flügel aus und straffte ihre Stimme. „Zieh dein Shirt aus und setz dich hin."

Jori zögerte noch eine Sekunde, bevor er sich das Shirt über den Kopf zog und es zur Seite warf. Hanna versuchte, professionelle Gedanken zu denken und nicht auf Joris Körper zu starren. Aber sie konnte nicht umhin, seine muskulöse Brust und seine starken Arme zu bewundern. Ihr Herz stolperte über sich selbst, aber ein paar tiefe Atemzüge brachten es wieder unter Kontrolle.

Er war ihr Partner und er war verletzt. Das war alles, was von Bedeutung sein durfte.

Sie zog seinen Arm zu sich heran und wickelte die Gaze von der Wunde ab. Sein Arm glänzte von dem medizinischen Gel, und es sah aus, als würde er bereits gut heilen. Zulir heilten schnell, besonders bei Fleischwunden, aber Hanna musste sichergehen.

Sie strich mit dem Daumen über seinen Unterarm und bemerkte, wie sich auf seiner Haut eine Gänsehaut bildete. Er versuchte nicht, sich zu wehren. Er hatte einen hässlichen Bluterguss an seiner Schulter, aber der stammte wahrscheinlich von einem Funken. Sie strich ein wenig medizinisches Gel darüber, obwohl es bei Blutergüssen nicht viel half. Sie musste *etwas* tun.

„Wie konntest du zulassen, dass dich jemand aufschneidet?" Es klang anklagender, als sie es meinte, aber Hanna konnte sich kaum noch zusammenreißen. Jori war geschlagen und verletzt worden und er war ihr Schicksalsgefährte. Sie befanden sich mitten im Feindesland und konnten sich nur aufeinander verlassen. Wenn sie ihn nicht mit ihren Worten verletzte, könnte sie etwas Leichtsinniges tun, wie zum Beispiel ihn zu küssen.

„Ich habe nicht gemerkt, dass er eine Glasscherbe hatte, bis er mich aufgeschlitzt hat." Jori reichte ihr einen Pflasterverband aus dem Set. „Das war der einzige Treffer, den er bekam. Danach habe ich ihn zu Boden gehen lassen."

Hanna öffnete den Verband und klebte ihn auf seinen Arm, wobei sie mit den Fingern über die glatte Oberfläche fuhr, um sicherzugehen, dass er hielt. „Wie lautete der Auftrag?"

„Einen Rivalen aufmischen. Ein Typ namens Fally. Ich glaube nicht, dass jemand gestorben ist, aber nimm dich vor Rexx in Acht. Er mag es, Leute zu verletzen." Jori wechselte seinen Griff, sodass er Hannas Hand mit der Handfläche nach oben hielt. Er fuhr mit seiner Hand über den Verband auf ihrer Handfläche. „Was ist hier passiert?"

Ihre Beute war im anderen Zimmer, aber Hanna machte keine Anstalten, sie zu holen. „Ich bin in den Safe gekommen. Und in Karks Büro."

Seine Finger legten sich fester um ihre, aber er schimpfte nicht mit ihr. „Und was hast du gefunden?" In seiner Stimme lag ein Hauch von etwas, das er kaum unterdrücken konnte.

Beide hingen an einem schnell ausfransenden Faden der Professionalität.

„Verschlüsselte Papiere im Safe. Und ein verstecktes Fach in seinem Büro." Sie legte ihre Hand in seine. „Von dort habe ich das Souvenir. Ich musste schnell handeln. Zilly hätte mich fast erwischt. Ich habe mich beim Zurückschieben der Platte geschnitten."

„Zilly hat dich erwischt?" Jetzt war sein Griff so fest, dass es wehtat, aber nur eine Sekunde lang.

„Ich habe sie davon überzeugt, dass ich mich ins Büro geschlichen habe, um mich auf Karks Couch auszuruhen. Sie hat es mir abgekauft. Wir sind okay."

„Sind wir das?" Er sprach nicht von ihrer Tarnung.

„Sag du es mir." Hanna hatte keine Ahnung, wo sie

standen. Als ihre Verbindung in der Bar aufflammte, war sie überwältigt gewesen. Jori hatte ausdruckslos wie ein Stein geschaut. Er war ein ehrgeiziger Mann, ein Synnr-Soldat, der entschlossen war, in den Rängen aufzusteigen. Auf keinen Fall würde er sich mit der in Ungnade gefallenen Apsyn zufrieden geben, die ihm das Schicksal in den Weg gelegt hatte.

Sie war sich nicht sicher, wie sie sich dabei fühlen sollte. Vor ein paar Wochen waren sie noch voller Schärfe und Wut gewesen. Jetzt sehnte sie sich nach dem Geschmack seines Kusses, wollte mit ihm ins Bett kriechen und es nie wieder verlassen.

Aber sie konnte nicht sagen, ob das wirklich so war oder ob die Intensität des Jobs ihr zusetzte. Hanna hatte Schwierigkeiten, ihre Gefühle herauszuhalten, wenn sie eine Rolle spielte.

Bei ihrem letzten Auftrag als Apsyn-Spionin hatte sie sich mit einer jungen Menschenfrau angefreundet und sich abscheulich gefühlt, als es darum ging, sie zu verletzen. Luci war eine unschuldige Zuschauerin gewesen, jemand, den Hanna benutzen wollte, um ihre Tarngeschichte zu verstärken.

Was sie für Jori empfand, war nicht annähernd so einfach wie die Möglichkeit einer Freundschaft. Die Chemie zwischen ihnen war zu stark, um sie zu verleugnen, aber sie war sich nicht sicher, was das außerhalb des Bettes oder der Arbeit bedeutete. Was könnte es bedeuten? Sie war in jeder Hinsicht die Falsche für ihn.

Und wenn sie sich mit ihm verband, konnte sie nie wieder nach Hause gehen.

„Was ist das?" Jori verlagerte seinen Griff um ihre Hand, sodass ihre Finger ineinander verschränkt waren.

„Sag du es mir", wiederholte sie.

Er drückte ihre Hand und gab einen Laut der Frustration von sich. „Hör auf mit den Spielchen! Wir müssen da draußen überzeugend sein." Er nickte in Richtung Tür. „Das ist unser Job, unser Leben steht auf dem Spiel. Hier drinnen verdiene ich deine Ehrlichkeit. Das bist du mir schuldig." Sie hörte die Verzweiflung in seinem Plädoyer.

„Ich lüge dich nicht an. Das habe ich nicht, seit wir diesen Job angetreten haben." Davor? Nun, sie konnte sich nicht sicher sein. Und sie wollte nicht zulassen, dass Jori irgendeine Formalität findet, mit der er sie zerpflücken kann.

„Du bist eine Spionin."

Daran hielt er sich immer fest. Hanna löste ihre Hand aus seinem Griff und begann, das medizinische Material zu sortieren und wieder an seinen Platz zu legen. „Ich bin dein Partner, und du bist genauso undercover wie ich. Hör auf, etwas anderes vorzugeben.“

„Glaubst du, das ist alles nur gespielt?“ Seine Stimme war rau.

Hanna wirbelte zu ihm herum. „Ich weiß es nicht, Jori! Erst küsst du mich, als wärst du ein sterbender Mann und ich biete dir das Leben an. Aber als die Verbindung zwischen uns erblüht ist, war dein Ausdruck so leer wie ein sternenloser Himmel.“

„Wie hätte ich reagieren sollen? Du bist eine Apsyn! Du warst eine Spionin. Ganz zu schweigen davon, dass wir uns mitten in Karks Bar befanden und du anscheinend gerade in seinem Büro erwischt wurdest. Ich bin nicht gut in so was. Ich bin nicht gut darin, meine Gefühle zu verbergen.“

„Ich verberge nichts.“ Wut wallte in ihr auf. Sie zog ihre Flügel ein, bevor sie etwas Dummes tat, wie zum Beispiel ihren Funken abzufeuern, um ihren Standpunkt zu verdeutlichen.

Jori trat dicht an sie heran, und wenn sie sich zurückziehen wollte, müsste sie einen Stuhl umwerfen, um das zu tun. „Du versteckst dich doch nur.“

Wie konnte er das denken? Sie war ihm gegenüber so offen wie seit Jahren mit niemandem mehr. Wenn es auf diesem Mond jemanden gab, der die wahre Hanna Karsyn kannte, dann war es Jori.

Er wollte Echtheit? Hanna würde ihm Echtheit geben.

Sie richtete sich auf und bedeckte seine Lippen mit ihren eigenen.

Der Kuss explodierte zwischen ihnen, sogar noch stärker als das Aufflackern ihrer Schicksalsbindung, oder vielleicht gerade deshalb noch stärker. Hitze durchflutete Hanna, Verzweiflung und Verlangen schlängelten sich um ihr Innerstes, das nach mehr verlangte.

Joris Haut war heiß unter ihren Fingern, und sie kümmerte sich nicht um seine blauen Flecken.

Heute Abend würde er von ihr die echte Hanna bekommen. Keine Zurückhaltung.

Jori zog sie hoch, bis sie auf dem Tisch saß, wobei das ferne Geräusch des auf den Boden klappernden Verbandskastens leicht zu ignorieren war.

In diesem Moment gab es nichts anderes als Jori und die Intensität dieses Kusses. Es war hypnotisch, und die Gewissheit, dass sie lebte, durchströmte jeden Teil von ihr.

Seine Lippen waren überall, erforschten ihren Hals und ihren Kiefer, während seine Hände ihre Taille fest umklammerten. Dieses rohe Verlangen zwischen ihnen war größer als Lust. Sein Kuss erhob Anspruch auf den Teil von ihr, den sie verborgen hielt.

Sie hatte das Ganze begonnen, aber Jori ergriff die Kontrolle, als ob sie ihm gehören würde. Und Hanna gab sie gerne ab und stöhnte, als sie seine Lippen auf ihrer Haut spürte.

Er kitzelte ihr Schlüsselbein, das teilweise von ihrem Shirt verdeckt wurde, und Hanna wünschte sich, das Ding würde zu Asche verbrennen, damit Jori sich an ihr zu schaffen machen konnte.

Dann biss das Tier in ihr Oberteil, bohrte seine scharfen Eckzähne in den Stoff und schwächte ihn, bis er ihn mit bloßen Händen in zwei Teile reißen konnte.

Barbar.

Hanna liebte es.

Sie war nackt unter dem Shirt, und Jori umfasste eine ihrer Brüste, tastete mit dem Daumen nach ihrer Brustwarze, bis sie sich ihm entgegenstreckte und die Knospe sich zu einer harten Spitze zusammenzog, die sie nach mehr betteln ließ.

Und das Mehr war sein sündiger Mund. Hanna brachte keuchend einen Laut hervor, aber ob es wirklich als Wort zählte, war sie sich nicht sicher.

Ihre Hose war zu eng, der Stoff rau auf ihrer empfindlichen Haut. Sie wollte da raus, wollte nackt sein und unter Jori liegen, während er ihr mit seiner Zunge genau zeigte, was er fühlte.

Sie brauchten keine Worte. Nicht, wenn sie Taten sprechen lassen konnten.

Nicht, wenn sie *das hier* hatten.

Während Jori ihre Brüste mit seiner Zunge verwöhnte, quälten seine Finger ihre Körpermitte, glitten über Haut, die sie nie zuvor als zart empfunden hatte, und ließen sie angesichts der Verletzlichkeit, die er in ihr hervorrief, keuchen.

Sie spreizte ihre Beine weiter, bettelte um mehr Kontakt, aber er behielt seine Aufmerksamkeit fest auf ihrer Taille, das Monster.

Sie grub ihre Finger in sein schweißnasses Haar und spürte, wie sich seine Lippen zu einem Lächeln um ihre Brustwarze verzogen. Aber selbst wenn sie sich an ihm festhielt, gab es keine Illusion von Kontrolle. Jori gab das Tempo vor, und es war Hannas Aufgabe, es zu ertragen.

Sie würde es gerne jeden Tag für den Rest ihres Lebens ertragen.

Er löste sich für eine Sekunde von ihr, lange genug, um ihr Kinn zu streicheln und ihre Lippen dann erneut zu erobern. Hanna schlang ein Bein um seine Taille und zog ihn näher zu sich. Sie konnte den harten Schaft seines Schwanzes durch seine dicke Hose spüren und wollte mehr, wollte, dass er nackt war und sich gegen sie presste.

Aber das würde bedeuten, den Kuss zu unterbrechen, und sie genoss ihn zu sehr, um ihn loszulassen. Nicht jetzt. Nicht, wenn sie mehr von ihm brauchte.

Er küsste mit dem Geschick eines Profis, aber dieses Mal war eine Offenheit dabei, die Hanna unbedingt beibehalten wollte. Sie hatte nicht bemerkt, dass er sich vorher zurückgehalten hatte, aber jetzt waren alle Bremsen gelöst und sie rasten wild in etwas Neues und Gefährliches hinein.

Etwas Berauschendes.

Sie gab sich diesem Kuss ganz hin. Es gab keine Möglichkeit, ihr Herz zu schützen, wenn Jori sie so küsste, als läge es in ihren Händen. Ihre Beziehung sollte eine List sein, aber das hatten sie schon lange hinter sich gelassen.

Und im Moment könnten sie es um keinen Preis rückgängig machen.

Das wollte Hanna auch nicht.

Er wollte Authentizität, keine Lügen, keine Halbwahrheiten, keine Spionagespiele. Er hatte sie. Und sie war entschlossen, dass sie einander auch nach dieser Nacht noch haben würden.

Jetzt gab es kein Verstellen mehr. Das hier war real, *sie* waren real. Und sie würde dafür kämpfen, dass es so blieb.

Irgendwie war ihre Hose verschwunden. Zwischen

der Euphorie des Kusses und der Glückseligkeit von Joris Händen auf ihr, verlor Hanna den Überblick. Aber sie war nackt und lag ausgebreitet auf dem Tisch für ihn, während seine Finger ihren Eingang neckten.

*Braz*, sie war feucht. Sie spürte es am Necken von Joris Fingern, an der Art, wie sie widerstandslos in sie eindrangen und sie dehnten, als wären sie dafür gemacht.

Sie bäumte sich gegen ihn auf, ihre Finger gruben sich in seine Haut und trieben ihn an. Sie war dem Orgasmus bereits sehr nahe, und es würde fast nichts brauchen, um sie über den Abgrund und durch die krachende Welle der Lust zu schieben.

Dann war sein Schwanz da, drückte gegen ihren Eingang und glitt dann rein und raus, immer wieder rein und raus. Sie stöhnte um ihn herum, nahm ihn ganz in sich auf und ließ ihren Körper sich an das Gefühl von ihm gewöhnen.

Aber an Jori konnte man sich nicht gewöhnen. Sie würde nie genug davon bekommen, das wusste sie schon jetzt. Sie wollte ihn immer wieder und wieder. Die Zulir-Sonne könnte in eine Million Stücke explodieren und sie würde ihn immer noch bei sich haben wollen.

Sein Körper begann zu vibrieren, sein Schwanz steckte tief in ihr und summte auf diese für Zulir typische Weise, als er sich seinem eigenen Höhepunkt näherte und Hanna sich an ihn klammerte.

Als sie schließlich die Welle der Lust überschritt, rief sie seinen Namen und klammerte sich an ihn, während er sich in ihr entleerte.

Sie ließ ihn nicht los, als die Nachbeben der Ekstase sie durchzuckten. Sie würde Spuren bei ihm hinterlassen, da war sie sich sicher.

Genauso wie er eine Spur in ihrer Seele hinterlassen hatte.

15

# KAPITEL FÜNFZEHN

DAS PIEPEN von Hannas Kommunikator klang wie ein unwillkommener Eindringling in Joris Ohren. Anstatt sich für die zweite Runde bereit zu machen, waren Jori und Hanna in einem Haufen nackter Gliedmaßen auf der Couch zusammengebrochen, kuschelten sich aneinander und erkundeten sich faul gegenseitig, während sie beide in einen Dämmerschlaf fielen.

Es war spät, er hätte schon schlafen sollen. Aber irgendetwas nagte an Jori, und Hannas Kommunikator erinnerte ihn daran, was es war.

Sie riss sich aus seinen Armen und schnappte sich ihren Kommunikator vom Tisch, während Jori sich langsamer aufsetzte. Hanna wickelte sich die Decke um ihren nacktes Oberkörper, während Jori sein heruntergefallenes Shirt vom Fußende der Couch aufhob und es anzog.

Wieder ganz geschäftlich.

Normalerweise trug er Hosen, wenn es Zeit für die Arbeit war.

Jori war sich nicht sicher, wo seine Sachen waren, also zwang er sich, aufzustehen und sie zu suchen. Sie lagen auf einem Stapel neben dem Küchentisch, zusammen mit dem Großteil von Hannas Kleidung. Er zog sich an und brachte ihr ihre Kleidung, bevor er sich wieder hinsetzte.

Anstatt aufzustehen, kuschelte sich Hanna weiter in die Decke, runzelte die Stirn und schaute auf ihren Bildschirm.

„Was ist los?", fragte Jori, als klar wurde, dass sie nichts sagen würde.

Sie schreckte auf und sah zu ihm hinüber. „Entschuldigung. Ich habe einen Algorithmus die Bilder aus Karks Safe analysieren lassen. Er ist gerade fertig geworden. Das meiste sieht echt aus, Geschäftsbücher aus der Bar und so weiter. Aber eine Seite hat eine Adresse und ein Datum. Morgen früh. Nun", sie blickte wieder auf ihren Kommunikator, „ich schätze, technisch gesehen später heute Morgen."

Jori nahm den Schlüsselring vom Tisch und drehte ihn um seinen Finger. „Und die hier?"

„Waren versteckt in Karks Büro. Es könnte ein Fehler gewesen sein, sie mitzunehmen. Ich sollte Kopien machen und dann kann einer von uns eine Ausrede finden, um sie wieder dahin zu legen, wo sie hingehören.“

„Ich wünschte, du wärst nicht ohne Verstärkung reingegangen.“ Jetzt war es zu spät, aber die Sorge nagte immer noch an Jori. Was, wenn etwas schief gegangen wäre?

„Du bist derjenige, der mit jeder gefährlichen Person in dieser Gang allein war. Wer sollte mir etwas antun? Zilly?“ Sie stieß ein Lachen aus. „Sie ist kaum mehr als ein Kind und zu sehr in die Sache verwickelt, als dass es ihr gut tun würde.“

„Du magst sie.“ Er legte die Schlüssel zurück und lehnte sich auf der Couch zurück.

„Man muss sie einfach zu mögen. Sie verbirgt nichts, weißt du? Und ich meine *nichts*. Ich wünschte wirklich, ich wüsste nicht so viel über den Penis von Morn Kark.“ Hanna erschauderte.

Jori verschluckte sich. „Was?“

„Sie redet gerne über Sex. Ich schwöre, ich höre jeden Tag etwas Neues darüber, was sie im Bett ausprobieren. Oder auf seinem Motorrad. Oder auf der Couch in seinem - igitt! Ich habe mich unter der

Decke versteckt." Sie verzog das Gesicht und schlang ihre eigene Decke um sich.

Jori lachte, er konnte es nicht lassen. „Es ist okay, sie zu mögen."

„Das letzte Mal, als ich jemanden mitten in einer Mission mochte, hätte ich sie fast umgebracht." Jetzt ließ Hanna die Decke los, griff nach ihrer Kleidung und bot ihm ihren nackten Rücken an.

„Luci."

„Luci", stimmte sie zu.

„Es geht ihr gut", erklärte er. Er kannte das Menschenmädchen nicht gut, aber er hatte mit ihrem Schicksalsgefährten, Ax, gearbeitet. „Sie ist wieder an der Universität."

„Das freut mich zu hören." Aber Hanna fragte nicht weiter nach, und Jori bot nichts weiter an. „Wir sollten zu dieser Adresse fahren."

Der Wechsel des Themas, oder besser gesagt die Rückkehr zum Thema, überraschte ihn. „Und das Treffen beobachten?"

„Ich dachte, wir gehen vorher hin und schauen uns um. Sie könnten dabei sein, Waffen oder Bomben zu übergeben. Das wollen wir nicht verpassen." Sie legte ihren Kommunikator auf den Tisch und drehte sich wieder zu ihm um. „Was denkst du?"

Er überlegte es sich noch einmal. „Klingt nach etwas, das wir zuerst melden sollten.“

„Es ist mitten in der Nacht und wir werden einfach nur nachsehen. Wenn wir warten, könnten wir die erste Spur verlieren, die wir haben.“ Hanna erhob sich von der Couch. „Natürlich sollten wir Solan eine Nachricht zukommen lassen, aber ich will nicht warten. Es ist ja nicht so, dass wir Verstärkung bekommen würden.“

Jori verstand das Bedürfnis, etwas zu unternehmen, er spürte, wie es ihm an den Fersen klebte. Aber er wollte nicht voreilig handeln. „Wirst du trotzdem gehen, wenn ich Nein sage?“

„Nein.“ Sie verschränkte die Arme und blickte ihn an. „Ich dachte, wir hätten das geklärt. Ich bin dein Partner.“

Sie war mehr als das. Sein Körper summte noch immer von der Erinnerung an sie, und sein Blut sang von dem Potenzial ihrer Verpaarung. „Na gut. Du hast ja recht. Wir wollen nichts verpassen, nur weil wir gewartet haben. Ich schreibe eine Nachricht an Ozar, für den Fall, dass uns etwas zustößt, dann gehen wir.“

„Uns wird nichts zustoßen“, sagte sie mit der Zuversicht eines Soldaten, der vor seiner ersten Schlacht steht.

Jori wünschte, er würde genauso fühlen. „Machen wir uns fertig."

———

Hanna hätte ein bisschen mehr Vorbereitung auf die Mission gebrauchen können. Sie musste ihren Mund zusammenpressen, um ein Gähnen zu unterdrücken, und wollte in den sonnigen Himmel starren. Es waren noch Stunden bis zum Beginn des Arbeitstages, und außer ihr und Jori war niemand unterwegs.

Sie fuhren zusammen auf ihrem Motorrad. Kark und seine Leute hatten ihre Maschine noch nicht gesehen, und sie wollten nicht riskieren, dass Joris kleiner Ausflug entdeckt wurde. Und wenn dies in einer Verfolgungsjagd endete, wollte sie sich nicht von ihm trennen.

Wohin sie auch gingen, sie gingen zusammen.

Jori hielt sich fest, während sie sich auf leisen Rädern durch die Straße schlängelte. Alle Lichter in den Fenstern um sie herum waren ausgeschaltet, und sie hatte das seltsame Gefühl, dass sie und Jori ganz allein auf diesem Mond waren, dass, wenn sie in eines dieser Häuser ging, niemand dort sein würde. Niemand wartete darauf, aufzuwachen. Dies war ihr eigenes kleines Stückchen des Universums.

Aber in der Ferne konnte sie einen großen Lastwagen sehen, der auf den Highway zurollte, und noch weiter entfernt hörte sie Hunde bellen. Die Einsamkeit war eine Illusion.

Die Adresse führte sie in ein Lagerhausviertel, das schöner war als das, in dem die Docking Station zu Hause war. Diese Gebäude waren in den letzten Jahrzehnten gebaut worden und sahen aus, als wären sie mit einem Hochdruckreiniger gesäubert worden, um in der Sonne weiß zu glänzen. Die Fenster hatten eine reflektierende Beschichtung, und keines von ihnen war kaputt.

Aber es gab keine Schranke, die sie daran hinderte, auf den Parkplatz vor ihrem Zielort zu fahren, und sie sah auch keine Wachen.

„Wir sollten das Motorrad verstecken", ertönte Joris Stimme durch den Lautsprecher in ihrem Helm.

„Offensichtlich. Moment." Anstatt den Parkplatz so schnell wie möglich zu durchqueren, nutzte Hanna die Gelegenheit, um ein paar Stunts zu machen. Wenn es Überwachungskameras gab, würden sie Aufmerksamkeit erregen, aber das hatten sie bereits. Hoffentlich würde jeder, der die Kameras überwachte, denken, dass sie und Jori nur eine Spritztour machen wollten.

Sie fuhr einen großen Bogen um das Lagerhaus,

bevor sie über den Bordstein zurück auf die Straße zusteuerte. Am Ende der Straße befand sich eine Bushaltestelle, in die sie hineinfuhr und das Motorrad unter der Markise versteckte.

Jori hatte einen ernsten Gesichtsausdruck, als er seinen Helm abnahm. „Wir sollten keine Zeit mit Tricks verschwenden."

Hanna beugte sich vor und küsste ihn. Der ernste Blick verwandelte sich in einen hungrigen Blick, als sie sich von ihm löste, und Hanna lächelte. „Wir haben uns ein bisschen Spaß verdient. Jetzt komm schon."

„Ich habe keine Wachen gesehen", sagte er, als sie zum hinteren Teil des Lagerhauses gingen und sich der Hintertür näherten, als ob sie dort hingehörten.

Jori reichte ihr den Schlüsselring.

Es gab keine Garantie, dass dies funktionieren würde. Um sicherzugehen, testete Hanna zuerst die Klinke und war nicht überrascht, dass sie verschlossen war. Neben der Tür befand sich ein elektronisches Tastenfeld, aber auch ein Schlüssel-loch. Hoffentlich brauchte man für die Tür nicht beides.

Sie testete fünf Schlüssel, bis sich der sechste schließlich drehte und die Tür öffnete.

Hanna war drinnen, und Jori gleich hinter ihr. Sie

sah sich nach einer Sicherheitstafel um und fand eine, aber sie war entschärft.

„Es könnte mit dem Schlüssel zusammenhängen", schlug Jori mit leiser Stimme vor.

„Ich bin bereit, einen Glücksgriff zu akzeptieren. Und jetzt komm. Ich will in Sicherheit sein, bevor das Treffen stattfindet. Wir können eine Kamera zurücklassen, um das Geschehen einzufangen." Sie brauchten nicht ihre Hälse zu riskieren, nur damit sie das, was passieren würde, persönlich miterleben konnten.

Sie befanden sich in einem kleinen Eingangsraum, und schwaches Licht drang durch die Vorhänge eines großen Fensters. Es gab einen kahlen Schreibtisch und einen Computer sowie einen Stuhl, der mit rissigem Leder überzogen und an den Seiten gepolstert war. Auf jeden Fall nicht so schön wie das Äußere des Gebäudes.

Die Tür aus dem Eingangsbereich war nicht verschlossen, aber der Flur war fast stockdunkel. Hanna aktivierte eine Taschenlampe und Jori tat das Gleiche. Ihre Sinne waren in höchster Alarmbereitschaft, bereit, dass der Alarm losging oder eine Wache sie verfolgte, aber der ganze Ort fühlte sich leer an. Hanna würde einen ganzen Credit darauf wetten, dass sie allein waren.

Der Gang führte sie in das Lagerhaus. Es war groß genug, um ein paar Raumfahrzeuge unterzubringen, und es musste entweder ein riesiges Garagentor oder eine einziehbare Decke geben, um dies zu ermöglichen. Derzeit war der zentrale Raum mit Werkzeugen, Ausrüstung und einem großen Gabelstapler gefüllt.

Ringsherum war der Bereich mit Lagercontainern voller Kisten gesäumt. Darüber befanden sich zwei Lagerebenen, die alle zum zentralen Bereich hin offen und mit eigenen Regalen vollgestopft waren.

Jori wollte gerade in den zentralen Bereich gehen, als Hanna eine Hand ausstreckte, um ihn aufzuhalten. „Nicht", sagte sie.

„Was ist los?"

Hanna warf einen prüfenden Blick in den Raum, aber unter dem starken Lichtstrahl ihrer Lampe fiel nichts auf. „Ich weiß es nicht. Mir gefällt nur nicht, wie offen es ist." Jeder, der einen Blaster hatte oder seinen Funken beherrschte, konnte sich in einem oberen Stockwerk aufhalten und sie leicht ausschalten. „Versuchen wir zuerst das Lager."

Jori widersprach nicht. Und keiner von ihnen schlug vor, sich aufzuteilen, auch wenn sie dadurch vielleicht mehr Fläche hätten abdecken können.

Der Lagerbereich war trügerisch groß. Hanna hatte ein paar Regalreihen erwartet, aber als sie an einer von ihnen vorbeigegangen waren, entdeckten sie einen ganzen Abschnitt des Lagers, der vom Eingang aus nicht sichtbar war. Und hier waren die Regale wie ein Labyrinth angeordnet.

Wunderbar.

Sie gingen methodisch vor. Einige der Kisten waren markiert, und Hanna machte Fotos. Nichts stach als eindeutig ruchlos hervor, also schlug keiner von ihnen vor, irgendwelche Kisten herunterzuziehen, um einen Blick darauf zu werfen.

Geräusche hallten seltsam durch den Raum und das Licht ihrer Taschenlampen tanzte an den Wänden, Regalen und Kisten entlang, und erzeugte ein seltsames Kaleidoskop aus Licht und Dunkelheit.

Die Geräusche prallten an den Kisten und Regalen ab und hallten auf eine beunruhigende Weise wider, die schwer zu lokalisieren war. Irgendwo tief in der Lagerhalle war ein schwaches Geräusch zu hören, ein entferntes Klopfen, das zu Hannas Herzschlag passte.

Hannas Lichtstrahl streifte das Etikett einer Kiste und sie erstarrte. „Warte."

„Was?", fragte Jori.

Hanna trat näher an die Kiste heran und fuhr mit ihrer Hand über die dicke Tinte des Markers. Sie stand auf dem mittleren Regal. „Hilf mir mal, die runterzuholen, ich will sehen, was drin ist."

Er stellte keine Fragen. Sie hievten die Kiste hinunter und konnten sich ein Stöhnen angesichts des überraschenden Gewichts kaum verkneifen. Als sie auf dem Boden stand, musste Hanna nach einer Brechstange suchen, aber zum Glück hing eine an einem Haken am Ende der Reihe.

Sie verkeilte sie im Holz und hob den Deckel von der Kiste.

*„Bei Braznons Eingeweiden"*, entwich es Jori, während er auf den Inhalt der Kiste starrte.

Blaster und Sprengstoff. Eine *Menge* Blaster und Sprengstoff. Sie waren dicht gepackt, mit nur einer kleinen Polsterung, damit das Material nicht aneinanderrieb.

„Woher wusstest du das?", fragte er.

„Das Logo ist von einer Apsyn-Reederei. Ich habe keine anderen Apsyn-Logos gesehen." Die meisten Kisten waren unbeschriftet, und es mussten Tausende von ihnen sein. War es Zufall, dass die Kiste, die sie geöffnet hatten, voller tödlicher Munition war?

Jori zog eine nicht gekennzeichnete Kiste aus dem untersten Regal und streckte seine Hand nach dem Stemmeisen aus. Sie reichte es ihm und biss sich auf die Lippe, während er die Kiste öffnete.

Pullover.

Jori durchsuchte die Kiste und entdeckte auch

einige Blusen, aber sofern die Waffenhersteller nicht unglaublich kreativ waren, war die Kleidung nicht gefährlich.

„Such nach mehr Kisten mit diesem Logo", sagte er.

Sie gingen schneller, aber Hanna sah keine weiteren Kisten mit dem Apsyn-Versandlogo in den Regalen. Stattdessen stand ein ganzer Stapel davon auf einer Palette am Ende einer der Reihen.

Doch bevor sie näher herangehen konnten, hörte sie, wie ein Garagentor zugeschlagen wurde, und warf Jori einen verzweifelten Blick zu.

Gesellschaft.

Sie schlichen zurück in das Labyrinth der Reihen, während Hanna darauf achtete, zu lauschen, ob diese Gesellschaft in ihre Richtung kam.

Sie versuchte, die Kisten zu zählen, während sie und Jori sich zurückzogen, um eine Vorstellung davon zu bekommen, wie viel Zerstörung diese Kisten anrichten konnten.

Es war eine Menge.

Zu viel.

Aber sie konnten nichts dagegen tun, bevor sie nicht aus dem Gebäude heraus waren. Und den Weg zurück zum Eingang zu finden, war ein Problem für sich. Hanna versuchte, ihre Schritte zurückzuverfolgen, aber als sie zur zweiten Abzweigung kamen, wollten sie und Jori in unterschiedliche Richtungen gehen.

Sie lieferten sich einen stillen Wettstreit des Willens und der Handzeichen, aber Hanna gab nicht nach. Sie war sich dieser Abbiegung sicher.

Der nächsten nicht so sehr.

Sie wanderten mehrere Minuten lang schweigend umher, bevor Hanna bereit war zuzugeben, dass sie vielleicht irgendwo falsch abgebogen war. Und die ganze Zeit über befand sich noch jemand in der Lagerhalle, der nur eine unglückliche Abzweigung davon entfernt war, sie zu entdecken.

Sie war eine Ratte in einem Labyrinth, und nicht einmal eine besonders kluge. Ein Teil von Hanna wollte in sich zusammensacken und aufgeben. Die Kisten waren böse. Und möglicherweise bewegten sie sich aus eigenem Antrieb. Erwischt zu werden, würde nach einer Weile nicht mehr ihre größte Sorge sein. Bald würden Hunger und Durst sie einholen, und sie wären für immer verloren.

Oder sie übertrieb. Da sie nicht in der Lage war, ein Wort zu sagen, war das einfacher.

„Hey! Wer ist da?"

Sie konnte nicht sehen, woher die Stimme kam,

aber Jori legte ihr eine Hand auf den Arm und zog sie sanft zurück.

Es hätte funktionieren können, aber er stieß gegen einen Kistenstapel und ließ einen losen Gegenstand zu Boden krachen.

Das Geräusch hallte in der Luft um sie herum wider, so laut wie eine Explosion. Jori und Hanna starrten sich einen Moment lang an.

Dann sprühte der Funke des Angreifers in ihre Richtung und sie rannten los.

# 16

# KAPITEL SECHZEHN

Jori hielt Hanna so lange fest, wie er konnte. Leider dauerte das nur bis zum Ende der Regalreihe, bevor sie sich losriss und zu sprinten begann.

Er folgte ihr. Er wollte seinen Funken auf die hünenhafte Gestalt zurückfeuern, die immer noch auf sie schoss, aber Jori hatte diese Sprengstoffe gesehen. Ein unglücklicher Treffer und der ganze Ort wäre nichts weiter als ein Krater.

Er wollte sich nicht selbst zu Asche verbrennen, und er würde sicher nicht zulassen, dass Hanna etwas Derartiges zustieß.

Die Schlinge wurde immer enger. Die Schritte des Feindes kamen immer näher, und mit jeder Kurve entfernten sich Jori und Hanna weiter vom Ausgang und der Freiheit.

Sie hätten Verstärkung anfordern sollen. Sie hätten abwarten sollen.

Aber wenn sie das getan hätten, könnten diese Waffen bereits verschwunden sein, versteckt bei Karks Kontakten in Osais, und sie hätten bereits für die Bombardierung weiterer Zivilisten eingesetzt worden sein können.

Bei dieser Art von Arbeit gab es keinen richtigen Schritt.

Er und Hanna trennten sich in zwei Reihen.

„Geh da lang", sagte er zu ihr, während sich eine Lösung in seinem Kopf abzuzeichnen begann. „Ich werde ihn aufhalten."

„Was? Nein!" Hanna sah ihn an, als wäre er verrückt, und ein Funke tanzte in ihren wunderschönen Augen. „Wir können von hier verschwinden."

Das Geräusch der explodierenden Kisten ein paar Reihen weiter war fast ohrenbetäubend. Der beißende Geruch von Staub und kleinen Trümmern drang ihm in die Nase, eine Mischung aus brennendem Holz und schmelzendem Plastik, überlagert von einem unnachgiebigen metallischen Geschmack.

„Ich werde ihn aufhalten", wiederholt Jori. Er breitete seine Flügel aus. „Verschwinde von hier und rufe Verstärkung. Erzähl Major Ozar alles. Ich finde den Weg nach Hause."

„Du ...“

„Ich bin ein Soldat, ich werde mit einem Schläger fertig." Aber wenn dieser Verbrecher es bis zu den Waffen schaffte, wurden seine Chancen von Sekunde zu Sekunde schlechter. Das erwähnte Jori nicht, aber Hanna sah immer noch nicht überzeugt aus.

„Wenn du stirbst, komme ich und hole dich aus Braznons Gewalt, verstanden?" Sie zögerte noch einen Moment, und weitere Kisten explodierten.

Dann rannte sie los.

Jori konnte nicht zusehen, wie sie ging, sowohl aus Sorge, dass sie es nicht schaffen könnte, als auch wegen des kleinen, feigen Teils in ihm, der mit ihr laufen wollte.

Aber nein. Er wollte ihr Zeit verschaffen.

Er holte tief Luft und ließ die Ruhe vor der Schlacht auf sich wirken. Es gab nichts außer dem Kampf. Keine Vergangenheit, keine Zukunft. Nichts außer dem Jetzt.

Die hünenhafte Gestalt trat in die Reihe, und Jori erkannte die Flügel. Rexx.

„Was *verpunt* nochmal machst du denn hier?", wollte Rexx wissen.

Jori schickte ihn mit einem Funkenschlag nach hinten.

Hanna rannte und hasste sich mit jedem Schritt.

Sie erkannte die Stimme von Rexx, als er und Jori sich stritten. Sie war versucht, sich zurückzuschleichen und sich um ihn zu kümmern, aber sie musste raus und Verstärkung rufen.

Irgendetwas in der Lagerhalle störte das Signal ihres Kommunikators, und sie musste sich befreien, und jemanden kontaktieren. Das war die beste Möglichkeit, Jori zu helfen. Er war ein großer, böser Soldat, er konnte mit einem Typen fertig werden. Sogar mit Rexx.

Dennoch zuckte sie zusammen, als sie das Aufeinandertreffen der beiden hörte.

Obwohl sie nach einem Ausgang suchte, stürmte Hanna die Treppe hinauf, als sie das Treppenhaus erreichte. Sie steckte zu sehr in dem Labyrinth fest, um den Ausweg zu finden, aber dort oben gab es Fenster. Das funktionierte genauso gut wie eine Tür als Fluchtweg.

Sie konnte die Geräusche der Kämpfe im Obergeschoss kaum wahrnehmen, obwohl sie alle paar Sekunden das Bersten einer weiteren Kiste hörte. Sie hatten keine Chance, ihre Spuren zu verwischen.

Die Mission war vorbei.

*Fast* vorbei. Hanna musste dafür sorgen, dass sie beide am Leben blieben.

Sie hörte etwas, das viel näher war als der Kampf, und drehte sich mit ausgebreiteten Flügeln auf einen Angriff vor, aber da war niemand.

Dann hörte sie es wieder. Einen Schrei. Ein Hämmern.

Hanna wandte sich vom Fenster ab und folgte dem Geräusch zu einer langen, flachen Plastikkiste, die aus eigenem Antrieb schaukelte. Sie stand schräg zu den Kisten um sie herum, weil das Schaukeln sie verschoben hatte.

Hanna hatte das ungute Gefühl, dass sie wusste, was sie darin finden würde, und das ließ sie noch schneller laufen. Die Kiste wurde mit zwei großen Metallklammern zusammengehalten, aber es gab kein Schloss. Sie löste die Klammern und schob sie auf.

Eine junge menschliche Frau sah sie mit großen Augen an, und Panik stand ihr ins Gesicht geschrieben. Sie holte tief Luft.

Hanna schlug ihren Mund auf den des Mädchens. „Nicht schreien." Sie war so eindringlich wie möglich und flüsterte dabei.

Sie hielt ihre Hand fest, bis das Mädchen verzweifelt nickte. „O Gott, was ist los, wo bin ich? Was ist denn hier los? Bist du ein Engel?" Die Augen der Frau blickten über Hannas Schulter hinweg, wo sich ihre Flügel ausbreiteten.

Hanna zog die Flügel näher, ließ sie aber nicht verschwinden. Wenn Rexx sie einholte, würde sie sie brauchen. „Mein Name ist Hanna. Ich bin eine Ap- Ich bin eine Zulir. Du bist nicht mehr auf der Erde, und ich habe keine Zeit für Erklärungen." Ein Krachen ertönte von unten und Hanna zuckte zusammen. Sie hoffte, Jori würde gewinnen. „Wie heißt du?"

„S-Sarah", stotterte sie hinter klappernden Zähnen. „Wie ..."

Hanna schaute sich um und griff nach einem Tuch, das auf weiteren Kisten lag, und fluchte, als sie sah, dass sie genauso aussahen wie die, in der Sarah saß. Aber sie bewegten sich nicht.

Wenn es dort noch mehr Menschen gab, waren sie noch bewusstlos, und sie würde sich später um sie kümmern müssen.

Sie reichte dem zitternden Menschen das Stück Stoff, das es fest um sich wickelte.

Waffen waren schon schlimm genug, aber das hier war noch schlimmer. Apsyns, einige Apsyns, sahen Menschen oder andere Außerirdische nicht als rationale Wesen an. Bestenfalls wurden sie zu Haustieren. Aber die meisten Apsyns reisten nicht aus dem

Sonnensystem hinaus, sodass jede Einfuhr von Menschen über den Schwarzmarkt von Osais erfolgte.

Es gab einen weiteren Aufprall. Sarah wimmerte.

„Okay, du musst dich konzentrieren", sagte sie zu der jungen Frau. „Mein Partner kämpft da unten mit einem fiesen Kerl. Ich muss hier raus und Hilfe holen. Ich werde dich mitnehmen, aber du musst schnell und leise sein, verstanden?"

„Wie soll ich das verstehen?", stotterte Sarah und verschluckte sich an ihren Worten.

„Später." Hanna hatte keine Zeit für so etwas. Sie hielt eine Hand hoch. „Bleib einen Moment hier."

Hanna eilte zurück zum Fenster, um sich einen Überblick zu verschaffen. Dann ließ sie einen Schwall an Flüchen los.

Sie eilte zurück zu Sarah. „Okay, neuer Plan. Du bleibst hier und versteckst dich in ..."

„Ich gehe nicht zurück in diesen Sarg." Ihre Stimme hatte einen überraschenden Grad an Festig-keit, wenn man die Angst darin bedachte.

„Nein, das tust du nicht. Aber wenn du hörst, dass jemand anderes als ich oder mein Freund Jori kommt, dann versteckst du dich und rennst so schnell wie möglich von hier weg. Hast du das verstanden? Die Straße runter gibt es eine Haltestelle, ein kleines

Gebäude, drei Wände und ein Dach, direkt an der Straße.“

„Eine Bushaltestelle?“

„Genau.“ Unruhe durchströmte Hanna. „Aber gib mir ein paar Minuten. Ich werde alles tun, was ich kann, um dich zu holen.“

Sarah nickte knapp und verschwand wieder im Schatten. Hanna schloss den Deckel der Kiste, drehte sich um und lief davon.

———

Jori konnte das bewältigen. Er musste ignorieren, dass seine Lippe blutete, dass seine Seite schmerzte, wenn er zu tief einatmete, und dass mindestens einer seiner Finger gebrochen war, aber er konnte es schaffen.

Rexx wollte nicht untergehen.

Der Mann blutete an mehr Stellen als Jori. Er schleppte sein Bein hinter sich her, unfähig, sein ganzes Gewicht darauf zu verlagern. Aber er ging einfach nicht zu Boden.

Und er hatte ein ekelhaft zufriedenes Grinsen auf dem Gesicht, als ob die Treffer, die er während des Kampfes einstecken musste, ihn nur noch stärker gemacht hätten. Er kümmerte sich kaum um seinen Funken, sondern verließ sich auf seine Fäuste und

Füße. Die Tritte wurden weniger, da nun ein Bein ausfiel.

Aber er war gut.

Jori musste die Sache zu Ende bringen.

Er feuerte seinen Funken ab, aber er streifte Rexx' Schulter nur, da er auswich, weil er ein übernatürliches Gespür dafür hatte, wann Jori angriff.

War Hanna weg?

Wenn sie in Sicherheit war, brauchte er sich nicht weiter zurückzuhalten. Wenn sie in Sicherheit war, wäre es kein so großer Verlust, wenn er das Gebäude zum Einsturz bringen müsste. Es war nicht sein bester Plan, aber ein falscher Schuss mit seinem Funken, ein versehentlicher Treffer der Kisten mit Sprengstoff, und das Gebäude würde in die Luft fliegen.

Jori stürmte auf Rexx zu und schwang seine Faust, wobei er seine ganze Wut in den Schlag legte. Der Aufprall war eine ekelerregende Kollision von Fleisch und Knochen, der durch beide widerhallte und Rexx ins Taumeln brachte.

Diesmal wich er nicht aus, als Jori ihn mit seinem Funken genau in der Mitte traf. Er fiel hin.

Seine Brust hob sich nicht mehr. Er zuckte nicht.

Er war tot.

Alles, was Jori fühlte, war die leere Genugtuung, dass er keinen weiteren Schlag einstecken musste.

Er ließ sich gegen die nächstgelegene Regalreihe sinken und erschrak, als diese ein wenig wackelte. Er wickelte seine Finger um eine der Metallstangen, die das Regal aufrecht hielten, um sich auf seinen eigenen Füßen zu halten.

Der Boden sah schön und bequem aus. Er könnte hinunterrutschen und sich gemütlich hinsetzen, bis das Blut in seinen Adern aufhörte zu schmerzen. Das wäre doch schön, oder?

Ein Funkenschlag eines Fremden traf ihn in den hinteren Teil seines Arms, und Jori zuckte zusammen.

Jursor.

Woher war er gekommen?

Jori schlang seine Flügel um sich, um weitere direkte Treffer zu verhindern, und brachte sich wieder in Kampfposition.

Das könnte er den ganzen Tag tun.

Das musste er.

Jursors Augen glitten zu Rexx' Körper hinüber, und er stieß einen wutentbrannten Schrei aus. Sein Funke tanzte auf seinen Armen, die Blitze wurden von Sekunde zu Sekunde heller.

Jori würde nicht ausweichen können, nicht einmal mit der vollen Kraft seines Funkens, der auf Verteidigung eingestellt war. Und wenn Jursor seine volle

Kraft entfesselte, würde er das Gebäude auf sie stürzen, das war nicht zu vermeiden.

Nicht wenn er kämpfte.

Jori rannte los.

Oder er versuchte es. Sein erster Schritt führte direkt in eine Blutlache von Rexx und er ging hart zu Boden, direkt auf sein Knie und fiel dann auf seine schlechte Seite.

Er konnte nicht aufgeben. Er wickelte seine Flügel fest um sich und hoffte, dass er genug von dem Angriff abschirmen konnte, um den Schaden zu minimieren.

Er spannte sich stark an, jeden Muskel so stark wie möglich. Er hörte Jursors Brüllen, spürte, wie die Luft von einer Explosion der Kraft erfüllt wurde.

Aber der Treffer kam nicht.

Jori entfaltete vorsichtig seine Flügel und sah Hanna über sich stehen, mit weit ausgebreiteten, hellen Flügeln und einer Hand, die ihm aufhelfen wollte.

Er nahm sie und bemühte sich, auf die Beine zu kommen, wobei er versuchte, den Schmerz in seiner Seite zu ignorieren. Er befürchtete, dass er eine gebrochene Rippe haben könnte, aber das war ein Problem für später.

„Du hättest gehen sollen." Es war nicht gerade

eine Anschuldigung, aber er konnte es auch nicht zu einer Frage umformulieren.

„Ich habe Jursors Motorrad gesehen. Ich musste dich warnen." Sie ließ ihre Flügel verschwinden und schlängelte sich unter seinen Arm, um sein Gewicht zu stützen.

Jori zog seine Flügel fest an sich, um ihr keinen Stromschlag zu verpassen. Dann wurde ihm klar, dass sie seine Schicksalsgefährtin war. Er brauchte nicht so vorsichtig zu sein. Sein Funke gehörte ihr.

Wenn sie sich erst verbunden hatten.

Doch seine lebenslange Disziplin hielt ihn im Zaum, als Hanna begann, mit ihm zum Ende der Reihe zu schlurfen.

„Waffen sind nicht das Einzige, womit Kark handelt", erklärte sie ihm, als sie die Treppe erreichten.

„Ist der Ausgang nicht in der anderen Richtung?" So wie Joris Körper schmerzte, wollte er keine Treppen steigen. Mit dem Motorrad nach Hause zu fahren, wäre schon schlimm genug. „*Verpunt.* Wir müssen etwas mit den Leichen machen."

Hanna zerrte ihn zur Treppe. „Es gibt etwas Wichtigeres."

Er könnte diskutieren. Wenn Rexx und Jursor gefunden würden, wäre ihre Tarnung zweifelsohne aufgeflogen. Andererseits reichte der Inhalt des Lagerhauses aus, um Kark in die Hände des militärischen Geheimdienstes der Synnr zu übergeben. Sie würden ihn in ein Loch werfen und nie wieder herauslassen.

„Was hast du gefunden?", fragte er zwischen keuchenden Atemzügen. Hanna stützte noch mehr von seinem Gewicht, aber wenn er sich nicht von ihr die Treppe hinauftragen ließ, was nicht passieren würde, würde er sich nicht schneller bewegen.

„Sarah, du kannst rauskommen. Ich bin's, Hanna, und ich habe Jori bei mir." Sie erreichten das obere Ende der Treppe, und Hanna führte ihn zu einer Reihe von langen Kisten.

Eine junge menschliche Frau, die ein Tuchum die Schultern gewickelt hatte, kauerte halb im Schatten und sah Hanna an, als könnte sie verschwinden, wenn sie zu stark blinzelte.

„Ich fühle mich nicht so gut." Sarah fasste sich an den Bauch, ihr Gesicht wurde leicht grün.

„Kryo-Krankheit", vermutete Jori. Er hatte es selbst noch nie gesehen, aber davon gehört. „Wir müssen dir etwas zu essen besorgen."

„Wir müssen erst einmal hier raus." Hanna ließ ihn sanft los und ging zu Sarah hinüber. „Wir bringen dich in Sicherheit, das verspreche ich. Kannst du noch ein bisschen durchhalten?"

Das Mädchen nickte und würgte, riss sich los und krümmte sich, um sich auf den Boden zu Hannas Füßen zu übergeben. Nach ein paar heftigen Würgeanfällen stand sie wieder auf und wischte sich mit dem Handrücken über den Mund. „Ich halte durch."

Hanna warf Jori einen stummen Blick zu, den dieser sehr gut verstand. Kryo-Krankheit konnte tödlich sein, und wenn sie Sarah nicht bald etwas zu essen brachten, würde sie es vielleicht nicht schaffen. „Wir bringen dich zu uns und rufen dann unseren Chef an."

Jori beäugte die Kisten. Wenn Sarah in einer gewesen war, konnte man nicht sagen, wie viele davon noch mit anderen Menschen gefüllt waren, die langsam aus dem Kryo-Schlaf erwachten.

„Keine Zeit", sagte Hanna, wobei sie ihre Worte so vage hielt, dass Sarah sie vielleicht nicht verstehen würde.

Es brachte Jori um, aber er nickte. Es würde nur ein oder zwei Stunden dauern, bis sie ein richtiges Team zu dem Gebäude schicken konnten.

Draußen heulte ein Motor auf, und Jori schaute aus dem Fenster. Er erkannte Karks Motorrad, zusammen mit denen von Maisum und Mardoz. Die anderen beiden Motorräder mussten anderen Mitgliedern von Karks Gang gehören.

Kark rutschte von seinem Motorrad, nahm seinen Helm ab und stolzierte auf das Gebäude zu, seine Männer folgten ihm.

Es würde nicht lange dauern, bis er oder seine Leute die Leichen von Rexx und Jursor entdecken würden.

Und Jori, Hanna und Sarah saßen im zweiten Stock fest.

17

# KAPITEL SIEBZEHN



„IHR WOLLT mich doch wohl verarschen!" Der Ausbruch von Sarah ließ Hanna vor Schreck zusammenzucken. Die Menschenfrau starrte aus dem Fenster, als Kark und seine Männer sich auf den Eingang zubewegten.

Hanna teilte das Gefühl und stimmte zu. Jori stand aufrechter, seine Flügel waren gespannt und bereit für einen Kampf. Aber er war verletzt, und sie hatten einen Nichtkombattanten zu schützen.

„Wir können nicht gegen ihn kämpfen", sagte sie zu Jori. „Wir müssen von hier verschwinden. Schnell."

Er schaute zurück zur Treppe, aber Hanna hatte nur Augen für das Fenster. Sie schaute zu Sarah und schätzte ihr Gewicht ein. Sie war etwas kleiner als

Hanna und hatte das ausgemergelte Aussehen, zu dem Kryo-Schläfer neigten.

Ihre verrückte Idee könnte tatsächlich funktionieren.

„Sind schon alle drinnen?", fragte sie, stellte sich zu Jori ans Fenster und schaute mit eigenen Augen.

„Gerade so."

Einer der Männer bildete das Schlusslicht und bewegte sich langsamer, wobei seine Augen jeden Fleck auf dem Parkplatz absuchten. Aber einen Moment später war er drinnen. Hanna bemühte sich zu lauschen, aber das Gebäude war zu groß.

„Wir haben nur eine Minute Zeit, vielleicht weniger." In Anbetracht von Joris Verletzungen konnte er auf keinen Fall zu ihrem Motorrad laufen, und Sarah auch nicht. Aber es gab jede Menge schöner Fusions-Motorräder, die genau dort standen. „Kannst du eins von ihnen kurzschließen?", fragte sie.

„Nicht schnell genug." Jori spuckte eine Reihe von Flüchen aus.

„Das ist in Ordnung." Sie glaubte, ein Geräusch im Inneren zu hören, aber sie zwang sich, es zu ignorieren. „Ich trage Sarah hinunter", sagte sie und warf dem Mädchen einen mitfühlenden Blick zu. „Es wird eine harte Landung, aber wir werden es schaffen. Du folgst und hältst Wache. Ich werde zwei Motorräder kurzschließen. Und dann fahren wir ins Hauptquartier."

Sarah musste behandelt werden, aber da Kark im Lagerhaus war, blieb ihnen keine Zeit mehr.

Jori nickte grimmig.

Das Fenster zu öffnen, war der schwierigste Teil. Jori glitt mit der Grazie eines Tänzers hinunter, während Sarah sie so fest umklammerte, dass Hanna befürchtete, sie würde ihre Flügel nicht ausbreiten können. Sie schaffte es gerade noch und spürte den Aufprall des Sprungs bis in die Zähne.

Sarah übergab sich erneut, aber das könnte etwas mit dem Sprung zu tun haben.

Aus alter Gewohnheit testete Hanna den Startknopf, bevor sie mit dem Kurzschließen begann, und das erste Gerät erwachte schnurrend zum Leben. Das zweite Motorrad tat es auch. Kark und seine Männer waren so zuversichtlich, dass sie sich nicht einmal die Mühe gemacht hatten, die Startmechanismen zu verriegeln.

Ihre Dummheit war ihr Gewinn.

Jori warf ihr einen letzten Blick zu, bevor er auf sein Motorrad stieg. Sie wollte ihn küssen. Wollte etwas sagen, das vielleicht ... Nun, sie war sich nicht sicher.

Aber sie mussten sich beeilen.

Küssen konnte warten.

Sie setzte Sarah vor sich auf das Motorrad und betätigte die Steuerung. Jori fuhr vor ihr her und sah aus, als wäre er zum Fahren geboren worden. Sie wäre stolz gewesen, wenn sie Zeit gehabt hätte, etwas anderes als Angst zu empfinden.

Wie viele Menschen waren in diesen Kisten? Was hatte Kark mit ihnen vor? Und was machte er mit den Waffen?

Das war jetzt nicht mehr wichtig. Das alles würde bald vorbei sein.

Vor ihr fühlte sich Sarah wie Haut und Knochen an, ihr Körper bebte gegen Hanna. Hanna hielt sie gut fest, aber sie musste schnell fahren. Weder sie noch Jori hatten sich die Zeit genommen, die anderen Motorräder zu sabotieren. Im Nachhinein betrachtet war das ein dummer Fehler, der sie umbringen konnte, wenn Kark und seine Männer nach draußen rannten.

Sie konnte jetzt keine Zeit damit verschwenden, sich darüber Gedanken zu machen.

Sarahs Zittern ging in ein noch stärkeres Zittern über, bevor sie die Autobahn erreichten. Unter anderen Umständen hätte Hanna angehalten.

Das war jetzt keine Option mehr.

Der Tag hatte sich endlich angekündigt, obwohl es noch genauso hell war wie zuvor, als sie und Jori sich in den frühen Morgenstunden hinausgeschlichen hatten. Fahrzeuge verstopften die Straße. Wenn sie in einem Auto wären, säßen sie fest und wären eine leichte Beute für Kark und seine Leute.

Stattdessen wich Jori aus, wo er konnte, und fuhr in extremen Fällen auf den Seitenstreifen. Hanna folgte ihm und hoffte, dass die anderen Fahrzeuge sie sahen. Da sie keine Helme trugen, würde ein Unfall sie alle in blutigen Brei verwandeln.

Das Verkehrsgewirr löste sich nach ein paar Minuten, und sie konnte in der Ferne das aufstrebende Stadtzentrum sehen. Nicht mehr lange.

Und immer noch keine Verfolgung.

Kark hatte immer noch einen Deal abzuwickeln und Beweise verschwinden zu lassen. Er musste wissen, dass sie kommen würden. Wenn sie und Jori ein Team dorthin schicken konnten, könnte das Lagerhaus bis auf die Grundmauern ausgeräumt werden.

Das war ein Problem für später.

Sie folgte Jori die richtige Ausfahrt hinaus, und sie fuhren in die Tiefgarage des Hauptquartiers ein, wobei sie an der Wache vorbeirauschten und daraufhin die Empörung und die Rufe des Diensthabenden hörten.

Sobald ihr Motorrad zum Stehen kam, setzte Hanna Sarah vorsichtig ab. Die Frau sackte gegen sie und konnte sich kaum noch auf den Beinen halten. Hanna klopfte ihr vorsichtig auf das Gesicht, in der Hoffnung, sie aufzuwecken, aber sie gab keinen Ton von sich und bewegte sich auch nicht, um zu zeigen, dass sie es spürte.

Hanna versuchte immer noch, sie zu stützen, aber die Kraft, die Sarah aufrecht hielt, verschwand von einer Sekunde auf die andere und sie fiel wie ein totes Gewicht in ihre Arme.

„Holt mir einen Sanitäter!", schrie Hanna.

Das brachte Jori zum Sprinten. Die Mitarbeiter der Wachstation zielten mit Blastern und Flügeln auf ihn, waren sich aber nicht sicher, ob sie schießen sollten. Ein anderer Synnr warf einen Blick auf Jori und rannte auf die Tür des Gebäudes zu.

Weitere Soldaten stürmten heraus, Major Ozar an der Spitze. Sie funkelte die Wachen an und forderte sie auf, ihre Waffen zu senken.

Ein medizinisches Team nahm Sarah aus Hannas Armen. Hanna war versucht, ihnen zu folgen. Sie fühlte sich für das Mädchen verantwortlich und wollte sichergehen, dass sie in Sicherheit war.

In der Obhut eines medizinischen Teams des

Synnr-Militärs war das Mädchen am besten aufgehoben. Hanna musste sie gehen lassen.

Und sie hatte keine andere Wahl. „Harek! Karsyn! Erklären Sie sich!", schrie Major Ozar, „Sofort!"

———

„Das dauert zu *verpunt* lange." Jori schritt von einem Ende des kleinen Büros, in dem er und Hanna untergebracht waren, zum anderen und versuchte, sich dabei keine Gefängniszelle vorzustellen. Er konnte die Tür jederzeit öffnen und in das größere Büro hinausgehen. Es gab eine Toilette am Ende des Flurs und einen Pausenraum mit Snacks ein Stück weiter. Keiner würde ihn aufhalten.

Aber wenn er rausging, würde er weiterlaufen, bis er ein Fahrzeug fand und zurück zum Lagerhaus fahren konnte, um sich selbst um Morn Kark zu kümmern.

Hanna saß da und starrte aus dem Fenster, als ob sie nichts beunruhigen würde. Andererseits hatte Jori die unangenehme Erkenntnis, dass sie viel Zeit in einem sehr kleinen Raum verbracht hatte. Sie hatte nicht einmal ein Fenster gehabt.

„Es ist weniger als eine Stunde seit unserer Nachbesprechung vergangen", sagte sie nach einem Moment.

Er hat nicht auf die Uhr geschaut. „Jede Minute, die wir hier sind, ist eine weitere, in der Kark die Beweise für seine Verbrechen vernichten könnte."

„Und die Menschen transportieren", fügte sie leise hinzu.

Jori hörte auf, auf und abzugehen. „Das stört dich wirklich." Das war keine Frage.

„Natürlich stört es mich!" Empörung durchzog ihre Worte. „Warum sollte es nicht? Stört es dich nicht?"

„Aber du bist eine Aps-" Er unterbrach sich mitten im Wort.

„Ernsthaft?" Sie stieß sich von ihrem Stuhl ab und drehte sich um, um ihn anzustarren. „Ich dachte, wir ... Ach, egal. Ja, Jori, ich bin eine Apsyn. Das heißt aber nicht, dass ich damit einverstanden bin, Menschen in Haustiere oder wissenschaftliche Experimente oder Schlimmeres zu verwandeln. Außerdem haben wir das Mädchen im Synnr-Gebiet gefunden. Die Versandmarkierungen auf der Kiste waren für den Synnr-Raum. Glaubst wirklich, dass nur die Apsyns Außerirdische nach Kilrym bringen?"

Darauf hatte er keine Antwort. Er war ein Synnr, er respektierte die Legitimität und Intelligenz des nichtzulirischen Lebens. Die Apsyns als Ganzes taten das nicht. Das wusste er.

Und doch war Hanna nie so gewesen. Und Morn Kark nutzte jede Gelegenheit, um die Überlegenheit der Zulir zu verkünden. Kein Mensch und kein anderer Außerirdischer hatte es gewagt, einen Fuß in seine Bar zu setzen, und so ein *Braz* sollte in Osais nicht passieren.

Synnr und Apsyns waren beide Zulir. Es gab keinen biologischen Unterschied zwischen ihnen, der ihre Vorurteile begründete.

Sie waren alle nur Zulir.

Er brauchte zu lange, um zu antworten, und Hanna gab einen angewiderten Laut von sich. „Du musst froh sein, mich loszuwerden.“

„Nein!“ Jori brachte das Wort zwischen zusammengebissenen Zähnen heraus, seine Augen loderten vor Leidenschaft. Er trat dicht an sie heran, so dicht, dass er die Hitze spüren konnte, die von ihrem Körper ausging. Seine Finger brannten darauf, sie zu berühren, aber er hielt sich zurück. Er wollte nicht, dass sie vor ihm zurückschreckte.

„Auch wenn ich eine schmutzige Apsyn-Spionin bin?“, fragte sie leise.

„Wirst du mich diese Worte jemals vergessen lassen?“ Ein Lächeln umspielte seinen Mund.

Hannas Gesichtsausdruck wurde weicher, mit einem Hauch von einem Lächeln, das dem seinen entsprach. „Vielleicht. Wenn du es dir verdienst."

Doch bevor etwas passieren konnte, flog die Tür auf und Solan stürmte herein, seine menschliche Schicksalsgefährtin an seiner Seite. Sie war eine einschüchternde Frau, ihr Gesichtsausdruck hart und unbeugsam. Aber als sie neben Solan stand, neigte sich ihr Körper ein wenig in seine Richtung.

„Lena." Jori nickte ihr zu. Sie war einer der Menschen, die er vor einigen Monaten aus dem Gewahrsam der Apsyn gerettet hatte.

„Jori", erwiderte sie.

„Der Mensch befindet sich im zweiten Stadium der Kryo-Krankheit", sagte Solan, und Hanna zuckte zusammen, aber er fuhr fort. „Die Mediziner sagen, dass sie sich wahrscheinlich erholen wird. Sie haben sie versorgt und werden sie in ein Krankenhaus verlegen, sobald sie stabil ist. Wir mobilisieren in diesem Moment ein Team. Wir werden Kark im Laufe des Morgens in Gewahrsam nehmen."

„Ich will dabei sein." Er und Hanna sagten es gleichzeitig. Hanna nickte, um ihn fortfahren zu lassen. „*Wir* wollen dabei sein", sagte er wieder. „Wir sind schon seit Wochen an diesem Kerl dran. Wir müssen ihn zu Fall bringen."

Lena warf einen Blick in Solans Richtung. Jori wusste, dass Schicksalsgefährten keine Telepathie besaßen, aber nach dem stummen Gespräch, das zwischen den beiden stattfand, war er bereit, an Magie zu glauben. Lena zuckte schließlich mit den Schultern.

„Es ist eure Entscheidung. Aber ihr seid Teil der Aufräummannschaft. Wir haben bereits ein Team für den Einsatz zusammengestellt, und wir werden das nicht *verpunten*. Ziehen wir uns um."

Die vier verließen das Büro und gingen in die Waffenkammer, wo sie sich mit militärischer Effizienz in ihre Ausrüstung schnallten.

„Kannst du diesen Gurt schließen?" Hanna drehte ihm den Rücken zu und zog ihr Haar zur Seite, so dass ein schwer zu erreichender Verschluss über ihrer Schulter zum Vorschein kam.

Jori zog ihn fest und sicherte ihn, dann legte er seine Hand auf ihren Rücken. Sie lehnte sich gegen die Berührung und er atmete tief ein, nahm ihren Duft tief in seine Lungen auf. Nach so vielen gemeinsamen Wochen war er nun fest in ihm verankert. Jeder Hauch der blumigen Seife, die sie benutzte, ließ ihn an sie denken.

Er wollte, dass er ihn umgab. Für immer.

Solan räusperte sich, und Lena sah die beiden schmunzelnd an.

Hanna brach den Kontakt ab, und Jori zog sich fertig an und steckte sich vorsichtshalber einen Blaster ein. „Schnappen wir uns diesen *verpunten* Bastard.“

# 18

# KAPITEL ACHTZEHN

MAISUM UND MARDOZ wurden zusammen mit Andax Wooria festgenommen, dessen Namen Hanna erst erfuhr, als sie zwei andere Soldaten reden hörte.

Kark ist entkommen.

Sie wünschte, sie wäre überrascht, aber sie hatte die Motorräder gezählt, als sie und Jori hinter dem Einsatzteam ankamen. Sie hatte vier Männer mit Kark ankommen sehen. Die Motorräder von Rexx und Jursor waren schon da gewesen. Sie und Jori hatten zwei gestohlen. Es hätten fünf Motorräder auf dem Parkplatz stehen müssen.

Es waren aber nur vier dort.

Kark war entkommen, und mindestens ein Komplize war verschwunden.

Es war kein totaler Reinfall. Maisum hatte bereits

zu sprechen begonnen, bevor er in eine Zelle irgendwo tief in einer Synnr-Militäreinrichtung verschleppt wurde. Die Waffenkisten waren noch da, aber es fehlten ein paar Blaster.

Die großen Kisten, von denen sie vermuteten, dass sie mit Menschen gefüllt waren, waren verschwunden.

Hanna ging durch die Einrichtung, Taubheit machte sich in ihr breit und versuchte, sie zu überwältigen. Major Ozar hatte ihr einen ermutigenden Blick zugeworfen. Sie hatte ihre Arbeit getan. Sie hatten verhindert, dass Morn Kark und seine Bande der Rebellischen Dämonen all diese Waffen benutzten, um noch mehr Menschen zu verletzen.

Der Auftrag war beendet.

Sie war frei.

Aber ein Haufen unschuldiger Menschen war immer noch in Gefahr. Und Kark war irgendwo da draußen.

Sie konnte sich darüber den Kopf zerbrechen oder ihre Arbeit machen. Leider war Hanna außergewöhnlich gut im Multitasking. Sie half einem Team von Technikern, eine Reihe von Kisten auf die Laderampe zu manövrieren, wo ein Lastwagen wartete. Die ganze Zeit über schwirrte ihr der Kopf.

Wo war Kark?

„Sie werden ihn finden." Hanna fuhr bei dem Klang von Lenas Stimme fast aus der Haut.

Der Mensch hatte verschiedene Waffen in ordentlichen Reihen vor sich aufgereiht und ein Klemmbrett in der Hand.

„Das weiß ich." Hanna hasste die Abwehrhaltung, die sie in ihrer eigenen Stimme hörte. „Ozar hat alle Infos, die wir ihr gegeben haben, alle unsere Berichte. Ich bin sicher, dass bereits ein Team auf dem Weg zur Bar ist. Egal, in welchem Versteck er steckt, sie werden ihn ausgraben."

„Aber es tut weh, die Arbeit nur halb zu erledigen, nicht wahr?" Lena hörte auf zu zählen und warf Hanna einen mitfühlenden Blick zu. Es lag keine Abscheu in ihren Augen, kein heimlicher Hass auf die reformierte Apsyn-Spionin. Vielleicht wusste Lena das nicht.

Besser noch, vielleicht war es ihr sogar egal.

„Er hat unschuldige Menschen verletzt. Und diese Mädchen ..."

„Du weißt nicht, ob in diesen Kisten Mädchen oder Jungen oder sonst jemand drin war", erinnerte Lena sie.

Hanna konnte das nicht akzeptieren. „Die Kisten waren identisch mit der, aus der ich Sarah herausgeholt habe. Es gab mindestens ein halbes Dutzend davon. Es ist teuer, solche Leute zu importieren. Man würde nie nur einen mitnehmen."

„Das weiß ich", sagte Lena. Und Hanna erinnerte sich an eine Geschichte, die sie gehört hatte, ein Teil von Lucis Hintergrund, obwohl Luci nicht diejenige war, die sie ihr erzählt hatte. Lena und Luci gehörten zu einer Gruppe von Menschen, die von der Erde gestohlen worden waren, um in Vanen Experimente an ihnen durchzuführen.

Hanna wusste theoretisch über den Import von Außerirdischen Bescheid. Lena hatte es erlebt.

„Hast du etwas über Zilly gehört?" Das war eine weitere Sache, die Hanna Sorgen bereitete. Das Mädchen war in die Sache verwickelt und könnte verletzt werden.

„Sie ist von der Bildfläche verschwunden." Jori kam den Gang entlang. „Solan hat dich gesucht", sagte er zu Lena und nickte in die Richtung, aus der er gekommen war.

Lena ging weg und Hanna wartete, ob Jori noch mehr sagen würde. Das tat er nicht.

„Von der Bildfläche verschwunden?" Das war nicht gut. Wenn Kark sie irgendwo hingebracht hatte, war sie vielleicht schon ...

Es machte keinen Sinn, in diese Richtung zu denken.

„Die Bar ist leer geräumt. Niemand ist in ihrem Haus. Und weder Karks noch Zillys Kommunikatoren sind aktiv. Sein Motorrad ist hier, also können wir nicht einmal versuchen, es zu orten." Jori betrachtete die Waffen, die Lena ausgebreitet hatte. „Das ist sehr ... ordentlich."

„Erzähl das Lena. Ich habe Kisten geschleppt." Es gab noch viel zu tun, aber Hanna konnte nicht herausfinden, was am wichtigsten war. „Fühlt es sich ..."

„Unvollendet an?", fragte er, als sie nicht weitersprach.

„So ähnlich." All ihre Gefühle waren durcheinander gewirbelt. Sie wollte sich auf Jori stürzen und sich an ihn klammern, bis alles einen Sinn ergab, also nur für ein Jahrzehnt oder so ähnlich.

Sie hatte noch nicht viele Missionen für die Apsyns abgeschlossen, bevor alles den *Braz* runterging, und sie war noch nie in einem Aufräumteam wie diesem gelandet. Aber sie wusste nicht, wie sie von diesem Auftrag wegkommen sollte, vor allem, wenn alles schon halb erledigt war.

Sie gähnte. Dann stöhnte sie.

Jori trat dicht an sie heran und legte einen Arm um sie. Hanna lehnte sich an ihn, saugte seine Wärme auf und ließ sich in seine Präsenz fallen. „Wir sind schon seit früh auf und es ist schon spät. Du hast das

Mittagessen verpasst. Willst du von hier verschwinden?"

Hanna war nicht hungrig. Den Tag tief in den Nachwirkungen von Morn Karks Untaten zu verbringen, hatte eine Art, den Hunger zu vertreiben. Aber sie wollte nicht gehen. Wenn sie gingen, wäre die ganze Sache vorbei.

Und was war mit ihr und Jori?

Sie nahm seine Hand in die ihre und drückte sie. „Wenn du das willst."

Die Motorräder waren beschlagnahmt worden, und sie waren mit dem Rest von Solans Truppe in einem großen Lieferwagen gekommen. Aber ihr eigenes Motorrad war immer noch an der Bushaltestelle am Ende der Straße versteckt, und sie fanden es dort, wo sie es zurückgelassen hatten.

Es war vielleicht ihr Motorrad, aber Jori übernahm das Steuer. Sie hielt sich fest, als er es startete und sie vom Lagerhaus und all den Pflichten, die auch morgen noch auf sie warten würden, wegführte.

Sie sagte ihm nicht, wohin er sie bringen sollte, und sie war nicht überrascht, als sie erkannte, wohin sie gingen.

Ihre Wohnung.

Es war wahrscheinlich nicht sicher. Andererseits konnte Kark nicht wissen, dass sie es waren, die ihn verraten haben. Sie hatte in dem Lagerhaus keine Kameras oder andere Überwachungseinrichtungen gesehen. Rexx und Jursor waren tot, sie konnten nicht ausplaudern, wer sie getötet hatte.

Und Kark war auf der Flucht. Wenn er sie verfolgte, würde er seine eigene Freiheit aufs Spiel setzen.

Als Jori in die Einfahrt fuhr, warf er Hanna einen fragenden Blick zu. Er kannte die Risiken genauso gut wie sie.

Dies war ihr Ort. Es war nicht real. Sie würden sowieso in einem Tag oder so ausziehen müssen. Aber hier waren sie zusammen. Sie wusste nicht, wie sie als Paar draußen in der realen Welt existieren konnten.

Jori war immer noch ein Soldat. Sie war immer noch eine in Ungnade gefallene Ex-Spionin. Sie hatten einander kein Wort über ihre Verpaarung gesagt. Und sie hatte nicht vor, dieses Schweigen heute Abend zu brechen.

Aber sie brauchte einen weiteren gestohlenen Moment mit ihm.

Hanna nickte.

Jori stellte das Motorrad im Schuppen ab, und beide gingen hinein, die Funken im Anschlag, für den Fall, dass der Ort kompromittiert war und sie kämpfen mussten.

Es war so still wie immer. Und sauber. Sie waren beide sorgfältig darauf bedacht, alle belastenden Beweise oder Papiere zu verstecken, wenn sie sie nicht gerade benutzten.

Hanna nahm Joris Hand und führte ihn ein letztes Mal die Treppe zu ihrem Schlafzimmer hinauf.

———

Jori dachte, er sollte etwas sagen. Die schwere Last der Zukunft, des Weges, den sie wählen mussten, lastete auf seinen Schultern.

Dann zog Hanna ihr Oberteil aus, und er vergaß jede Sprache, die er jemals zu lernen versucht hatte.

Sein Mund wurde trocken. Sein Blut erhitzte sich. Und sein Schwanz regte sich, bereit, die Kontrolle zu übernehmen.

Sie lächelte ihn an, es hatte etwas Süßes und Verführerisches, das ihn dazu brachte, auf die Knie zu gehen und betteln zu wollen. Stattdessen machte er einen Schritt nach vorne und eroberte ihre Lippen mit seinen eigenen.

Hanna erwiderte seinen Kuss und stöhnte nach mehr, ihre Hitze und Leidenschaft hüllten ihn ein wie eine Decke. Da war eine Sanftheit, eine Verletzlichkeit, die sie ihm nie zuvor gezeigt hatte, und Jori schätzte sie.

Seine Finger strichen über die freiliegende Haut ihres Halses, und sie erschauerte unter seiner Berührung, hob ihr Kinn und bettelte stumm um mehr. Der Kuss verlagerte sich, intensivierte sich, und seine Arme schlangen sich um ihre Taille, um sie noch enger an sich zu ziehen. Er genoss den Geschmack von ihr, genoss den heißen Druck ihres Körpers in seiner Umarmung.

Jeder Nerv in ihm erwachte zum Leben, als sich ihre Zungen berührten - sie erforschten einander mit einer Intensität und Sorgfalt, die sie sich vorher nicht hätten erlauben können.

Ihre Finger kitzelten den Saum seines Shirts, und er erlaubte ihr, es ihm über den Kopf zu ziehen. Ihre Brüste drückten gegen seine Brust, als sie ihn wieder küsste, eine üppige Versuchung, der er nicht widerstehen wollte.

Er berührte eine, seine Finger zwickten eine Brustwarze, gerade stark genug, um sie zum Keuchen zu bringen und ihr eines dieser verlockenden Stöhnen zu entlocken, dessen Klang er nie wieder vergessen wollte. Hanna hielt heute Abend nichts mehr zurück. Alle ihre Reaktionen gehörten ihm, und er würde sie auskosten wie nichts anderes.

Hanna zog sich zurück, und er stöhnte auf, als die Verbindung unterbrochen wurde. Ihr Lächeln war mehr als verrucht, und sie griff nach dem Knopf seiner Hose, ihre Finger streichelten neckisch seine steinharte Länge, bis er sich gegen sie wölbte.

Dann öffnete sie die restlichen Knöpfe und ließ sich vor ihm auf die Knie fallen.

*Verpunt.*

Sie grinste ihn an, ihr Gesichtsausdruck schwankte zwischen heiligem himmlischem Geist und dämonischer Versuchung. Dann streckte sie ihre Zunge heraus, um sich über die Lippen zu lecken, und das brachte das Gleichgewicht ins Wanken.

Dämonische Verführerin. Ganz eindeutig.

Und er würde ihr gerne in die Verdammnis folgen.

Als ob sie sein Bedürfnis spürte, fuhr Hanna langsam mit ihren Fingern seinen Schaft auf und ab, ihre Berührung war sanft und doch *so* fordernd. Sie sah durch dichte Wimpern zu ihm auf, und Jori verlor sich in der Intensität ihres Blicks.

Das Verlangen loderte heiß und stark zwischen ihnen. Er wollte jeden Zentimeter ihrer wilden Leidenschaft spüren, wollte jedes bisschen Vergnügen genießen, das sie sich gegenseitig entlocken konnten.

Und er wollte sie nie wieder loslassen.

Ihre Finger reizten ihn mit jeder sanften Berührung weiter, und die Laute, die er von sich gab, hätten nicht aus seiner Kehle kommen dürfen - verzweifelt, bedürftig, völlig in ihrem Bann. Seine eigenen Finger ballten sich zu Fäusten zusammen, um sich nicht in ihr wunderschönes Haar zu vergraben und die Kontrolle über diesen Moment zu übernehmen.

Die Hitze ihres Atems streifte seine Haut, bevor sie ihn in ihren Mund saugte, und Joris Welt kippte, bis er völlig das Gleichgewicht verlor und doch irgendwie stehen bleiben konnte.

Hannas Mund um ihn herum machte ihn stark und verletzlich zugleich. Es war ein kostbares Geschenk, dem er nicht widerstehen konnte. Er konnte nichts anderes tun, als sich der Art und Weise, wie sie ihn nahm, hinzugeben und glücklich darüber zu sein.

Er war kurz vor dem Punkt, an dem es kein Zurück mehr gab. Er konnte fühlen, wie es sich zuspitzte, konnte spüren, wie sein Schaft mit dieser einzigartigen Zulir-Lust zu vibrieren begann, und Hanna wusste es auch.

Die böse Verführerin leckte ihn ein letztes Mal und zog sich zurück, die Lippen feucht, rot und geschwollen.

So *verpunt* perfekt.

Jori zerrte sie wieder auf die Beine, küsste sie und

forderte dieses Lächeln ein, von dem er bereits wusste, dass er es für immer lieben würde. Jetzt musste er nur noch einen Weg finden, es auch möglich zu machen.

Er stieg aus dem heruntergefallenen Haufen seiner eigenen Hose und drückte Hanna mit dem Rücken gegen das Bett. Sein Schwanz war hartnäckig, sehnte sich nach der engen Hitze ihres Geschlechts und allem, was sie ihm geben konnte. Er wollte, dass sie sich um ihn wand, seinen Namen rief und die Worte sagte, die selbst er noch nicht auszusprechen vermochte.

Stattdessen legte er sie hin, öffnete ihre Hose und zog sie aus, sodass sie genauso nackt war wie er selbst. Sie breitete sich auf dem Bett aus, als wäre es ein sinnlicher Altar, die Beine geöffnet, die Brüste gewölbt, die Lippen geschwollen, die Haut gerötet.

Perfekt.

Die Seine.

Er konnte die Hitze ihres Funkens tief in ihm spüren, und Jori war versucht, ihn zu beschwören, das Band zwischen ihnen zu besiegeln, damit sich keiner von ihnen je wieder davon abwenden konnte. Er kannte sein eigenes Herz, wusste, was er wollte.

Aber er verdrängte dieses Gefühl. Nicht jetzt.

Noch nicht.

Stattdessen vergrub er sein Gesicht zwischen

ihren Schenkeln und ergötzte sich an ihrer Hitze. Er atmete den Moschus ihrer Erregung ein, den schwülen Duft, der ihn irgendwie am Schwanz packte. Hanna stöhnte im Takt seiner hungrigen Zunge, ihr Körper krümmte sich unter ihm, ihre Finger gruben sich in seine Haut.

Die Sehnsucht brannte heiß und hell genug, um eine Spur auf seinem Körper und seiner Seele zu hinterlassen. Sie brannte mehr als nur eine Erinnerung in seinen Geist ein. Er ernährte sich von ihrem Vergnügen und musste bei jedem Stöhnen und Seufzen mehr geben.

Sein Schwanz war steinhart, und wenn er nicht bald in sie eindrang, fürchtete er, er könnte explodieren, möglicherweise in eine Milliarde winziger Teile. Aber hier ging es um ihr Vergnügen, um ihre Ekstase.

Und Jori war nichts anderes als gründlich.

Hanna wiegte sich gegen ihn, sein Name war ein Gebet auf ihren Lippen. Sie schrie auf, ihr Körper wogte und krümmte sich, als sie kam.

Er würde sich für immer an ihren Klang und ihren Geschmack erinnern. Und er zog sich gerade weit genug zurück, um zu sehen, wie sie sich dem Vergnügen hingab, während seine Finger sie immer noch neckten, während sie zitterte.

Ihre Blicke trafen sich. Ihr Funke tanzte in ihren

Augen, die Elektrizität war nah genug an der Oberfläche, um auf ihren Armen zu tanzen und ihr die Haare zu Berge stehen zu lassen. Jori wusste, dass es ihm genauso gehen musste, er hing am seidenen Faden der Kontrolle und sehnte sich nach mehr von ihr.

Er fand ihren Eingang mit seinem Schwanz, stieß hinein, ohne den Blick von ihr zu nehmen. Ihre enge, feuchte Hitze war fast zu viel. Sie schlang sich um ihn und er konnte sich nicht mehr zurückhalten.

Jori ließ los, was auch immer von seiner Kontrolle übrig war, und vergrub sich mit einem Stöhnen in ihr. Er genoss jedes ihrer Stöhngeräusche und Seufzer, während er sich immer schneller bewegte, wobei das Bedürfnis, sich zurückzuhalten, und das Bedürfnis nach Befreiung um die Vorherrschaft kämpften.

Als Hanna erneut ihren Höhepunkt fand und ihr Körper um seinen erzitterte, war er verloren. Sein Schwanz vibrierte wie verrückt mit jedem Stoß, bis er das Gefühl nicht mehr aushalten konnte und seine eigene Erlösung fand, sich in ihr entleerte und ihren Namen rief, bis er völlig erschöpft war.

Danach zog er sie an sich. Das Bett stand etwas schief, die Decke lag irgendwo auf dem Boden, und sie hatten es geschafft, eine Lampe umzustoßen.

Doch die Unruhe im Raum war nichts gegen die Unruhe in seinem Herzen.

„Was werden wir tun?", fragte Hanna leise und ließ ihre Lippen über sein Schlüsselbein wandern.

Jori hatte keine vollständige Antwort parat.

Er wusste nur, dass er Hanna nicht mehr gehen lassen würde.

# 19
## KAPITEL NEUNZEHN

HANNA WUSSTE, dass sie ihre Sachen packen und gehen sollte, nicht dass es viel zu packen gäbe. Das Haus war vollgestopft mit Dingen für ihre Tarnung. Die Dekoration, das Geschirr, sogar die Kleidung, nichts gehörte ihr.

Sie würde nur das Motorrad vermissen.

Und Jori.

Sie stöhnte auf, als sie gerade dabei war, eine Jacke zusammenzufalten, und ließ sie auf das Bett fallen. Er war unter der Dusche, und es würde ihr keine Mühe bereiten, sich ihrer Kleidung zu entledigen und sich ihm anzuschließen, um das Unvermeidliche hinauszuzögern.

Sie war früh aufgewacht und hatte den feigen

Gedanken gehabt, dass sie sich wegschleichen könnte. Dann hatte sie bemerkt, dass Jori wach neben ihr lag.

Und dann war Wegschleichen das Letzte, woran sie dachte.

Sie hatte sich in ihn verliebt. Alle Anzeichen waren eindeutig. Sie hatte es zugelassen, dass er ihre Abwehrmechanismen überwand und sich tief in ihr Herz eingrub.

Hatte sie ihm das erzählt?

Nein, natürlich nicht!

Trotz der Intensität ihres Sexes hatte er nichts über die Ewigkeit gesagt, nicht einmal über die nächste Woche. Keiner von ihnen hatte die Verpaarung erwähnt. Es war, als ob sie jedes Mal, wenn sie gegen das Bedürfnis zu reden anflirteten, ins Bett fielen oder sich in die Arbeit vertieften.

Und anstatt jetzt zu reden, wollte Hanna lieber rennen.

Es war zu riskant, und sie hatte es satt, ihr Leben am Rande des Abgrunds zu führen. Sie wollte etwas Sicheres, oder wenn nicht sicher, dann wenigstens unkompliziert.

War das zu viel verlangt?

Sie wollte sich nicht auf einen Mann einlassen, der sich über sie ärgern würde, sobald die Hormone abklangen, Liebe hin oder her.

Das Zimmer war keine Hilfe. Wenn sie sich erlaubte, länger als drei Sekunden an das Bett zu denken, erinnerte sie sich an das Gefühl von Joris Lippen auf ihrer Haut, an seine Finger, die ihre eigenen Spuren hinterließen.

Wie auch immer. Die Jacke gehörte sowieso nicht ihr.

Sie machte sich auf den Weg nach unten und holte ihren Kommunikator hervor, in dem sie noch Bilder von den Dateien hatte, die sie kopiert hatte. Zweifellos würde sie sie noch früh genug löschen müssen, aber wenn Kark und Zilly noch nicht gefunden worden waren, konnte sie vielleicht etwas tun, um zu helfen.

Sie legte ihren Kommunikator auf den Tisch und schaltete den Holoprojektor ein, damit sie die Dokumente in größerem Format betrachten konnte und sie alle vor sich hatte.

Es dauerte nicht lange, bis Worte und Zahlen miteinander verschmolzen. Hanna verlor sich so sehr in der Arbeit, dass sie aufschreckte, als Jori die Treppe hinuntertrampelte.

„Was guckst du dir an?", fragte er. Sein Haar war noch feucht, ein Wassertropfen klebte an einer der Locken, die er nicht hatte bändigen können. Er trug ein einfaches Outfit aus einer dunklen Hose und einem grünen, langärmeligen Hemd, das er mit einem Paar Stiefel komplettierte.

Hanna starrte ihn an, und sie wusste es. Trotzdem dauerte es einige Sekunden, bis sie ihren Blick abwenden konnte. Sie hatte ihn schon nackt gesehen. Sie hatte seinen Schwanz mehr als einmal in ihrem Mund gehabt. Wie konnte er sie also immer noch so erregen?

„Ich sehe mir die Dokumente noch einmal an", erklärte sie. „Nur für den Fall, dass es einen Hinweis darauf gibt, wo sich Kark verstecken könnte." Diese Worte zerrten an ihrem Unterbewusstsein, und Hanna versuchte, den Gedanken zu verfolgen, aber er führte zu nichts.

„Ozar hat zweifellos auch ein Dutzend Techniker, die diese Dokumente bearbeiten", sagte er.

Hanna zuckte mit den Schultern. „Ein weiteres Paar Augen kann nicht schaden. Und wir kennen ihn besser als die Techniker."

„Du könntest ins Hauptquartier gehen und dein Fachwissen anbieten."

Darauf hatte Hanna keine Antwort. Das könnte sie tun. Wahrscheinlich sollte sie das auch. Aber sie blätterte weiter durch ihre Dokumente und schob ein Dokument beiseite, sobald sie damit fertig war, um sich das nächste anzusehen.

Keine Antworten.

„Wann musst du denn zurück?" Sie versuchte, leichtfertig zu klingen, als ob ihr Herz nicht drei Tonnen wöge. „Der Job ist vorbei, richtig?"

„Er neigt sich dem Ende zu." Er hatte sich keinen Zentimeter bewegt, aber sie spürte seine Augen auf sich gerichtet. „Ich habe noch keine neuen Befehle erhalten. Ich bin sicher, dass jemand nach mir suchen wird, wenn ich mich bis nächste Woche nicht melde."

„Willst du einen Strand suchen und ein paar Tage dort verbringen?" Es sollte ein koketter Scherz sein, etwas, das so offensichtlich unverschämt war, dass sie es nicht tun konnten. Warum klang es so plausibel?

Jori durchquerte den Raum in drei Schritten und schlang seine Arme fest um sie. Hanna erwiderte die Umarmung mit einem verzweifelten Schluchzen und klammerte sich an ihn, als sei er ihr einziger Anker in der Welt.

„Sag mir nur wo", sagte er mit überraschender Schärfe.

Hanna musste ihn loslassen und zurücktreten, um Abstand zwischen sie zu bringen und ihre Fassung wiederzuerlangen. Und das würde sie auch tun.

In einer Minute.

Oder eine Stunde.

Sie klammerte sich fester an ihn. Sie atmeten

gemeinsam, ihr Herzschlag war synchron, so nah, wie es nur möglich war, obwohl sie beide vollständig bekleidet waren.

„Ich will nicht, dass das hier endet, wenn wir hier weggehen." Jori hatte seine Hand in ihrem Nacken, der Griff war fest, aber eher angenehm als kontrollierend. „Sag mir, was ich tun muss."

Das brachte ihm ein entrüstetes Lachen ein. „Du?" Jetzt musste Hanna sich wirklich zurückziehen. „Du bist der perfekte Soldat, schon vergessen? Ich will dich nicht runterziehen. Wenn du ... Wenn wir ... Ich kann nicht deine Schicksalsgefährtin sein." Es tat weh, das zu sagen. Es war der Traum eines jeden Zulir, seinen Schicksalsgefährten zu finden, sich zu verbinden und zu verlieben und alles zu tun, was die Märchen beschrieben.

Jori reagierte nicht darauf. Er wandte den Blick von ihr ab und blieb an den Papieren hängen, die über dem Holoprojektor schwebten. Dann schüttelte er heftig den Kopf. „Verdammt noch mal. Ich liebe dich."

„Was?" Ein Schock durchfuhr sie, eine Mischung aus Freude, Angst und Ablehnung. „Was?" Sie musste es wiederholen, weil ihr Gehirn sich weigerte, die Worte vollständig zu verarbeiten.

Jori bewegte sich wieder auf sie zu, diesmal langsam, um ihr ausreichend Gelegenheit zu geben, ihm aus dem Weg zu gehen. „Ist das so schwer zu glauben? Ich dachte ..." Er nahm einen tiefen Atemzug. „Es spielt keine Rolle. Ich liebe dich. Schicksalsgefährtin hin oder her. Ich will mit dir zusammen sein, ich will, dass das hier echt ist."

Er streckte die Hand aus und berührte ihre Wange. Hanna konnte nicht anders, als sich dagegen zu lehnen, die Augen fielen ihr zu, als sie das Gefühl in sich aufnahm. „Ich kann dich nicht in den Ruin führen." Tränen drohten zu fließen, aber sie drückte ihre Augen noch fester zu. „Ich habe zu viele Menschen verletzt."

Jori ließ nicht los.

Hanna griff nach seinem Arm, zog ihn aber nicht weg. Sie hielt ihn fest. „Lass dich nicht von mir mitziehen."

Er küsste sie. Es war sanft, süß.

Liebevoll.

Hanna hatte keine Möglichkeit, sich dagegen zu wehren. Sie klammerte sich an ihn und fürchtete, dass Jori, wenn dieser Moment vorbei war, zur Vernunft kommen und einsehen würde, dass er sich von ihr abwenden musste. Wenn das noch lange so weiterging, würde sie ihre Worte nicht mehr zurückhalten können. Und wenn sie es zu ihm sagte, war alles vorbei.

Sie konnten in diesem kleinen Haus existieren, in dieser Zeit außerhalb ihres normalen Lebens. Aber wenn sie zurückkamen, wenn Jori mit anderen Soldaten zusammen war, würde er sich daran erinnern, wer sie wirklich war. Und er würde sie hassen.

Das gab Hanna die Kraft, sich von seinem Kuss zu lösen und sich umzudrehen.

Sie starrte auf die Dateien vor ihr und suchte nach irgendetwas, das sie davon abhielt, sich ihm wieder zuzuwenden. Sie konnte immer noch Joris Atem hinter sich spüren, seine Präsenz war zu intensiv, um sie jemals zu ignorieren.

Dann sah sie das Bild.

Hanna griff nach der Projektion der Datei und öffnete sie. Es war ein Foto von Karks Schreibtisch, das sie nur für den Fall gemacht hatte, dass sie ihn wieder in Ordnung bringen musste. Und in der Ecke des Schreibtischs war ein Bild eines Fusions-Motorrades zu sehen. Aber das war es nicht, was sie sich ansah. Es war der Hintergrund.

„Was ist los?", fragte Jori, wieder ganz sachlich.

„Ich glaube, ich weiß, wo Kark ist."

———

Jori meldete es. Solan ließ ihn wissen, dass der Hinweis überprüft werden würde, aber es gab noch ein halbes Dutzend anderer Orte, die wahrscheinlicher waren und die man zuerst untersuchen musste. Es könnte eine Woche dauern, bis sich jemand Karks kleines Versteck ansah.

Der alte Jori hätte es dabei belassen. Vielleicht hätte er Solan gedrängt, die Sache weiter voranzutreiben, um es höher auf die Liste zu schieben, aber letztendlich hätte er es bleiben lassen.

Aber diese Mission hatte ihn auf eine Weise verändert, die er erst jetzt zu verstehen begann.

„Wir können ihn nicht einfach entkommen lassen!" Hanna runzelte die Stirn, als er ihr Solans Antwort vortrug. „Er könnte Zilly verletzen. Und abhauen!"

„Das lassen wir nicht zu, gehen wir." Das war unüberlegt. Rücksichtslos. Genau wie am Tag zuvor, als sie das Lagerhaus ohne Verstärkung stürmten. Aber das ging gut aus. Mit Hanna an seiner Seite hatte er das Gefühl, dass er alles tun konnte.

Auch wenn sie ihn nicht liebte.

Jori hatte diese Worte noch nie einer Geliebten gegenüber ausgesprochen, hatte es nicht einmal annähernd in Erwägung gezogen. Es war fast schon

leicht gewesen, sie Hanna zu sagen. Und nieder-
schmetternd, dass sie sie nicht erwiderte.

Er verstand ihren Widerwillen. Sein eigener wurde
ihm direkt ins Gesicht geschleudert. War das eine Art
kosmische Vergeltung? Er hatte mit den Herzen von
zu vielen Menschen gespielt, um sie zu zählen. Dies
war die Rache.

Aber Hanna sah ihn genauso an, wie er wusste,
dass er sie ansah, als ob es auch in den dunkelsten
Winternächten noch taghell sein würde, solange er
bei ihr war. In ihrem Blick lag eine tiefe Sehnsucht, die
sie nie ganz verbarg, wenn sie allein waren.

Zuerst hatte er es nicht glauben wollen. War es
möglich, dass sie seine Gefühle erwiderte?

Es blieb keine Zeit, zu fragen. Sie rüsteten sich für
die Fahrt, in Leder gekleidet und bereit, sich einer
Armee zu stellen.

Sie holten ihre Motorräder aus dem Schuppen und
schalteten sie ein. Hanna nickte ihm ein letztes Mal
zu, bevor sie ihren Helm aufsetzte und auf ihr
Motorrad kletterte. Er setzte seinen eigenen Helm auf
und tat dasselbe.

Hanna übernahm die Führung. Sie hatte die
Adresse des Verstecks in Karks Akten gefunden,
kannte es aber schon von Zillys endlosem Gerede über
ihre Beziehung zu diesem Mann. Die Hütte lag abgele-

gen, außerhalb der Stadt und in der Nähe einer großen Salztonebene, die sich perfekt dafür eignete, ein Fusions-Motorrad bis an die Grenzen seiner Leistungsfähigkeit zu treiben.

Er fuhr bereits schneller, als er es normalerweise tun würde, aber Hanna steuerte ihr Motorrad mit der ruhigen Hand eines Profis, und sie vertraute darauf, dass Jori das Tempo halten würde. Die Straße rollte unter ihnen vorbei, der Wind schlug gegen seine Jacke, und er wünschte sich, er könnte loslassen und es genießen.

Es war ein gewisses Vergnügen, auf diese Art mit ihren Motorrädern zu fahren und auf eine Weise zu beschleunigen, wie es in einem geschlossenen Fahrzeug nie möglich wäre.

Es war fast wie Fliegen.

Als Junge war Jori fest entschlossen gewesen, der erste Zulir zu sein, der mit seinen Flügeln wirklich fliegen konnte. Es spielte keine Rolle, dass es physikalisch unmöglich war, er wollte es tun.

Er war so entschlossen gewesen, dass er vom Dach seiner Schule gesprungen war. Seine Flügel hatten seinen Abstieg verlangsamt, aber sie hatten den Beinbruch nicht verhindern können.

Seitdem jagte er dieser Aufregung, diesem Bedürfnis zu fliegen, hinterher.

Wenn das hier vorbei war, wollte er sich von Hanna noch mehr Tricks auf dem Motorrad beibringen lassen. Sie kannte all die Geheimnisse und er hatte gesehen, wie viel Freude es ihr machte, ihn zu unterrichten.

Er musste sie nur noch davon überzeugen, ihn zu lieben.

Und lange genug überleben, damit es sich lohnte.

Er konzentrierte sich wieder auf die Fahrt. Es wäre alles umsonst, wenn das Ganze in einem Aufprall aus verbogenem Stahl und Rauch enden würde, noch bevor sie ihr Ziel erreicht hatten.

Auf dem Weg aus der Stadt heraus war die Straße erstaunlich überfüllt. Er und Hanna mussten sich um Fahrzeuge herumwinden und sich ihren eigenen Weg auf dem Seitenstreifen bahnen oder die Fahrspuren mit anderen Fahrern teilen. Das war alles andere als sicher, aber die Zeit drängte.

Nach ein paar weiteren Minuten bog Hanna vom Highway ab und nahm eine Ausfahrt, die fast menschenleer war. Sie waren jetzt offiziell aus der Stadt heraus, und dies war kein Ort für Touristen oder Urlauber.

Mit Ausnahme von Kark, hoffte er.

Die grünen Bäume, die den Wald um Osais säumten, verflüchtigten sich allmählich und wichen einem raueren Gelände. Die Bäume waren hier kürzer, stämmiger und brauner. Aber größtenteils waren es Buschland und Sträucher mit Ausläufern in der Ferne.

Nicht gerade Joris Vorstellung von einem schönen Ausflug in die Natur, obwohl die Strenge vielleicht ein gewisses Spektakel bot.

Er fühlte sich ungeschützt. Er und Hanna waren die einzigen beiden Leute auf der Straße, und das schon seit einiger Zeit. Die Stelle zwischen Joris Schulterblättern schmerzte, als ob ein Scharfschütze ihn im Visier hätte, aber es gab keinen guten Aussichtspunkt für einen Scharfschützen in seiner Nähe.

Hanna bog noch einmal ab, diesmal in die karge Andeutung einer Straße. Sträucher und dürre Äste wetteiferten mit dem Schotter, um einen Weg zu bilden, und sie mussten ihr Tempo auf kaum mehr als ein Kriechen verlangsamen.

Er war versucht, vorzuschlagen, den Rest des Weges zu Fuß zu gehen, und Hanna muss seine Gedanken gelesen haben.

Sie bog von der Straße ab und er folgte ihr.

„Wir sind nah dran. Ich will von der Straße fernbleiben." Sie nahm ihren Helm ab und verstaute das Motorrad, so gut es ging. Jori folgte ihr.

Er wollte sie warnen, vorsichtig zu sein, oder

etwas ähnlich Lächerliches sagen, aber das hätte ihm einen Blick eingebracht, den er verdient hätte.

Sein Funke knisterte in seinen Adern, bereit für alles. Aber der Spaziergang war fast angenehm. In der Ferne konnte er Vögel zwitschern hören, und kleine Tiere huschten durch die Büsche. Es war ihnen egal, dass sich nur wenige Meter entfernt ein Saboteur vor der Justiz verstecken könnte.

Sie erreichten das Ende der Deckung, und Hanna gab ihm ein Zeichen zum Anhalten. Sie hielten sich niedrig, aber das Gelände bot nicht viel Schutz.

Wenn sie gesichtet wurden ...

Jori griff nach seinem Kommunikator. Vielleicht hätte er Solan informieren sollen, dass sie hierherkommen würden.

Dann gab es eine Bewegung, und er ließ seine Hand ruhen. Wer auch immer es war, sie waren zu weit weg, als dass Jori hätte erkennen können, ob es Kark war.

„Ich melde das", flüsterte er Hanna zu, und sie nickte.

Doch bevor er wieder nach seinem Kommunikator greifen konnte, kreischte ein Vogel wild auf und ein Funkenschlag verbrannte den Strauch direkt neben seinem Kopf.

**20**

## KAPITEL ZWANZIG

HANNA SPRANG IN DECKUNG, beschwor ihre Flügel und schlang sie um sich, bevor sie die Situation vollständig einschätzen konnte. Ihr Blick fiel zuerst auf Jori, und die Welle der Erleichterung, die sie verspürte, als sie sah, dass er noch lebte, wurde nur noch von einem Tsunami der Wut übertroffen, dass es jemand wagen könnte, ihm etwas anzutun.

Er gehörte ihr.

Sie erkannte Wrake und Malo von der Bar, aber sie hatten nie miteinander gesprochen. Die Männer waren Mitläufer, die normalerweise am anderen Ende von Karks Tisch saßen und verzweifelt um seine Anerkennung buhlten. Offensichtlich erkannten sie sie und Jori sofort wieder. Sie sahen nicht überrascht aus, aber das war ihr egal.

Sie holte aus, ihr Funke glich einer Peitsche, die direkt auf Malos Gesicht zielte, aber er konnte sie abwehren.

Am klügsten wäre es, in die Defensive zu gehen. Deckung zu suchen, zuzuschlagen, wo sie konnte, und um Hilfe zu rufen. Wenn sie und Jori es richtig planten, konnten sie vielleicht sogar so viel Fläche abdecken, dass es für die Biker unmöglich war, vorzurücken.

Aber sie war wütend. Und sie war es leid, auf Nummer sicher zu gehen.

Sie konzentrierte ihre Energie auf ihre Flügel, baute einen Schutzwall aus ihrem Funken auf, den nur eine *verpunte* Kanone durchbrechen konnte, und stürzte sich auf Wrake.

Jori hatte sein Feuer auf Malo gerichtet. Sie musste darauf vertrauen, dass er damit zurechtkam.

Die Spitze ihres Flügels berührte den von Wrake, und Blitze zuckten in einem Kampf aus purer Energie. Er war kein Schwächling, und Hanna musste ihren Flügel zurückziehen, bevor er es schaffte, sie zu verletzen. Aber während er abgelenkt war, traf sie ihn mit einem Energieblitz und lächelte zufrieden, als er aufjaulte.

Das Kämpfen hatte etwas Reines, etwas, das sie bei der Spionagearbeit nie finden würde. Ihr Feind stand direkt vor ihr. Er versuchte, sie zu töten. Sie musste ihn zuerst ausschalten.

Aber *verpunt*, der Mann war stark. Wären seine Flügel noch größer gewesen, hätte sie ihn vielleicht für einen Kämpfer gehalten.

Hanna konnte es sich nicht leisten, zu Jori hinüberzusehen. Er war ein viel besserer Kämpfer als sie. Er konnte auf sich selbst aufpassen.

Wrake schlug sie mit einem Funkenschlag nach dem anderen, der so stark war, dass er in ihren Flügeln widerhallte und ihr Schmerzen bereitete. Sie konnte das nicht ewig aushalten. Ihre Flügel waren keine Muskeln. Sie ermüdeten nicht. Aber irgendwann würde sie keine Energie mehr haben.

Hanna musste dem ein Ende setzen. Und obwohl das Kämpfen eine gewisse Reinheit an sich hatte, waren es schmutzige Tricks, die sie ans Ziel führen würden.

Als Wrake sie das nächste Mal traf, fiel sie mit einem Schrei zurück, wobei sie darauf achtete, sich abzuschirmen, aber ihre Flügel schlaff hielt.

Wrake konnte dem gefallenen Ziel nicht widerstehen.

Anstatt das Klügste zu tun und sie aus der Entfernung zu erledigen, ging er auf sie zu. Und als er direkt über ihr stand, schlug Hanna zu, schickte einen

Funkenstrahl direkt in seinen entblößten Hals und sah zu, wie er verbrannte.

Er fiel zu Boden.

Sie stand auf.

Jori sah sie an, sein Gesicht glich einer Maske des Entsetzens. Aber dann klärte es sich und er rannte auf sie zu. Er umarmte sie nicht, sie hatten keine Zeit, aber die Erleichterung war deutlich.

„Ich dachte, er hätte dich erwischt", sagte er.

Hanna konnte nicht widerstehen, in der alten Wunde zwischen ihnen zu stochern. „Schmutziger Spion-Trick."

„Den Göttern sei Dank." Er drückte ihre Hand, und dann machten sie sich auf dem Weg zur Hütte.

Morn Kark versperrte ihnen den Weg.

Seine Augen glitten an Hanna vorbei und starrten Jori an. „Du bist ein dreckiger Verräter?" Kark spuckte das Wort aus, sein finsterer Blick war beeindruckend.

„Ich glaube, du bist der Verräter", war Joris Antwort.

Sowohl sie als auch Jori waren vom Kampf gegen Karks Männer schwer angeschlagen, aber die Chancen standen zwei gegen einen.

Aber sie brauchten Kark lebend.

Ein Ziel zu töten war einfach. Es gab keinen Grund, sich zurückzuhalten. Nicht zu töten war, als würde man mit nur einem Arm und einem halben Flügel kämpfen.

„Es ist vorbei, Kark", sagte Jori. Seine Flügel waren so weit wie möglich ausgebreitet, die Funken knisterten und waren bereit zu sprühen. „Ich verhafte dich."

Kark warf den Kopf zurück und lachte, das Geräusch glich einem Donnergrollen. „Es hat noch nicht einmal angefangen, du *verpunter Ynstit.*"

Hanna suchte das Grundstück hinter ihm ab. Sie sah keine Bewegung, aber Kark war so selbstsicher, dass sie sich Sorgen machte, dass ihm jemand den Rücken freihielt.

War Zilly da? Ging es ihr gut?

Die Fragen lagen ihr auf der Zunge, aber Jori sprach, und sie hatte nicht vor, Kark wissen zu lassen, dass es sie interessierte.

„Dann erzähl mir alles darüber", forderte Jori ihn auf.

Kark machte einen Schritt zur Seite, und sie und Jori taten es ihm gleich. Die Spannung stieg mit jedem Zentimeter, den sie sich bewegten.

Hanna entfernte sich von Jori, um Kark vom Hauptweg abzuschneiden. Sie wollte nicht, dass er wegrannte, nicht dass es in dieser Einöde irgendeinen Ort gab, an den man hätte gehen können.

„Wen kümmert schon ein kleines Lagerhaus? Wir bringen diesen verunreinigten Mond wieder in Ordnung. Wir werden ihn reinigen, und er wird wieder in der Gunst der Apsyn willkommen geheißen werden." Sein Gesicht strahlte vor Überzeugung, und seine eigenen Flügel zuckten, als er sprach.

Hanna konnte sich ihren eigenen finsteren Blick nicht verkneifen. Der Mann war noch nie auf Kilrym gewesen. Er wusste nichts über normale Apsyns, als ob sie sich für die Synnr interessierten oder mehr Krieg wollten. Aber es gab keinen Grund, ihn zu überzeugen, und es war auch nicht nötig.

Er hatte seine Entscheidungen getroffen.

Sie hatte ihre gefällt.

Hanna schlug mit ihrem Funken zu und traf Kark in die Seite. Aber das war nicht genug, um ihn zu Fall zu bringen. Er schoss auf Jori und überraschte sie dann, indem er gleichzeitig mit zwei Funkensträngen zuschlug, etwas, das nur die geschicktesten Zulir je geschafft haben.

Hanna bekam einen Treffer auf die Hüfte und sank auf ein Knie, schoss aber direkt auf Karks Beine zurück. Das brachte ihn zum Taumeln. Und anders als bei ihr, war es keine Schauspielerei.

Sie und Jori waren unerbittlich und hielten ihn mit einem Stromregen in Schach, gegen den er nichts ausrichten konnte. Und als sie auf ihn zustürmten, war Kark trotzig, Blut lief ihm aus der Nase, aber ansonsten hatte er keine bemerkenswerten Verletzungen.

„Für den wahren König der Zulir!", schrie Kark, bevor seine Augen durch einen Blitzschlag weiß wurden.

Er hatte seinen Funken nach innen gerichtet und sich lieber selbst umgebracht, als gefangen genommen zu werden.

Jori fluchte und schlug neben Karks Kopf auf den Boden.

„Wenigstens ist er nicht entkommen." Hanna versuchte, eine positive Haltung beizubehalten. Mit drei Leichen auf dem Boden war es schwer, überzeugend zu klingen.

Jori zog seinen Kommunikator aus der Tasche und fluchte erneut. „Kein Signal. Wie ist das überhaupt möglich? Ich muss das melden. Wenigstens können sie jetzt die Suche nach Kark abblasen."

„Jemand könnte es stören", schlug sie vor. „Und wir wissen nicht, ob noch jemand, vielleicht Zilly, hier ist."

„Fang an, sie zu suchen und halte die Augen offen. Ich schaue nach, ob er etwas bei sich trägt, und komme nach."

Zum *Braz* mit dem Anstand. Hanna beugte sich vor und küsste Jori. Die Freude über den Sieg und die Frustration über Karks Tod mussten durch das Gefühl von Joris Lippen gemildert werden.

Widerstrebend zog sie sich zurück und stand auf. „Lass uns das zu Ende bringen."

———

Die Haupthütte befand sich hinter einem Parkplatz, und noch tiefer im Gestrüpp gab es zwei kleinere Behausungen. Hanna zählte zwei Motorräder und ein großes Fahrzeug, an dem ein überdachter Anhänger befestigt war.

Drei Männer waren erledigt. Unbekannt, wie viele noch übrig waren.

Sie bewegte sich vorsichtig, die Flügel in Verteidigungsstellung und bereit, auf einen Angriff zu reagieren.

Aber der Angriff schien nicht zu kommen.

Hanna duckte sich neben dem Anhänger, um einen besseren Blick zu erhaschen. Sie entdeckte keine Bewegung. Vielleicht waren Wrake und Malo die einzige Verstärkung, die Kark hatte.

Sie hoffte, dass Zilly nicht tot war.

Angst versuchte, sie zu erdrücken. Hanna hatte in

ihrer kurzen Karriere schon genug Mist gebaut, und sie wollte nicht noch einen weiteren Fehlschlag hinzurechnen. So dumm es auch klingen mochte, Zilly fühlte sich an wie eine Art kosmische Wiederholung dessen, wie sie Luci behandelt hatte. Hanna hatte dieser Frau wehgetan, sie hatte sie fast umgebracht.

Zilly war eine weitere Unschuldige, die in etwas verwickelt war, das größer war als sie selbst. Vielleicht konnte Hanna sie dieses Mal retten.

Es spielte keine Rolle, dass es Luci letztendlich gut ergangen war. Hannas Handlungen hatten das Mädchen mehr als einmal fast das Leben gekostet.

Kein Hinhalten mehr.

Hanna ging zur Haupthütte und stieß die Tür auf.

Zilly warf ihre Hände hoch und schrie. Ein Funkenschlag traf die Tür neben Hanna und sie wich zur Seite aus.

„Ich bin's, Zil! Ich bin's, Hanna. Ich bin hier, um zu helfen." Sie musste ihre eigenen Flügel hochhalten, um nicht durch das unberechenbare Feuer der jungen Frau verletzt zu werden. Nach einem Moment wurde es langsamer und hörte dann auf. Hanna riskierte es, ihre Flügel zu senken, und schaute Zilly an.

Es war besser, als sie befürchtet hatte, aber nicht gerade gut. Zilly schien keine blauen Flecken zu haben, und sie war auch nicht gefesselt, aber sie kauerte auf dem Boden, der Ausschnitt ihres Shirts war gedehnt und begann zu reißen, als hätte man sie daran herumgezerrt.

Hanna wollte hineinstürmen, aber sie zwang sich, den Raum zu überprüfen.

In einer Ecke stand ein Bett, dessen Laken auf verräterische Weise zerknittert waren. Am Fußende des Bettes befand sich ein vollgestopfter, kleiner Koffer, der größtenteils männliche Kleidung enthielt, auf die Hanna wetten würde, dass sie Kark gehörte.

Auf dem Tisch stand eine halbvolle Flasche Whiskey mit zwei Gläsern.

Alles hätte auf einen schönen Urlaub hindeuten können, wäre da nicht die schluchzende Frau auf dem Boden gewesen.

„Han-na?" Zilly schluchzte ihren Namen und zog ihre Beine an sich heran, um sich noch kleiner zu machen. „Er ... Es ... Was ist denn hier los?"

In der Gewissheit, dass sich niemand auf sie stürzen würde, betrat Hanna die Hütte und hockte sich neben Zilly. „Jori und ich sind hier, um zu helfen. Komm mit." Sie reichte ihr die Hand, um ihr aufzuhelfen.

Zilly ignorierte ihre Hand, und die Tränen liefen weiter über ihr Gesicht. Ihre Flügel blitzten auf, verschwanden für eine Sekunde und kamen dann wieder, als könne sie sich nicht darauf konzentrieren, sie aufrechtzuerhalten. „Warum? Hat Morn dich gebeten herzukommen? Wo ist er?“

*Bei Braznons Eingeweiden.* VERSTAND das Mädchen denn gar nichts? Frustration und Besorgnis kämpften miteinander, und Hanna wusste nicht, was sie sagen sollte. Wie konnte Zilly nicht wissen, was vor sich ging?

Andererseits, wenn Kark bei ihr hereingeplatzt wäre und verlangt hätte, dass sie ohne weitere Informationen gehen, warum sollte sie das tun?

Hanna hatte die Nase voll vom Lügen. „Kark ist in ein paar schlimme Dinge verwickelt. Du brauchst nicht mit ihm unterzugehen.“

„Was? Woher weißt du das?“ Sie sah Hanna jetzt nicht mehr an, sondern rollte sich noch mehr zusammen und hielt ihre Hände fest an die Brust gedrückt.

Das würde sie zerstören. Wenn Kark nicht schon tot gewesen wäre, hätte Hanna ihn selbst umgebracht. Zilly hatte das nicht verdient, niemand hatte das.

Aus der Ferne hörte Hanna die Motoren eines Fahrzeugs. Hatte Jori es geschafft, eine Nachricht an das Hauptquartier zu übermitteln? Das war schnell.

Und wo war er?

Unbehagen breitete sich in Hannas Magen aus.

Irgendetwas an dieser Sache fühlte sich falsch an. Jori hätte schon längst hier sein müssen. Selbst wenn er Kark bis auf die Unterwäsche ausgezogen hätte, hätte es nur ein paar Minuten gedauert.

Und wie hatte das Hauptquartier diesen Ort übersehen? Sie hatten genau dieselben Informationen wie sie und Jori. Es hätte als offensichtliches Versteck auffallen müssen.

Sie und Jori waren an die ganze Mission herangegangen, als ob Kark allein handeln würde. Was, wenn es eine größere Verschwörung gab?

Das war ein Problem für später. Im Moment musste sie Zilly in Sicherheit bringen. Sie konnten sich um die massiven Pläne der Apsyn kümmern, wenn sie auf sicherem Gebiet waren.

„Warum bist du hier, Hanna?", fragte Zilly erneut, und ihre Stimme wurde kräftiger. „Bist du nicht eine Apsyn?"

„Ich bin hier, um zu verhindern, dass noch mehr Leute verletzt werden. Wir müssen dich hier rausbringen." Sie reichte Zilly erneut die Hand.

Das Mädchen nahm sie an, versuchte aber kaum aufzustehen. Hanna musste sie hochreißen.

„Wo ist Morn?", fragte sie und blickte sich um.

„Er ist tot." Es macht keinen Sinn zu lügen, wenn

sie auf dem Weg nach draußen seine Leiche sehen könnte.

Hanna war auf Hysterie vorbereitet. Womit sie nicht gerechnet hatte, war die Art, wie Zilly erstarrte. „Tot?" Ihre normalerweise ausdrucksstarke Stimme war flach.

„Er hat sich lieber umgebracht, als gefangen genommen zu werden." Sollte sie ihr Beileid bekunden? Sie war sich nicht sicher, wie man trauert, wenn der tote Liebhaber auch ein Verräter war.

„Fanatiker sind immer bereit, für ihre Sache zu sterben."

Hanna hatte kaum Zeit, diesen Satz zu verarbeiten, bevor Zillys Funken vor ihr aufblitzte und sie bewusstlos zu Boden fiel.

# 21

## KAPITEL
## EINUNDZWANZIG

JORI WACHTE mit auf dem Rücken gefesselten Händen auf, die Schultern in einer qualvollen Position verrenkt. Das Letzte, woran er sich erinnerte, war, dass er ein Schiff landen hörte.

Hanna.

Ihr Name genügte, um ihn aufschrecken zu lassen. Er öffnete seine Augen vollständig und suchte den Raum ab. Er war winzig, kaum mehr als ein Schrank, mit nur einem kleinen Lichtstrahl, der durch ein schlecht geflicktes, zerbrochenes Fenster hoch oben an der Wand einfiel.

Hanna saß ihm gegenüber an der Wand. Ihr Brustkorb hob und senkte sich langsam, und das war eine Erleichterung. Sie war am Leben. Solange das der Fall war, konnten sie hier herauskommen.

Wenn ihr etwas zustieße ...

Nein. Er weigerte sich, daran zu denken.

Sie stöhnte, und ihr Kopf neigte sich zur anderen Seite, bevor sie die Augen aufschlug. Ihre Blicke trafen sich. Dann schaute sie finster drein. „Zilly war eingeweiht."

Er nickte. „Sie hatten Verstärkung."

Er kämpfte gegen seine Fesseln an, aber sie waren fest und geschickt gebunden. Vielleicht könnte er seinen Funken benutzen, um sie zu lockern, aber das wollte er jetzt noch nicht riskieren. Hannas eigene Hände waren vor ihr gefesselt, und sie arbeitete mit den Zähnen an dem Seil. Nach einer Minute gab sie auf und ließ ihre Hände in ihren Schoß fallen.

Sie waren erledigt. Major Ozar wusste nicht, wo sie waren, sein Kommunikator lag kaputt auf dem Salz neben Karks leblosem Körper, und es würde Tage oder länger dauern, bis jemand auf die Idee käme, diesen Ort zu untersuchen.

Er und Hanna würden dann längst tot sein.

„Es tut mir leid." Das war alles, was er sagen konnte.

Hannas Gesicht verzog sich vor Verwirrung. „Was?"

Er schaute auf ihre gefesselten Hände hinunter

und dann wieder hoch. „Dass ich dich in diese Situation gebracht habe."

„Wir haben uns das gemeinsam eingebrockt, Babe. Und wir ..." Sie hielt sich den Mund zu, als auf der anderen Seite der Tür Stimmen laut wurden.

„Das ist ein Schlamassel epischen Ausmaßes!" Es war Zillys Stimme, aber in einem schärferen Ton, als Jori sie je gehört hatte. Sie klang abgehärtet, überhaupt nicht wie die quirlige Barkeeperin, die sich mit Hanna angefreundet hatte.

„Sprich nicht in diesem Ton mit mir." Die zweite Stimme gehörte einem Mann und war mit dem Tonfall von Kilrym gefärbt. Ein Apsyn.

„Vater ..."

„Nein", unterbrach er Zilly. „Du hättest das schon längst unter Kontrolle haben müssen."

Es gab ein Schleifgeräusch am Boden, als sich etwas Schweres bewegte. „Ich hatte den Oger an der kurzen Leine, genau wie du es mir gesagt hast." Etwas von ihrer Schärfe wich. „Er hätte alles, was wir ihm gegeben haben, für nutzlose Angriffe vergeudet und uns innerhalb weniger Wochen von den Behörden gefangen nehmen lassen."

„Besorg mir was zu trinken." Ihr Vater klang müde. Jori hatte kein Mitleid mit dem Mann. „Wie konntest du die Agenten so nah an dich heranlassen?"

Es gab eine lange Pause, bevor Zilly sprach. „Hanna klang wie eine von uns. Ich dachte, sie wollte den Soldaten austricksen, vielleicht um an Informationen zu kommen. Sie hat nie etwas gesagt, was für die verdammten Synnr spricht."

Joris Blick huschte daraufhin zu Hanna hinüber. Sie arbeitete wieder an ihren Fesseln und hielt inne, um ihm ein kleines Grinsen zu schenken.

Nein, sie war sicherlich keine Trickbetrügerin.

„Wenigstens haben wir unser Geld bekommen, es war also kein Totalverlust. Ich lasse meine Männer unsere Verstecke ausräumen. Wir werden in zwei Stunden hier raus sein. Hast du die Agenten getötet?"

Es gab eine weitere Pause und etwas, das zu leise war, als dass Jori es hätte hören können.

„*Bei Braznons Eingeweiden*, Mädchen! Mach deine Arbeit." Er klang eher wie ein Mann, der einen ungehorsamen Angestellten züchtigt, als ein Vater, der mit seiner Tochter spricht.

„Wir sollten sie mitnehmen", sagte Zilly und klang dabei ein wenig verzweifelt. „Als Geiseln."

Selbst durch die Tür konnte Jori die Spannung in der Luft spüren. „Erklär das."

„Wir werden das hier überstehen, ein paar Geschosse weniger und ein paar Leichen auf dem Boden, aber wir sind sicher. Nächstes Mal ist das vielleicht nicht so. Wenn wir sie am Leben lassen, haben wir etwas, das wir gegen unsere Freiheit eintauschen können." Die Worte sprudelten nur so aus ihr heraus, als hätte sie sie sich auf der Stelle ausgedacht.

Die Frau könnte der Drahtzieher von Karks Operation sein, aber vielleicht wollte sie sich nicht die Hände blutig machen.

„Behalte den Synnr, wir lassen keinen Apsyn-Verräter am Leben." Dann waren Schritte zu hören, als er den Raum verließ.

Jori starrte auf die Tür. Seine Hände waren auf seinem Rücken, aber er konnte seinen Funken noch benutzen. Seine Energie ging zur Neige, aber für das hier reichte es noch. Genug für Hanna.

Jeder Muskel war angespannt, als er sich anspannte. Aber Zilly näherte sich nicht der Tür. Und einen Moment später verließen ihre Schritte den Raum wieder.

Hanna zerrte ein letztes Mal an dem Seil zwischen ihren Zähnen und zog dann mit einem Zucken ihre Hand durch die Öffnung, die sie geschaffen hatte. Sie kletterte zu ihm hinüber und begann, an seinen Fesseln zu arbeiten, um ihn innerhalb von ein paar Minuten zu befreien.

„Wenn sie reinkommt, werden wir kämpfen", sagte Jori, dem die Resignation schwer in den Adern lag. „Sie werden mich nicht als Geisel nehmen." *Nicht ohne dich.*

Er würde alles tun, wenn es bedeutete, dass Hanna es schaffte, er würde sich sogar den Folterungen unterwerfen, die ihn auf Kilrym erwarteten. Aber das war es nicht, was Zillys Vater plante.

Hanna packte sein Gesicht und küsste ihn heftig, ihre Wärme und Ungestümheit strömten in ihn hinein wie die Energie selbst. Er ließ den Kuss auf sich wirken und gab sich ihm völlig hin. Er schlang seine Arme um sie, um sie festzuhalten, ohne Rücksicht auf seine Verletzungen. Hanna war in seinen Armen, der Schmerz konnte ihm egal sein.

Wären sie nicht in einem Schrank gefangen und stünden nicht kurz vor dem Untergang, hätte er um mehr gebettelt. Selbst angesichts der Bedrohung, die über ihnen schwebte, konnte er sich eine Zeit lang nicht zurückziehen.

Nach einem Atemzug oder hundert, war es Hanna, die es tat. Sie lächelte ihn an und ließ ihre Stirn an der seinen ruhen. „Ich liebe dich."

Freude und Trauer wechselten sich ab. *Ja, endlich.* Aber er hatte keine Zeit, sich darüber zu freuen, keine Zeit, die Sache zwischen ihnen und das, was daraus werden könnte, zu feiern. Er hatte gewusst, dass sein Job die Dinge für sie ruinieren könnte, aber er hätte nie gedacht, dass die Ruinierung so schnell kommen würde.

Er küsste sie erneut und erwiderte die Worte zwischen jedem Atemzug.

Dann sagte sie vier Worte, die keiner von ihnen zu sagen gewagt hatte. „Verbinde dich mit mir."

Ihre Blicke trafen sich. Hanna war sehr ernst, und Joris Gesichtsausdruck war es wohl auch.

„Das können wir nicht wieder rückgängig machen", zwang er sich zu sagen.

Hanna zuckte mit den Schultern. „Siehst du eine andere Möglichkeit?"

Das konnte er nicht so stehen lassen. „Du wärst die Einzige für mich, auch wenn wir nicht bedroht werden würden. Ich überlege schon seit Tagen, wie ich dich überzeugen kann."

Sie nickte. „Tu es, Jori."

**22**

# KAPITEL ZWEIUNDZWANZIG

Hanna ergriff Joris Hand. Es war nicht unbedingt notwendig und die Zeit drängte, aber sie brauchte die körperliche Verbindung. Man sollte eine Verbindung mit seinem Schicksalsgefährten nicht in der Hitze des Gefechts eingehen, aber sie sah keine andere Möglichkeit.

Und sie wollte das hier.

Wollte ihn.

Wenn sie die nächste Stunde überlebten, konnten sie ihre Zukunft bestimmen. Irgendwie. Die unmittelbare Bedrohung durch den Tod veränderte ihre Sichtweise. Was vor ein paar Stunden noch unmöglich schien, war nun etwas, dem sie nicht widerstehen konnte.

Joris Haut war warm unter ihren Fingern, sein Griff fest.

Sie war sich nicht ganz sicher, wie sich die Verbindung anfühlen sollte. Es war nichts, worüber viel gesprochen wurde. Zu Hause vollzogen die verpaarten Einheiten ihre Bindung in aller Stille und sprachen nur selten darüber. Aber das hieß nicht, dass es keine Gerüchte gab. Und sie kannte die Grundlagen.

Da war er.

Sie konnte Joris Kraft in sich spüren und keuchte auf, als ihr Funke sie von innen heraus zu erleuchten schien. Die Hand, die nach ihr griff, war umspielt mit Blitzen. Ihr Funke kam aus seinen Fingern.

Hanna schloss ihre Augen und versank in ihrem Inneren. Sie folgte ihm tief in ihr Innerstes, bis sie den Ort fand, an dem ihre und Joris Kraft sich miteinander verbanden. Es gab eine Art Schutzschild, der sie abschirmte. Jori hatte von seiner Seite aus hindurch gegriffen und etwas von ihrem Funken genommen.

Jetzt griff sie durch und griff nach seinem.

Das Schild fiel weg.

Kraft durchströmte Hanna, stärker als sie es je zuvor gespürt hatte. Ihre Flügel breiteten sich aus, doppelt so groß wie normal, und ein unkontrollierter Funkenflug schoss heraus und sprengte die Wand.

Hanna stürmte nach vorne und küsste Jori, als sich

ihre Kraft vereinte und wuchs. Sie wusste nicht, warum, aber eine verpaarte Einheit war irgendwie stärker als die Summe der verpaarten Zulir, die Kraft vereinte sich und wuchs zu etwas fast Unaufhaltsamem.

Zilly, ihr Vater und alle anderen, die sich ihnen entgegenstellen wollten, hatten keine Chance.

Sie standen auf, die Hände immer noch ineinander verschränkt, und stellten sich vor die Tür. Sie war ihrer Kraft nicht gewachsen und so flog die Tür mit einem einzigen Stoß aus den Angeln.

Ihre provisorische Zelle war eine Abstellkammer neben der Haupthütte, aber es war niemand drin. Alle Hinweise auf Zilly und Kark, die Hanna gesehen hatte, bevor Zilly sie bewusstlos schlug, waren verschwunden.

Hätten sie und Jori noch länger gewartet, um diese Spur zu verfolgen, wären keine Hinweise mehr übrig gewesen.

Sie überraschten den Apsyn, der vor der Hütte stand, und er ging zu Boden, bevor er jemanden warnen konnte. Hanna und Jori trugen beide stolz ihre Flügel zur Schau, deren Ränder miteinander tanzten und deren Kraft in einer Feier ihrer Verbundenheit funkelte.

Etwas traf sie in den Rücken, streifte ihre Flügel,

und die Wucht war stark genug, um sie stolpern zu lassen. Hanna drehte sich um und ließ Energie auf die Gruppe von Apsyns niederregnen, die es wagten, sie anzugreifen. Zwei wurden im Nu gebraten, während der letzte davonlief.

Sie musste Joris Hand loslassen, als sie von beiden Seiten beschossen wurden.

Vor ihrer Verbindung wären sie bereits tot gewesen. Jetzt war es so einfach wie das Atmen.

Sie zählte sechs Männer am Boden, aber keine Spur von Zilly. Einer der Männer könnte Zillys Vater sein, aber Hanna bezweifelte es.

Die Triebwerke wurden gezündet, das Dröhnen der Zündung lenkte ihre Aufmerksamkeit von dem verbliebenen Apsyn ab. Jori schaltete ihn aus.

Dann rannten sie los.

Das kleine Schiff war für den schnellen Transport zwischen Kilrym und Aorsa gedacht. Hanna würde alles darauf setzen, dass es gefälschte Papiere und keine Verbindung zu Zilly oder ihrer Familie hatte.

Es war ein völlig unscheinbarer Klumpen grauen Metalls. Hanna hatte schon Tausende von ähnlichen Schiffen gesehen, und sie hätte sich keine Gedanken darüber gemacht. Aber dieses Schiff wollte Jori als Geisel mitnehmen.

Das wollte Hanna nicht zulassen.

Sie schoss einen Funken auf das rechte Triebwerk, der jedoch abprallte.

*„Bei Braznons Eingeweiden*! Es ist abgeschirmt." Wer fährt seine Schilde hoch, bevor die Frachtraumtür geschlossen ist? Schilde wirken gegen energetische Angriffe, nicht gegen Personen. Ein Team von Soldaten könnte auf das Schiff stürmen und die Besatzung gefangen nehmen, ohne Rücksicht auf die Schilde.

Hanna hüpfte unruhig von einem Fuß auf den anderen.

„Denk nicht einmal daran", warnte Jori sie und legte ihr sanft eine Hand auf den Arm. „Ich habe die ID-Nummer. Wir können es jetzt verfolgen."

„Sie werden sie abkratzen, sobald sie gelandet sind. Wir beide wissen, dass Zilly und ihre Familie sofort wieder auf die Beine kommen werden. Was auch immer sie vorhaben, wir haben nur Lakaien ausgeschaltet. Wir müssen sie jetzt aufhalten." Jori hielt sie nicht auf ihrem Platz fest. Sie konnte sie alleine ausschalten, aber sie wollte es nicht allein tun.

„Ach, *verpunt*." Jori ließ seine Hand sinken.

Sie liefen los.

Die Triebwerke zündeten in ihrer Startvorbereitungssequenz. Hanna und Jori hatten noch ein paar Minuten Zeit, bevor das Schiff in die Umlaufbahn starten konnte. Sobald Hanna die Laderampe hinter sich gelassen hatte, suchte sie nach einem Stromkasten.

Sie konnte die Motoren nicht abschalten, ohne in den Maschinenraum zu gelangen, aber das war nicht das einzige notwendige System auf dem Schiff.

Ein unauffälliger weißer Kasten hing an der Wand, die den Frachtraum von der Halle trennte, die ins Schiff führte. Hanna klappte ihn auf und lächelte die Schalter an, bevor sie einen Funken aus ihren Fingerspitzen schickte und den beißenden Geruch von brennendem Metall und Plastik einatmete.

„Lebenserhaltungssystem beschädigt. Beginn der Selbstreparatur", meldete das Schiffssystem.

„Schlau." Jori nickte zustimmend, als sie ins Schiff gingen.

Keine Lebenserhaltung, kein Start. Es sei denn, ihr Ziel war selbstmordgefährdet.

Sie und Jori mussten jetzt langsamer vorgehen. Sie hatten sechs Apsyns ausgeschaltet. Zilly war auf jeden Fall noch nicht gefunden worden, und ihr Vater war höchstwahrscheinlich in ihrer Nähe. Das Schiff war klein, aber nur für Raumschiffverhältnisse. Es gab mehrere Räume, schmale Gänge und Stellen, an denen man jeden in die Enge treiben konnte, der mit der Bauweise nicht vertraut war, egal wie stark er war.

Hanna versuchte angestrengt zu hören, ob jemand in ihre Richtung kam. Aber alles, was sie wahrnehmen konnte, war die heulende Sirene des ausgefallenen Lebenserhaltungssystems.

Sie gingen an dem vorbei, was einer Waffenkammer glich. Es handelte sich um einen kleinen Schrank direkt neben den Schlafräumen. Die Haken waren leer, bis auf einen Blaster, der mit einem blinkenden Licht anzeigte, dass er kaputt war.

Die Schlafräume bestanden aus zwei Zimmern mit Etagenbetten, eines auf jeder Seite des Flurs. In jedem Zimmer gab es vier Kojen und Sitzgelegenheiten, von denen allerdings nur drei genutzt wurden.

Der Korridor führte über eine kleine Leiter hinauf in das Cockpit. Oder zumindest nahm Hanna an, dass er dorthin führte. Die Tür war verschlossen.

Sie gestikulierte in seine Richtung, dann zu sich selbst, und schirmte ihre Seite mit einem Flügel ab. Sie würde vordringen, Jori würde sie decken, und dann wäre dieses Chaos vorbei.

Jori schüttelte abrupt mit dem Kopf und stellte sich vor sie. Sie funkelte ihn an und drängte sich mit mehr Nachdruck vor ihn.

Jetzt war nicht die Zeit für männliche

Heldentaten.

Der Blick, den Jori ihr zuwarf, sprach Bände, aber nach einem Moment ließ er sich erweichen und trat zurück. Der ganze Austausch dauerte nur eine Handvoll Sekunden, aber Hanna machte sich Sorgen, dass es zu lange war.

Sie stürmte die Leiter hinauf und sprengte die Tür auf, wobei sie sich abschirmte und sich auf Treffer vorbereitete, die nicht kamen.

Als sie sich aufrichtete, sah sie, warum.

Ein älterer Apsyn-Mann hatte seinen Arm um Zillys Hals gelegt und einen kleinen Blaster direkt auf ihre Schläfe gerichtet. Blaster sind nicht unbedingt tödlich, aber wenn man bei dieser Entfernung auf den Kopf zielt, kann alles einen töten.

Jori war auf der Leiter direkt hinter ihr und erstarrte, als er die Szene sah.

„Die beiden Synnr-Agenten." Zillys Vater lächelte. „Ich bin so froh, dass ihr euch uns anschließen konntet. Meine liebe Tochter hat mir alles über euch erzählt. Mein Name ist Varin." Einen Familiennamen nannte er nicht.

Zilly wehrte sich gegen ihn, und er drückte fester zu.

„Das Lebenserhaltungssystem ist kaputt und deine Männer sind tot, Varin." Hanna behielt ihn im

Auge und weigerte sich, Zilly auch nur einen mitfühlenden Blick zuzuwerfen. „Ergib dich jetzt und du wirst überleben."

Das Lächeln wich nicht von Varins Gesicht. „Das Schiff repariert sich selbst. Gib ihm noch ein paar Minuten, dann kann ich hier raushumpeln."

Zilly gab einen Laut des Protests von sich, den Varin ignorierte.

Hanna suchte nach einer Möglichkeit, Varin kampfunfähig zu machen, ohne Zilly zu gefährden. Aber sie war ein sehr effektives Schutzschild und Hanna konnte es nicht riskieren.

Zilly hatte sie verraten. Sie war ein Apsyn-Eindringling. Aber Hanna hatte genug Leichen in ihrem Kielwasser hinterlassen. Sie brauchte nicht noch eine hinzuzufügen.

„Das muss kein Kampf sein." Jori stand einen halben Schritt hinter ihr, und Hanna schaute nicht in seine Richtung.

„Das stimmt", stimmte Varin zu. „Verschwindet. Sagt euren Vorgesetzten, dass ich entkommen bin, während ihr gegen meine Männer gekämpft habt. Keiner muss mehr sterben. Keiner wird in einen Käfig gesperrt. Dieser idiotische Krieg geht einfach weiter."

Vor ein paar Monaten hätte Hanna den Ausstieg

vielleicht akzeptiert. Sie war den Synnrn nichts schuldig, und die Apsyns konnten verrotten.

Aber Varin verletzte Menschen. „Was läuft hier?", fragte sie. „Du lieferst die Waffen und Kark die Menschen?"

„Ah, ah." Sein Blaster bewegte sich, und Zillys Augen weiteten sich ins Unermessliche. „Ihr bekommt keine Informationen. Das ist nicht der Deal. Wir kommen alle mit unserem Leben davon."

Das würde nicht passieren.

Hanna feuerte ihren Funken ab, wobei er nicht auf Varin, sondern auf die Pilotenkonsole zielte. Elektrisches Flackern ging in beißendem Rauch und verheerenden Knallgeräuschen auf, als ihre Kraft das System überflutete und die Steuerung ausschaltete.

Zilly schrie, und dann verstummte ihre Stimme in plötzlicher Stille. Ihr Körper wurde schlaff, und sie krachte zu Boden. Tot.

Varin starrte eine lange Sekunde lang auf den Blaster in seiner Hand, der Ausdruck der Trauer auf seinem Gesicht war so tief, dass Hanna trotz all des Schreckens und der Schmerzen, die er verursacht hatte, Mitgefühl für ihn empfand.

Trotz der Tatsache, dass er gerade seine eigene Tochter ermordet hatte.

Seine Flügel schlugen weit aus und er schwang den Blaster in ihre Richtung. „Sie hat mich angerempelt. Hat mich dazu gebracht, den Abzug zu drücken. Es war ...“, er unterbrach sich selbst und sein Gesicht straffte sich zur Entschlossenheit.

„Es ist vorbei, Varin.“ Hanna musste das Ganze beenden. „Nimm den Blaster runter und ziehe deine Flügel ein.“

Varins Blick drehte sich zu ihr, aber er sah sie nicht. Er hatte ein manisches Funkeln in den Augen, und Hanna wappnete sich für den Angriff. „Computer, hier spricht Captain Varin Osdet. Leite Selbstzerstörungssequenz Theta ein.“

„Negativ!“ Jori versuchte, den Befehl zu unterdrücken.

Der Computer ignorierte ihn. „Kommando bestätigt. Achtung, Captain. Drei Lebensformen befinden sich an Bord des Schiffes.“

Varin verschluckte sich an einem Schluchzen, und seine Augen blickten nur kurz zu Zilly. „Bestätigt. Sicherheitsprotokolle außer Kraft setzen. Annullierungsprotokoll außer Kraft setzen ...“

„Hör auf damit, Varin.“ Jori schickte einen Funkenflug auf den Mann, aber Varin blockte ihn mit seinen Flügeln ab.

„Annullierungsprotokoll außer Kraft setzen", fauchte Varin. „Befehl bestätigen."

„Befehl bestätigt", verkündete der Computer. „Selbstzerstörungssequenz Theta eingeleitet."

„Ich wollte sie nicht töten", sagte Varin. Er straffte die Schultern. „Und sie würde nicht wollen, dass ich mich ergebe." Er nickte, und Hanna erkannte was er tat, als seine Augen weiß aufblitzten, weil er seinen Funken nach innen richtete und sich selbst tötete.

„Selbstzerstörung in fünfzehn Sekunden."

„*Bei Braznons Eingeweiden.* Lauf!" Hanna schnappte sich Jori, bevor er etwas Heldenhaftes tun konnte, wie zum Beispiel versuchen, eine der Leichen zu bergen oder sie nach nützlichen Informationen zu durchsuchen.

Sie sprinteten durch das Schiff, und jetzt war Hanna dankbar, dass es ein kleines Schiff war. Sie hatten keine Zeit, sich vorsichtig zu bewegen, und sie hoffte, dass sich niemand an Bord geschlichen hatte und darauf wartete, sie zu überfallen. Dann wären sie alle tot.

Durch die Tür in der Ferne drang ein Hauch von Tageslicht, als Hanna das Rumpeln der Motoren hörte, die zu implodieren begannen.

Sie hielt Joris Hand fest, während sie den Rest der Strecke zurücklegten, und sie betete zu jedem Geist, der sie erhörte, dass sie es schaffen würden. Sie waren so nah dran. Sie konnte die frische Luft riechen.

Und Feuer.

Hanna stürzte sich von der Rampe, schlang ihre Arme fest um Jori und hüllte ihn in ihre Flügel ein, während er dasselbe für sie tat, und nutzte ihren Funken als schützenden Kokon, während Varins Schiff um sie herum in Flammen aufging.

Die Luft tat beim Atmen weh, so heiß war sie. Aber sie waren am Leben.

Die Bösewichte waren tot, ihre Pläne zunichte gemacht, und sie und Jori hatten es geschafft.

Sie küsste Jori, das Hochgefühl des Sieges überwältigte alles andere. Und Jori erwiderte den Kuss mit all der Kraft, von der sie wusste, dass er sie hatte.

Sie wusste nicht, wie lange sie so dalagen, ineinander verschlungen und unablässig glücklich über ihr Überleben. Es war fast, als gäbe es nur sie beide auf der ganzen Welt, bis sie hörte, wie sich jemand räusperte.

Solan stand außerhalb des Wracks, seine Schicksalsgefährtin Lena an seiner Seite. Er hob beide Augenbrauen und grinste sie an. „Würdet ihr diese Mission also als Erfolg bezeichnen?"

„Wie habt ihr uns gefunden?", fragte Hanna.

Lena war diejenige, die antwortete. „Wir haben

die Motorräder verfolgt. Major Ozar hat ein Team, das uns dicht auf den Fersen ist."

Jori schloss Hanna noch fester in seine Arme und grinste zu den beiden hinüber. „Ja. Die Mission war definitiv ein Erfolg."

# 23

## KAPITEL
### DREIUNDZWANZIG

Zwei Wochen *später*

Es fühlte sich immer noch seltsam an, in einem Büro zu sitzen, an ihrem Schreibtisch gegenüber von Jori. Hanna war sich nicht sicher, ob es sich jemals *anders* als seltsam anfühlen würde. Aber sie konnte den Puls seiner Kraft in ihr spüren, und ab und zu blickte er zu ihr auf und lächelte.

Vielleicht war es für den Moment ganz gut, dass es seltsam war.

„Bist du mit deinem Bericht fertig?", fragte er, als er das nächste Mal hinüberschaute.

Hanna verzog das Gesicht. Wenn sie verdeckt arbeiteten, mussten sie wenigstens keinen Papierkram ausfüllen. „Sie geben dir eine winzige Beförderung und plötzlich ist es nur noch Arbeit, Arbeit, Arbeit", stichelte sie.

„Das hast du in unserer Mittagspause nicht gesagt." Er schenkte ihr ein sexy Grinsen.

Ihre Wangen wurden vielleicht ein wenig heißer, aber Hanna warf ihm trotzdem einen forschen Blick zu. „Ja, in unserer *Pause*. Wir wissen beide, dass es gleich den Flur hinunter einen sehr guten Schrank gibt."

„Du magst nur das Risiko, erwischt zu werden." Er grinste.

Und vielleicht tat sie das auch, ein wenig. Sie hatte auf der Mission mehr über sich selbst gelernt, als sie erwartet hatte, aber alles, was wirklich zählte, war das Wichtigste, was sie bekommen hatte.

Joris Herz.

Nach dem Scheitern von Morn Karks Operation waren sie dabei, lose Enden zu verknüpfen. Einige seiner Männer wurden vermisst, aber es gab keine Hinweise auf eine weitere Bombendrohung. Andere Agenten waren dabei, das Geheimnis von Varin Osdet und seinem Unternehmen zu lüften.

„Gibt es etwas Neues über die geschmuggelten Menschen?", fragte sie. Sie hatte Sarah seit dem Ende des Auftrags zweimal besucht, und jedes Mal fragte das Mädchen nach den anderen Opfern.

Jori schüttelte den Kopf. „Im Moment ist das Team von Felyx dran. Aber sie versuchen, aus dem Chaos, das Osdet uns hinterlassen hat, schlau zu werden. Wir ...", er brach ab und blickte an ihrer Schulter vorbei, wobei ihm das Lächeln aus dem Gesicht glitt.

Hanna drehte sich um und sah eine junge blonde Menschenfrau neben einem hochgewachsenen Synnr-Krieger stehen.

Luci.

Und Ax.

Hanna spannte sich an. Ein Teil von ihr wollte zu dem ach so praktischen Schrank rennen und sich verstecken, bis sie verschwunden waren. Sie hatte ihnen so viel Unrecht angetan, dass es nicht zu verzeihen war. Luci und Ax waren wegen Hanna fast gestorben. Sie kam nie dazu, sich zu entschuldigen und es hinter sich zu lassen.

Luci begegnete ihrem Blick und erkannte ihn deutlich. Sie lächelte nicht. Wie sollte sie auch? Aber sie nickte Hanna kurz zu, bevor sie den Blick abwandte.

Keine Absolution. Niemals.

Anerkennung.

Vielleicht war das ein Anfang.

Solan und Lena gesellten sich nach einem

Moment zu Luci und Ax, und dann gingen sie gemeinsam.

„Geht es dir gut?", fragte Jori leise.

„Ich glaube nicht, dass ich diejenige bin, die du fragen solltest."

Er griff über ihren Schreibtisch hinweg und legte seine Hand mit ernstem Blick auf ihre. „Natürlich sollte ich das. Luci und Ax geht es gut. Sie wird nicht ... Ich weiß eigentlich gar nicht, was du denkst, was sie tun könnte."

Hanna dachte einige Augenblicke lang nach. „Äh ... weinen? Schreien? Mich einfach nur ausschimpfen?"

„Luci ist zäher als das. Und heimtückischer. Ich würde mich in Acht nehmen, wenn sie dich in einer Hintergasse anspricht."

Hanna runzelte die Stirn. „Ich weiß nicht, warum ich mich mit dir abgebe."

Er verschränkte ihre Finger miteinander. „Du liebst mich."

„Wider besseres Wissen." Aber sie hob ihre gemeinsamen Hände und küsste seine.

„Bereit für den Heimweg?", fragte er.

Auch daran musste man sich erst einmal gewöhnen. Keine Zelle mehr. Keine Wachen mehr - es sei

denn, man zählt den Gesichtsausdruck von Jori, wenn nur noch ein Keks übrig war. Nur sie beide
Zusammen.

„Ja, ich bin bereit." Hanna lächelte. So unmöglich es auch schien, sie war genau da, wo sie immer hingehört hatte.

————

**Danke, dass Sie Dis Mission der Synnr gelesen haben! Wollen Sie eine kostenlose Kurzgeschichte über Hanna und Jori lesen?**

Melden Sie sich über den unten stehenden Link an, um die 2000 Wörter umfassende Bonusgeschichte direkt in Ihren Posteingang zu bekommen!

### Kate Rudolphs Leseclub

————

## Über Ruwen
**Rus Spezies ist verflucht. Er wird seinem nächsten Geburtstag nicht überleben, wenn er nicht seine Gefährtin findet ...**

Ruwen weiß, dass er ein toter Mann ist. Seine außerirdische Spezies ist durch eine tödliche genetische Macke verflucht und er wird tot sein, bevor der Monat zu Ende ist, es sei denn, er findet seine Schicksalsgefährtin. Sie ist die einzige Frau im Universum, die ihn retten kann. Zu dumm, dass die meisten Detyen-Frauen tot sind. Aber könnte er bei einem Menschen Hoffnung finden?

*Entführt, im Stich gelassen und auf der Flucht vor bösartigen Aliens ...*

Nachdem sie von unbekannten Angreifern von der Erde entführt wurde, ist Lis auf einem unwirtlichen Planeten mit wenig Nahrung und ohne Hoffnung gelandet. Sie würde alles tun, um ein Schiff zu finden, das sie zurück zur Erde bringt, aber Polai ist feindselig gegenüber allem außerirdischen Leben, und Lis gehen die Verstecke aus. Kann sie dem Außerirdischen vertrauen, der sie mit Begehren im Blick ansieht?

*Eine unmögliche Chance ...*

Von dem Moment an, als er sie sieht, weiß Ru, dass Lis seine Gefährtin ist. Aber ihr wurde bereits wehgetan und sie ist misstrauisch gegenüber Fremden. Wie kann er beweisen, dass er vertrauenswürdig ist? Wenn er Lis Ängste nicht überwinden kann, wird ihre Verbindung zerbrechen, bevor sie überhaupt eine

Chance hat, sich zu bilden, und Ru tot und Lis ganz allein in einer feindlichen Galaxie zurücklassen.

## Link

## RUWEN KAPITAL EINS

Der Planet hieß Polai, und er war beschissen.

Als Lis Janyx acht Jahre alt war, klang die Idee, das Universum zu bereisen und alles zu sehen, was es zu bieten hatte, großartig. Aber jetzt, mit fünfundzwanzig, hatte Lis nicht vorgehabt, *hierher* zu kommen. Und sie hatte auch nicht beschlossen, die Erde zu verlassen. Es hieß, das Leben in den Einöden, einem Slum in der Nähe der heruntergekommenen Überreste von Old Cleveland, führe zu Tod, Zerstückelung oder Verschwinden. Lis hatte das nie geglaubt.

Damals nicht.

Sie war nach einer langen Nacht, in der sie Kautionsflüchtlinge aufgespürt und betrügerische Ehemänner beobachtet hatte, nach Hause gekommen, als ein Berg von einem Mann buchstäblich vor ihr aufgetaucht war und sie mit einem Schlag außer Gefecht gesetzt hatte. Zu diesem Zeitpunkt hatte sie nicht erkannt, dass es sich einen Außerirdischen handelte. Außerirdische kamen nicht nach Cleveland – niemand tat das, wenn er es vermeiden konnte.

Aber das nächste, was sie wusste, war, dass sie an Bord eines Raumschiffs kam und von dem bedrohlichsten medizinischen Bot, den sie je gesehen hatte, untersucht wurde. Sie hatten Tests gemacht und ... Sachen. Sie wollte nicht an die Sachen denken. Es war schlimm gewesen, manches davon wirklich schlimm, aber es hätte viel schlimmer sein können.

In den Wochen, die sie an Bord war, hatte sie nur das Innere ihrer fensterlosen Zelle und die kleine Krankenstation gesehen. Tag für Tag spürte sie, wie ihr Verstand und ihr Glaube daran, dass sie es lebend herausschaffen würde, zu schwinden begannen. Sie wusste nicht, was sie mit ihr vorhatten, ob sie sie zur Sklavin machen, sie essen wollten oder Schlimmeres.

Und dann, eines Tages, als sie nicht mehr wusste, wie lange sie schon gefangen war, wachte sie auf Polai mit einem kleinen Päckchen mit Vorräten und einer Notiz in englischer Sprache auf.

*Entschuldigung. Falsches Mädchen. Menschen können auf Polai überleben.*

Das war alles. Keine Erklärung, keine Wegbeschreibung, wie man nach Hause kommt. Nur fünf Energieriegel, eine mit Wasser gefüllte Feldflasche und eine dünne Jacke, die nicht viel zum Schutz vor den kalten Nächten beitrug. Lis hatte sich angewöhnt, sie trotzdem immer zu tragen. Die Sonne von Polai machte etwas Seltsames mit ihrer Haut und hinterließ schmerzhafte Verletzungen auf jedem Zentimeter, den sie ungeschützt ließ.

In ihrer zweiten Nacht hatte es zu regnen begonnen, und Lis suchte Schutz unter den breiten braunen Blättern der gedrungenen Bäume, die das Land übersäten. Für ein paar Augenblicke schien es, als würde das Laub stark genug sein, um sie vor dem schlimmsten Regen zu schützen, aber dann klappte das große Blatt direkt über ihrem Kopf in der Mitte zusammen und schüttete das gesamte gesammelte Wasser wie ein Wasserfall über ihre Arme.

Seitdem war ihr linker Unterarm mit kleinen Striemen übersät. Sie wurden zwar besser, aber Lis weigerte sich, das Risiko einzugehen, aus dem kleinen Bach zu trinken, der in der Nähe des Waldes floss, in dem sie übernachtet hatte.

Die Menschen im Allgemeinen konnten vielleicht auf Polai überleben, aber sie würde nicht lange durchhalten.

Lis wollte hier nicht leben. Sie wollte einfach nur

ein Schiff finden und den ersten Frachter oder Kreuzer besteigen, der zurück zur Erde flog. Und das würde schwieriger werden, als sie zunächst gedacht hatte.

Ihre stets wohlwollenden Entführer hatten ihr keinen Übersetzer mitgegeben, und nichts deutete darauf hin, dass die Polai Englisch verstehen konnten. Sie hatte sich darüber lustig gemacht und es abgelehnt, in der Schule Interstellar Common, die Handelssprache im Weltraum, zu lernen, aber jetzt sie würde ein verdammtes Wörterbuch auswendig lernen, wenn sie dadurch nach Hause kommen könnte.

Und die Polai waren nicht freundlich. Lis hatte in einem kleinen Waldstück, etwa zwei Meilen nördlich einer kleinen Stadt, Schutz gesucht. Sie hatte versucht, sich am zweiten Tag einem Polai-Pärchen zu nähern, nachdem sie sich am ersten Tag orientiert hatte. Sie sahen fast menschlich aus, obwohl sie kleiner waren, weniger als eineinhalb Meter groß. Ihre Haut war dunkelgrün und keiner von ihnen schien Haare zu haben.

Sie hatte gehofft, dass das Hochreißen ihrer Arme und ihr mitleiderregender Anblick sie hilfsbereit machen würden. Stattdessen stürzten sich die beiden Außerirdischen schreiend auf sie und jagten sie aus der Stadt und auf einen Baum. Nachdem sie das Interesse an ihr verloren hatten, beschloss Lis, die Stadt bei Tageslicht zu meiden. Sie wollte keine Verletzungen riskieren.

Eines Nachts hatte sie sich in die Stadt geschlichen, um nach Essen zu suchen. In dem kleinen Laden an der Hauptstraße kam ihr nichts bekannt vor. Es konnte alles völlig harmlos oder extrem tödlich sein. Mehr aus Bosheit als zum Überleben hatte sie eine kleine Flasche mit einer hellgrünen Flüssigkeit mitgehen lassen. An der Wand hing eine Werbung, die zwei Polai zeigte, die das Zeug tranken.

Für sie war es kein Gift, aber sie war nicht mutig genug gewesen, es zu probieren.

Da war sie nun, fast eine Woche auf dem Planeten, ihr Magen knurrte vor Hunger und ihr Mund war so ausgetrocknet wie die Wüste.

Sie umklammerte ihre Jacke über der Brust und hielt den Kopf gesenkt, als sie durch den Wald ging. Früher hatte sie Angst, dass sie sich verlaufen würde, wenn sie zu tief hineinlief. Jetzt musste sie irgendwo hinkommen. Am Tag zuvor hatte sie geglaubt, ein Fahrzeug von irgendwoher aus dem Wald kommen zu hören.

Da könnten Leute sein, ein Haus oder ein verlassenes Raumschiff. Letzteres erwartete sie zwar nicht, aber ein Mädchen darf ja träumen. Während die

Blätter an allen Bäumen braun waren, waren die Stämme selbst gelblich-orange. Wenn die Sonne schien, saugten sie das Licht auf, und nachts leuchteten sie schwach.

Es war jetzt Nacht, und die Bäume gaben ihr gerade genug Licht, um etwas erkennen zu können. Lis hatte keine Polai gesehen, die nach Einbruch der Dunkelheit unterwegs waren, und sie war sich ziemlich sicher, dass sie ein tagaktives Volk waren. Umso besser für sie. Sie war schon immer eine kleine Nachteule gewesen.

Nach einer Weile stand sie plötzlich am Waldrand. Die Bäume waren etwa hundert Meter weit gerodet worden, bis zu einem großen grauen Gebäude in der Mitte eines Feldes. Aber die Vegetation um das Gebäude herum wucherte wild, mit kniehohem gelben Gras, Unkraut und Ranken, die an einer der Mauern hochkrochen.

Verlassen. Perfekt.

Lis schaute sich kurz um, aber sie hörte oder sah nichts. Soweit sie es beurteilen konnte, war sie völlig allein.

Sie bahnte sich einen Weg durch das hohe Gras und stolperte über den unebenen Boden unter ihren Füßen. Ihr drehte sich der Kopf, aber sie fand das Gleichgewicht wieder, ohne hinzufallen. Da drin musste es etwas zu essen geben. Hoffentlich Energieriegel, von denen sie wusste, dass sie sicher zu essen waren.

Lis schaffte es über die Lichtung und fand eine Tür. Natürlich war sie verschlossen, aber davon wollte sie sich nicht aufhalten lassen. Sie brauchte nur ein Brecheisen oder etwas Ähnliches und schon war sie drin.

Lis stellten sich die Nackenhaare auf, und sie erstarrte an Ort und Stelle. Sie schaute sich um, um sich zu vergewissern, dass sie immer noch allein war, als hätte ein Urinstinkt die Gefahr gespürt. Lis schaute sich erneut um, aber es war immer noch still und sie sah niemanden.

Aber als sie sich nach etwas umsah, mit dem sie die Tür aufstemmen konnte, bewegte sie sich mit besonderer Vorsicht. Es fühlte sich an, als wäre da draußen etwas, das hinter ihr her war. Etwas Großes und Gefährliches, das sie im Handumdrehen töten könnte.

Die Gefahr, die sie jetzt spürte, war anders als das, was die Polai verursacht hatten. Lis fühlte sich ungeschützt, und sie musste schnell hinein. In ihrem Inneren wusste sie einfach, dass das, was da draußen war, sie holen würde.

**Link**

- *Die Mission der Synnr*

## AUSSERIRDISCHER GEFÄHRTE

- *Ruwen*
- *Tyral*
- *Stoan*
- *Cyborg*
- *Krayter*
- *Kayleb*

## DER LÖWE UND DIE DIEBIN

- *Der Raubüberfall*
- *Der Fluch*
- *Die Quelle der Macht*
- *Der Löwe und die Diebin Die vollständige Serie*

# ÜBER KATE RUDOLPH

KATE RUDOLPH IST eine Autorin von paranormalen und Science-Fiction-Romanen, die in Indiana lebt. Sie liebt es, über knallharte Heldinnen und die heißblütigen Helden, die sie vergöttern, zu schreiben. Sie verschlang schon Liebesromane, als sie noch zu jung war, um sie zu lesen, und musste ihre Bücher verstecken, damit sie ihr niemand wegnehmen konnte. Sie könnte sich keinen besseren Job auf dieser Welt vorstellen, als Liebesromane zu schreiben und sie mit ihren Mitlesern zu teilen.

Wenn Ihnen diese Geschichte gefallen hat, hinterlassen Sie bitte eine Rezension.